W0286681

TITEL VON CATHERINE SHEPHERD

ZONS-THRILLER:

1. Der Puzzlemörder von Zons (Kafel Verlag April 2012)
2. Erntezeit (Früher: Der Sichelmörder von Zons; Kafel Verlag März 2013)
3. Kalter Zwilling (Kafel Verlag Dezember 2013)
4. Auf den Flügeln der Angst (Kafel Verlag August 2014)
5. Tiefschwarze Melodie (Kafel Verlag Mai 2015)
6. Seelenblind (Kafel Verlag April 2016)
7. Tränentod (Kafel Verlag April 2017)
8. Knochenschrei (Kafel Verlag April 2018)
9. Sündenkammer (Kafel Verlag April 2019)

LAURA KERN-THRILLER:

1. Krähenmutter (Piper Verlag Oktober 2016)
2. Engelsschlaf (Kafel Verlag Juli 2017)
3. Der Flüstermann (Kafel Verlag Juli 2018)

JULIA SCHWARZ-THRILLER:

1. Mooresschwärze (Kafel Verlag Oktober 2016)
2. Nachtspiel (Kafel Verlag November 2017)
3. Winterkalt (Kafel Verlag November 2018)

ÜBERSETZUNGEN:

1. Fatal Puzzle - Zons Crime (Titel der deutschen Originalausgabe: Der Puzzlemörder von Zons, AmazonCrossing Januar 2015)
2. The Reaper of Zons - Zons Crime (Titel der deutschen Originalausgabe: Erntezeit, AmazonCrossing Februar 2016)

Wir erschrecken über unsere eigenen Sünden, wenn wir sie an anderen erblicken.

Johann Wolfgang von Goethe

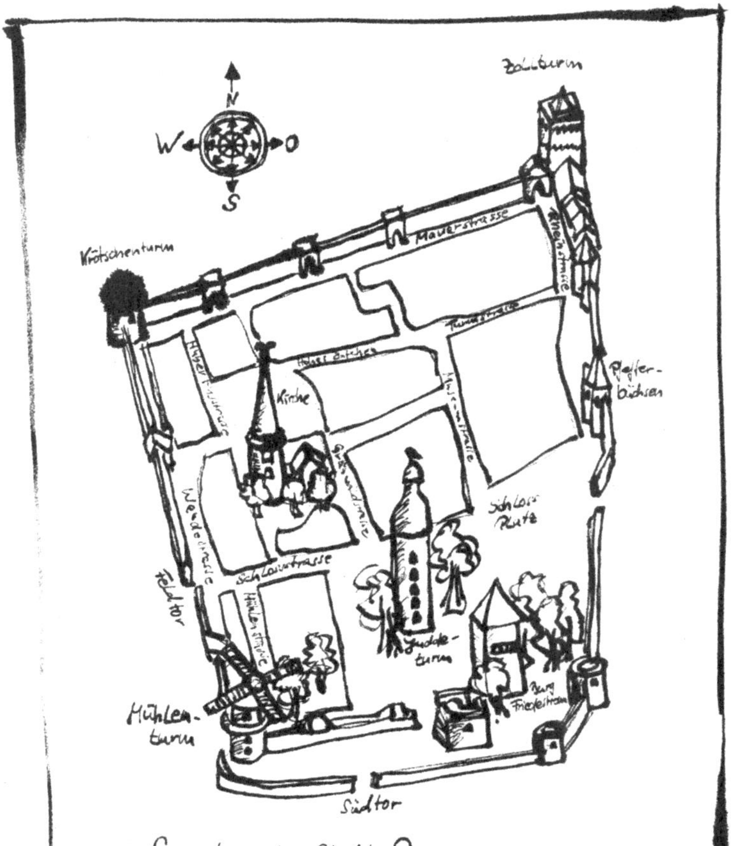

Lageplan der Stadt Zons

PROLOG

Es knistert und es duftet. Für einen winzigen Augenblick denke ich an Weihnachten, an raschelndes Geschenkpapier und glitzernde Schleifen. An die Überraschung. Als kleines Mädchen habe ich meine Geschenke nie sofort aufgemacht. Ich wollte raten, was drin ist, und den Moment der Spannung hinauszögern. Also nahm ich jedes Geschenk zuerst nur in die Hände und schüttelte es vorsichtig. Ich lauschte und erkundete sämtliche Details, das Gewicht, die Ecken, die Form. Das Papier raschelte dabei verheißungsvoll. So wie jetzt. Der Duft von damals hängt mir in der Nase. Frisches Holz und würzige Tannennadeln. Ich war immer so aufgeregt, dass jede Faser in mir vibrierte.

Doch in diesem Augenblick habe ich nur Angst. Und die Bilder von Weihnachten sind nichts weiter als ein Trugschluss, eine Art Selbstschutz. Ich kann nichts sehen, meine Augen sind verbunden. Alles ist schwarz. Es duftet nicht nur nach Tannennadeln, da ist viel mehr.

Es riecht nach Wald und nach Feuer. Und das, was so verheißungsvoll raschelt, ist kein Geschenkpapier. Heute ist nicht der Tag, an dem ich etwas geschenkt bekomme. Ich werde etwas verlieren, vielleicht sogar das Leben. *Mein Leben.* Die zwei Wörter hallen durch meinen Kopf. Die Angst schnürt mir die Kehle zu. Tränen schießen mir in die Augen und durchnässen das Tuch, das mich am Sehen hindert.

»Bitte«, flüstere ich heiser. »Bitte, tun Sie mir nichts.«

Ich lausche meinen eigenen Worten, die durch die Luft flattern wie ein aufgescheuchter Vogelschwarm. Panisch drehe ich den Kopf hin und her. Mein Herz rast, und ich zerre mit Leibeskräften an meinen Fesseln, die mir tief in die Haut an Hand- und Fußgelenken schneiden. Ich warte auf eine Antwort. Doch die besteht nur aus Schweigen und dem Krächzen eines Raben irgendwo in der Nähe. Es raschelt nicht mehr.

»Bitte ...«, schluchze ich und bringe kein weiteres Wort mehr heraus. Ich weiß, dass er da ist. Ganz dicht bei mir. Ich spüre einen Luftzug und ich rieche ihn. Er stinkt nach Schweiß.

»In nomine Domini«, höre ich auf Lateinisch. Er predigt eine Flut von Worten, die mir zwar bekannt vorkommen, die ich jedoch nicht verstehe.

»Domine, exaudi orationem meam.«

Diesen Satz kenne ich: Herr, erhöre mein Gebet.

Meine Haut juckt fürchterlich. Es kratzt und beißt. Was, um Himmels willen, hat dieser Mann mit mir vor?

»Amen«, spricht er rau und verstummt.

Plötzlich reißt er mir das Tuch von den Augen. Das grelle Licht einer Fackel trifft mich wie ein scharfes Messer. Ich blinzele heftig und versuche, die Umgebung wahrzunehmen. Aber ich schaue nur in ein schwarzes Loch. Sein Gesicht. Er verbirgt es unter einer Kapuze. Sein langer Mantel weht im Nachtwind. Hinter ihm knistert das Feuer. Auf einmal bemerke ich das Kleid, das ich anhabe.

»Hilfe!« Ich sehe an mir hinunter und begreife augenblicklich, warum es mich überall juckt und kratzt. Ich trage irgendetwas aus Tierhaaren. Kein weiches Fell, sondern etwas unerträglich Kratziges. Hektisch zerre ich an meinen Fesseln. Ich kann das Gefühl auf meiner Haut keine Sekunde länger ertragen. Er starrt mich einfach nur an und genießt meine Qualen. Ich kann es spüren. Seine Stimme wabert immer noch durch meinen Kopf. Tief, heiser und unerbittlich.

»Lassen Sie mich frei«, flüstere ich verzweifelt, und tatsächlich durchtrennt er nach einer Weile meine Fesseln. Sofort kratze ich mich und mache einen wackligen Schritt. Er packt mich grob an den Oberarmen und hält mich fest. Er wird mich töten. Ich weiß es in dem Moment, in dem ich die Äste sehe, die er eben zu einem Haufen aufgetürmt hat. Äste und Reisig. Das war das Rascheln, jetzt wird es mir klar. Ich blicke fieberhaft zwischen dem Scheiterhaufen und den Fackeln hin und her, die in regelmäßigen Abständen ringsum in der Erde stecken. Er stößt mich vorwärts und ich stolpere auf das Holz zu. Aus der Mitte des Haufens ragt ein Pfahl. Davor steht ein Kanister, plötzlich rieche ich das Benzin.

»Nein«, kreische ich und versuche mich loszureißen. Seine Faust donnert auf mich nieder. Ich schmecke Blut. Blitze zucken vor meinen Augen.

»Du hast gesündigt«, sagt er streng und hievt mich auf den Scheiterhaufen.

Ich taumele, halb ohnmächtig, trete nach ihm. Ich muss kämpfen. Das Feuer, der Benzingestank und das trockene Holz machen mir Todesangst. Ich will nicht sterben. Mein Herz rast so schnell, dass mir schwarz vor Augen wird. Ich spanne alle meine Muskeln an.

»Nein!« Ich lasse mich mit vollem Gewicht fallen. Sein Griff lockert sich und ich komme frei. Hastig rolle ich den Haufen hinunter und lande mit der Nase voran auf dem harten Boden. Ich rapple mich irgendwie hoch und laufe, so schnell ich kann. Nur weg von hier.

Während ich renne, kreisen die Bilder in meinem Kopf. Wie er plötzlich in meiner Wohnung gestanden und mir ein Tuch auf Mund und Nase gepresst hat, bis meine Sinne schwanden. Ich bin erst hier draußen wieder aufgewacht. Irgendwo im Wald. Mit diesem Verrückten, der mir nach dem Leben trachtet. Seine schweren Schritte dröhnen hinter mir. Ich gebe alles. Ich bekomme kaum noch Luft. Ich schlage ein paar Haken, aber ich kann ihn nicht abschütteln. Zweige und Äste peitschen mir ins Gesicht. Ich spüre seinen heißen Atem im Nacken. Er ist mir dicht auf den Fersen. Ein Fausthieb trifft mich am Hinterkopf. Auf einmal läuft alles in Zeitlupe ab. Ich höre meinen eigenen Schrei. Ich sehe das Mondlicht durch die Baumkronen scheinen. Meine Knie geben nach. Ich sacke langsam zu Boden.

I

VOR FÜNFHUNDERT JAHREN

Mönchsgesang erfüllte die Nacht mit geheimnisvollen Stimmen. Bastian Mühlenberg hielt an und lauschte andächtig. Die tiefen, melodischen Töne trafen ihn direkt ins Herz. Er seufzte und blickte hinauf in den klaren Sternenhimmel. Die Wolken der letzten Tage hatten sich immer mehr zurückgezogen und der nahende Sommer kündigte sich an. Die Luft schien im Takt des Gesangs zu vibrieren. Bastian hatte nicht oft die Gelegenheit, den Mönchen zu lauschen. Die Franziskaner blieben lieber unter sich. Die Tore des Klosters öffneten sich nur sonntags zum Gottesdienst, und das gerade zwei Stunden, nachdem Pfarrer Johannes in der St.-Martinus-Kirche die Messe gelesen hatte. Darauf zumindest hatten sich die Geistlichen in mühsamen Gesprächen geeinigt. Die Mönche waren nicht sonderlich willkommen in Zons. Das lag zum einen an der strengen und für die meisten Menschen ungewöhnlichen Lebensführung, aber es lag auch an den fehlenden Einkünften für die Stadt. Das

Kloster war von jeglichen Steuerzahlungen ausgenommen. Im Gegensatz zum Nonnenkloster verweigerten die Mönche zudem die von der Stadt Zons erbetene Hilfe zur Pflege von Schwachen und Kranken. Sie sahen ihre Hauptaufgabe alleinig in der religiösen Unterweisung und der Bekehrung von Andersgläubigen.

Bastian hegte keinerlei Groll gegen die Mönche. Doch seine Loyalität galt uneingeschränkt Pfarrer Johannes, der im Laufe der Zeit zu einem zweiten Vater für ihn geworden war. Er hatte dem gutmütigen Mann vieles zu verdanken. So hatte ihm Johannes das Lesen und Schreiben gelehrt. Auch sein Amt bei der Stadtwache beruhte auf dem Einfluss seines Ziehvaters. Mit Anfang zwanzig bereits trug Bastian die ganze Verantwortung für die Bekämpfung von Verbrechen in Zons.

Er war dabei, die zur Nachtwache eingeteilten Männer zu überprüfen. Aufgabe der Stadtsoldaten war unter anderem, die Stadttore bei Tag und Nacht zu schützen. Bastian war ehrgeizig. Er wollte die Stadt sicherer machen und hatte den Wachdienst mit seiner Amtsübernahme eingeführt. Schon die bloße Präsenz seiner Männer hielt etliches Gesindel von kriminellen Vorhaben ab. Dafür jedoch mussten seine Soldaten wach sein. Er schüttelte entrüstet den Kopf. Sein Ärger war noch immer nicht verraucht, denn am nördlichen Stadttor hatte er die Wachleute schlafend vorgefunden. Dabei hatte es noch nicht einmal Mitternacht geschlagen. Bastian hatte die beiden Männer energisch aus dem Schlaf gerissen und ihnen eine Standpauke gehalten, bei der ihnen Hören und Sehen vergangen war. Sie würden den Rest der Nacht mit Sicherheit kein Auge mehr zutun. Nun war er auf dem Weg zur Mühle, wo zwei weitere Soldaten Wache standen. Oben vom Mühlenturm aus konnte tagsüber der südwestliche Teil der Stadt komplett eingesehen werden. Er überquerte den Platz vor dem Franziskanerkloster und wandte sich nach rechts. Die Stimmen der Mönche verebbten in der Nacht. Ein knorriger Kastanienbaum rauschte leise im Wind. Er schien etwas zu flüstern. Bastian ging zügig auf den Mühlenturm zu. Sein Haus, in dem er mit Marie und den beiden Kindern lebte, lag rechter Hand in völliger Dunkelheit. Er hielt kurz inne und lauschte. Dann näherte er sich dem Mühlenturm und stutzte. Normalerweise brannte zumindest eine Fackel. Doch der hohe Turm thronte düster über der Stadt. Bastian pfiff durch die Zähne.

»Hugo, Peter? Wo seid Ihr?« Er blickte nach oben. Die Mühlenflügel hoben sich schwarz vom Himmel ab. Bastian kniff die Augen zusammen, konnte seine Männer jedoch nicht entdecken. Ob sie genauso fest schlummerten wie die beiden am Zollturm? Aufgebracht trat er ein und erklomm die schmalen Holzstufen.

»He, zeigt Euch!« Bastian betrat die kleine Kammer unterhalb der Mühlenflügel, in die sich die Wachsoldaten bei schlechtem Wetter zurückziehen konnten. Es war so finster, dass er die eigene Hand nicht vor Augen sah. Er tastete sich an der Wand entlang und entzündete eine Fackel. Die Kammer war leer. Er ging hinaus auf den hölzernen Rundgang und umrundete einmal den Mühlenturm.

Nichts. Ganz Zons schlief. Nur die Baumkronen rauschten im Nachtwind und durchbrachen ab und an die nächtliche Stille. Nichts deutete darauf hin, dass hier überhaupt jemand Wacht gehalten hatte. Bastian rief abermals die Namen seiner Soldaten. Als er keine Antwort erhielt, stieg er die Stufen wieder hinunter. Wo steckten die beiden? Er spürte, wie der Ärger ihm erneut die Hitze in die Wangen trieb. Was fiel denen ein, plötzlich einfach seine Befehle zu verweigern? Ungehorsam kannte er von ihnen eigentlich nicht. Wütend stapfte er durch die Nacht zum nächstgelegenen Wachposten am Feldtor.

»He, Martin«, rief er dem Stadtsoldaten zu, der am Torbogen lehnte und so aussah, als wäre er im Stehen eingeschlafen.

»Bastian? Was macht Ihr hier mitten in der Nacht?«

»Ich sehe nach Euch. Ihr habt doch nicht etwa geschlafen?«

Martin richtete sich kerzengerade auf. »Nein. Wo denkt Ihr hin?« Er rieb sich verräterisch die Augen.

»Wisst Ihr, wo Hugo und Peter stecken?«

»Sind sie denn noch nicht zurück?«

»Zurück?«, fragte Bastian scharf. »Was zum Henker meint Ihr? Warum sind die beiden nicht auf ihrem Posten?«

»Die alte Wilhelmine war vorhin hier und hat sich aufgeführt wie eine Verrückte. Sie will schon wieder den Geist des Totengräbers gesehen haben.« Martin tippte sich mit dem Zeigefinger an die Stirn. »Die tickt nicht ganz richtig.« Dann senkte er verlegen den Blick. »Ehrlich gesagt habe ich sie zu Hugo und Peter geschickt. Ich dachte mir, es ist nicht so schlimm, wenn der Mühlenturm für kurze Zeit unbewacht ist. Besser, als das Feldtor zu verlassen. Ludwig, der heute mit mir eingeteilt war, fühlte sich nicht wohl. Er ist nach Hause gegangen.«

Bastian schnaufte verärgert. »Seit wann sind die beiden denn weg? Sie mussten ja hier vorbeikommen.«

»Ich glaube, noch nicht so lange. Ich weiß es nicht. Vielleicht bin ich ein wenig eingedöst«, stotterte Martin und brachte es dabei nicht fertig, ihm in die Augen zu sehen. »Tut mir leid.«

Bastian schüttelte den Kopf. »Ihr habt also gar nichts mitbekommen. Schön. Warum mussten die beiden auch gleich zu zweit mit Wilhelmine gehen? Einer hätte weiter Wacht halten können.«

Martin betrachtete noch immer seine Schuhspitzen und zuckte stumm mit den Achseln.

»Also gut. Ich suche nach ihnen und Ihr schlaft mir ja nicht mehr ein!« Er ließ Martin am Feldtor zurück und eilte zur Kirche. Er würde diesen Halunken Beine machen. Was fiel ihnen ein, wegen der verrückten Wilhelmine unerlaubt ihren Posten zu verlassen? Die Frau wohnte direkt neben dem Kirchhof. Sie war alt. Sehr alt. In letzter Zeit plapperte sie ständig von irgendwelchen Untoten, die sich vor ihrem Haus herumtrieben und die sie zu sich unter die Erde ziehen wollten. Selbst Pfarrer Johannes hatte sie schon mit ihrem wirren Gerede behelligt. Er betete häufig mit ihr, aber anscheinend half es nicht viel. Bastian seufzte, als er endlich das Gotteshaus erreichte. Der hohe Bau ragte schwarz vor ihm auf. Hie und da glitzerte darüber ein Stern am Himmelszelt. Bastian umrundete die Kirche und hielt vor Wilhelmines winzigem Haus an. Die Alte lebte mit einem Säufer zusammen, der so gut wie nichts zum Lebensunterhalt beitrug. Pfarrer Johannes steckte ihr hin und wieder ein paar Münzen zu. Wilhelmine war Näherin gewesen, bis das Augenlicht sie im Stich gelassen hatte. Hans, ihr Gatte, gehörte zu den unangenehmen Zeitgenossen. Mit Wilhelmine ging er nicht sonderlich zimperlich um. Bastian hatte das ein oder andere Mal blaue Flecken an ihren Armen und in ihrem Gesicht bemerkt. Hans war viele Jahre als Schiffer über den Rhein gefahren. Vielleicht war er einfach immer zu lange von zu Hause fort gewesen. Wilhelmine jedenfalls gebar ihm keine Kinder, und als Hans für die Schifffahrt zu alt wurde, verfiel er dem Suff.

Bastian lauschte an der Haustür. Er hörte lautes Schnarchen. Leise klopfte er, und als sich nichts regte, stieß er das Fenster auf.

»Wilhelmine?« Er leuchtete mit der Fackel in einen schmalen Raum. Darin fanden sich ein Tisch, zwei Stühle, ein Kupferkessel neben der Feuerstelle und ein paar Holzlöffel. Von der Alten oder seinen Männern war nichts zu sehen. Für einen Augenblick befürchtete er, das Schnarchen könnte von ihnen stammen, doch dann glaubte er, Hans' Stimme zu erkennen. Bastian rieb sich nachdenklich das Kinn. Sollte er oben im Haus nachsehen? Wahrscheinlich würde er nur den schlafenden Hans wecken. Er beschloss, auf dem Kirchhof nachzusehen. Auf Zehenspitzen schlich er bis zu der hüfthohen Mauer, die den Friedhof begrenzte. Sein Blick glitt über die vielen steinernen Kreuze, Zeugen vergangenen Lebens. Seit eh und je wurden die Toten hier zur Ruhe gebettet. Plötzlich nahm Bastian eine Bewegung wahr. Nur ein Stückchen entfernt, hinter einem Baum stand jemand. Der Größe nach zu urteilen ein Mann.

»Hugo?«, flüsterte Bastian und stürzte zu der Gestalt.

»Pst. Seid bitte still!« Hugo legte den Zeigefinger auf die Lippen.

»Was zum Teufel treibt Ihr hier? Ihr seid zur Wache auf dem Mühlenturm eingeteilt.« Bastian zog Hugo vom Baum weg, doch der sah ihn überhaupt nicht an. Kreidebleich hielt er den Blick auf den Kirchhof gerichtet. Bastian schaute in dieselbe Richtung. Er konnte jedoch nichts erkennen.

»Habt Ihr getrunken?«, fragte er und wandte sich wieder zu Hugo um.

»Nein. Gewiss nicht. Die Untoten sind erwacht. Peter und Wilhelmine holen gerade den Pfarrer. Nur er kann ihre ruhelosen Seelen mit seinen Gebeten zurück ins Reich der Toten verbannen.« Hugo bekreuzigte sich, ohne den Blick vom Friedhof abzuwenden.

»Ich sehe dort nichts«, erwiderte Bastian. »Wo ist Eure Fackel?«

Hugo reagierte nicht. Seine Augen wurden so groß wie Mühlsteine.

»Da drüben. Seht Ihr das Licht?«

Bastian blickte sich erneut um. Ein Kreuz stand still neben dem anderen. Der Mond und die Sterne leuchteten. Zugegeben, die kalten Strahlen tauchten den Friedhof in ein gespenstisches Licht. Aber mehr war da nicht.

»Verflucht noch einmal. Hugo! Wollt Ihr mich zum Narren halten? Ich werde Euch ...« Bastian sprach nicht weiter, denn plötzlich löste sich etwas Schimmerndes von einem der Grabsteine. Er sah nicht genau, was es war. Doch es bewegte sich. Es schien über den Boden zu schweben und verschwand hinter dem nächsten Grabstein.

»Was zum Teufel war das?«, brummte Bastian und sprang mit einem Satz über die Mauer.

»Die Untoten«, wisperte Hugo ängstlich. »Bleibt hier und lasst uns auf den Pfarrer warten.«

Aber Bastian hörte gar nicht mehr hin. Er wollte wissen, wer oder was sich hinter dem Grabstein versteckte. Er huschte über die matschige Erde. Vor einem Steinkreuz versank er knöcheltief im Schlamm. Bastian fluchte, zog seinen Fuß heraus und schlich vorsichtig weiter.

Da löste sich der helle Schimmer wieder von dem Grabstein.

»Stehen geblieben!«, brüllte Bastian, denn jetzt sah er eindeutig, dass jemand über den Friedhof eilte. Er jagte hinterher. Ein langes helles Gewand schimmerte im Mondschein. Bastian glaubte, eine Frau zu erkennen. Sie lief schnell, und Bastian hatte Mühe, ihr zu folgen. Seine Stiefel versanken immer wieder im schlammigen Boden und hinderten ihn am Fortkommen. Während die Frau unaufhaltsam weitereilte. Sie war mit Sicherheit viel leichter als er und sackte nicht so tief ein.

»Stehen geblieben!«, rief er abermals.

Die Frau reagierte nicht. Unbeirrt lief sie durch die Nacht, kletterte am Ende des Kirchhofs über die Mauer und verschwand. Bastian hetzte ihr nach. Er sprang ebenfalls über die Mauer, hielt dann jedoch schnaufend an. Wo war sie hin? Er rannte die Hubertusstraße hinauf. Seine Schritte hallten in der engen Gasse von den Häuserwänden wider. Seine Augen durchforsteten die Dunkelheit nach dem hellen Gewand. Doch die

Frau schien wie vom Erdboden verschluckt. Er blickte sich um und nahm die entgegengesetzte Richtung, bis er wieder an der Schloßstraße anlangte. Auch hier fand er keine Spur von ihr.

Was zum Henker trieb diese Frau mitten in der Nacht auf dem Kirchhof? Das Bild einer Hexe stieg in ihm auf. Schon spürte er, wie der Teufel seine langen, giftigen Finger nach ihm ausstreckte. Hastig wischte er das Bild fort und drehte wieder um.

»Habt Ihr den Untoten?«, krächzte Hugo, als er Bastian erblickte.

»Nein. Sie ist mir entwischt.«

»Sie?«

»Ja, verdammt. Habt Ihr denn nicht gesehen, dass es eine Frau in einem langen hellen Gewand war? Ihr hättet mir helfen können, sie zu fangen. Nun stehen wir mit leeren Händen da.«

»Eine Hexe«, schrie Hugo und bekreuzigte sich. »Ich wusste es gleich, die Sache geht mit dem Teufel zu.«

»Schweigt!«, befahl Bastian und packte Hugo am Kragen. »Ihr hört Euch an wie ein ängstliches Weib. Ihr seid Soldat. Habt Ihr das vergessen?«

Hugo zitterte tatsächlich am ganzen Leib. »Ihr solltet den Teufel und seinesgleichen nicht unterschätzen, Bastian Mühlenberg. Ihr wollt doch nicht, dass Eure Seele bis in alle Ewigkeit verflucht ist.«

Bastian schüttelte den Kopf. »Nein. Das will ich bestimmt nicht. Ich mache mich jetzt auf die Suche nach Peter und Wilhelmine und Ihr schert Euch zurück zum Mühlenturm und haltet Ausschau. Wenn Ihr diese Frau seht, dann fangt sie ein, damit wir sie befragen können.« Er gab Hugo einen Schubs und sah zu, wie er in Richtung Mühle davonhuschte.

Bastian beobachtete den Kirchhof noch eine Weile und begab sich anschließend zur Kirche. Pfarrer Johannes kam ihm mit einem rauchenden Weihrauchfass entgegen. Er schwenkte das Gefäß so heftig hin und her, dass sich ringsherum Nebel ausbreitete. Der rundliche und in die Jahre gekommene Mann bewegte sich mit erstaunlicher Leichtigkeit. Wilhelmine und Peter tauchten hinter dem Pfarrer durch den dichten Weihrauch auf, als gehörten sie selbst zu den Untoten.

»Bastian. Schön, Euch zu sehen, mein Junge. Ich bin hier, um die Gemüter unserer Wilhelmine und Eurer Soldaten zu beruhigen.« Er verdrehte für einen kurzen Moment die Augen. »Sie wollen Untote auf unserem Kirchhof gesehen haben. Die gute Wilhelmine behauptet sogar, dass der Kratzer auf ihrer Wange vom Teufel persönlich stammt.« Johannes blieb abrupt stehen, zog die Alte zu sich heran und hielt ihr Kinn fest. »Leuchtet mit Eurer Fackel, Bastian. Seht Ihr die Verletzung? Ich denke vielmehr, Wilhelmines Gatte hat wieder einmal die Beherrschung verloren.«

Wilhelmine drehte erbost den Kopf weg. »Warum wollt Ihr mir nicht glauben? Ich habe mir das nicht ausgedacht. Fragt doch Eure Soldaten. Sie haben mich auch zuerst ausgelacht, und dann ist ihnen der Schreck selbst in die Glieder gefahren. Sie haben sich fast ins Hemd gemacht vor Angst.« Sie zeigte auf Peter. »Jetzt sagt etwas, Soldat!«

Peter machte einen Schritt rückwärts. Seine Augen tanzten nervös über den Kirchhof. »Da auf dem Friedhof war jemand. Die Gestalt hielt eine Kerze in der

Hand und wanderte zwischen den Gräbern hin und her. Es war Teufelswerk.«

Johannes schwenkte sein Weihrauchfass und umhüllte die Anwesenden mit Nebel.

Bastian hustete. »Was habt Ihr vor?«

»Ich werde den bösen Geistern Einhalt gebieten, im Namen unseres Herrn«, erklärte Johannes und schwenkte den Weihrauch, während er die Mauer des Kirchhofs abschritt.

Bastian folgte ihm und wandte sich nach ein paar Schritten an Wilhelmine. »Was genau habt Ihr denn nun gesehen?«

Die Alte bekreuzigte sich und murmelte ein Gebet, dann richtete sie ihre blassen Augen auf ihn. »Der Geist unseres ehemaligen Totengräbers – Gott hab ihn selig – stieg aus seinem Grab. Er trug nur ein Hemd und eine Kerze. Er lief herum und suchte nach Seelen, denen er Böses einhauchen kann.« Sie deutete auf den Kratzer an ihrer Wange. »Seht her. Er hatte mich fast. Nur mein Glaube an Gott hat mich vor ihm bewahrt. Er ließ von mir ab und rannte davon. Nein, er schwebte vielmehr über den Friedhof. Es war schauerlich! Ich habe sofort Hilfe geholt. Aber Eure Männer konnten wie gesagt nichts ausrichten. Deshalb sind wir zum Pfarrer gegangen.«

Bastian dachte an die Frau, die er verfolgt hatte. »Welche Farbe hatte sein Gewand?«

»Er trug Weiß, die Farbe der Unschuld, um die Lebenden zu täuschen.«

»Und Ihr seid sicher, dass es der Geist des Totengräbers war? Es könnte doch ebenso gut eine Frau gewesen sein.«

Wilhelmine runzelte die Stirn. »Wenn Ihr mich so fragt«, murmelte sie bedächtig und leckte sich mit der Zunge über die Unterlippe. »Vielleicht war es auch eine Frau. Doch was spielt das schon für eine Rolle? Die Toten sollen die Lebenden nicht behelligen.«

»Und was habt Ihr gesehen? Einen Mann oder eine Frau?«, wollte Bastian nun von Peter wissen.

Der zuckte müde mit der Schulter. »Ich weiß es nicht. Auf jeden Fall war es das Werk des Teufels.«

»Ich denke, Ihr solltet Euch jetzt beruhigen und nach Hause begeben«, riet Pfarrer Johannes, der inzwischen die gesamte Friedhofsmauer mit seinem Weihrauchfässchen umrundet hatte. »Der Herr wird seine schützende Hand über Euch halten, während Ihr schlaft. Womöglich haltet Ihr Euch eine Weile von Eurem Gatten fern, Wilhelmine.« Er blickte von ihr zu Peter. »Und Ihr solltet schleunigst Euren Pflichten nachkommen. Wenn ich mich richtig entsinne, habt Ihr Wachdienst auf dem Mühlenturm.« Er legte Bastian die Hand auf den Arm. »Und Ihr, mein lieber Junge, solltet zu Bett gehen. Hier gibt es nichts mehr für Euch zu tun.«

Wilhelmine warf Bastian und Pfarrer Johannes einen bitterbösen Blick zu. »Ihr werdet schon noch sehen, was Ihr davon habt. Ihr überseht die Zeichen des Bösen.« Sie hob drohend die dürre Hand, deutete auf den Kratzer an ihrer Wange und stieß einen Fluch aus. Dann machte sie auf dem Absatz kehrt und tippelte nach Hause. Peter schien es auf einmal ebenfalls sehr eilig zu haben und verschwand in Richtung Mühlenturm. Bastian verabschiedete sich von Johannes und begab sich nach Hause. In seinem Schlafgemach angekommen, fiel er sofort in einen tiefen Schlaf.

Im Traum sah er immer wieder die Gestalt im weißen Gewand zwischen den Grabsteinen vor sich. Eine schreckliche Vorahnung beschlich ihn. Ob Wilhelmine recht damit hatte, dass das Böse aus den Gräbern gekrochen kam und nach den Lebenden griff? Der Weihrauch von Pfarrer Johannes hing ihm noch immer in der Nase, konnte ihn aber nicht beruhigen. Je weiter die Nacht voranschritt, desto intensiver wurde der quälende Albtraum, während sich der vermeintlich schützende Rauch mehr und mehr verflüchtigte. Die Gestalt rannte mit einem Mal nicht mehr vor ihm fort. Jetzt jagte sie ihn. Ein Wesen, nicht Mann, nicht Frau, direkt aus der Hölle krallte sich an seinem Wams fest und versuchte, ihn unter die Erde zu ziehen. Er klammerte sich mit aller Kraft an einen Grabstein. Doch das Böse war zu stark. Zentimeter für Zentimeter rutschte er tiefer, bis er schreiend unter der Erde verschwand.

»Wach auf«, rief eine Frau mit braunen Locken. »Wach auf!«

»Anna«, keuchte er im Schlaf und streckte die Hand nach ihr aus. Ihre grünen Augen musterten ihn besorgt. »Anna«, wiederholte er und spürte auf einmal eine unbändige Kraft in sich. Wie lange hatte er nicht mehr von ihr geträumt! Plötzlich war sie wieder da und stand ihm bei. Sein Herz machte einen freudigen Satz. Er ergriff ihre Hand, die so weich und warm war, dass ihm schwindelte. Sie half ihm hinaus aus dem kalten, dunklen Grab. Er setzte sich auf, schlang die Arme um sie und öffnete die Augen.

»Anna«, murmelte er glücklich und drückte sie an sich.

»Wach auf und lass mich los«, erwiderte eine tiefe Stimme.

Irritiert ließ er von ihr ab.

»Wernhart?«

Bastian rieb sich die Augen und blinzelte verschlafen.

»Ich weiß, dass du heute Nacht auf Kontrollgang warst, und es tut mir leid, dich zu so früher Stunde aus dem Bett zu reißen, aber du musst sofort aufstehen.«

»Warum? Was ist passiert?« Bastian blickte sich um und stellte fest, dass sein Weib mitsamt den Kindern nicht mehr bei ihm war. Er hörte Geschirr klappern. Marie bereitete das Frühstück zu. Die Sonne stand bereits hoch am Himmel.

»Ich habe gerade meinen Dienst am Rheinturm angetreten. Doch noch bevor das erste Schiff seinen Zoll entrichtet hat, haben wir einen Leichnam am Rheinufer entdeckt. Wir haben ihn nicht angerührt. Ihr solltet ihn unbedingt erst in Augenschein nehmen.«

II

GEGENWART

Tim hatte die Nase gestrichen voll. Er hasste Spaziergänge. Vor allem, wenn sein Vater dabei die ganze Zeit an ihm herumnörgelte, nur weil er lieber am Computer herumhing, statt sich *die wahre Welt* anzusehen. Die wahre Welt. Die Worte stießen bitter in ihm auf. Stellten die paar Bäume jetzt die Welt dar? Die Natur war schlicht langweilig. Das viele Grün und die ach so frische Luft gaben ihm gar nichts. Da fuhr er lieber Autorennen oder schuf sich sein eigenes Universum an der Spielekonsole, in dem er der Meister war. Sein Vater nannte es Flucht und Faulheit, sogar Verantwortungslosigkeit. Er hätte nichts im Kopf, bisher nichts erreicht. Er hingegen empfand es als Vergnügen, als Entspannung. Es war exakt das, was er brauchte. Schließlich war er erst fünfzehn und längst nicht so verbraucht wie sein Vater. Tim blieb für einen Moment stehen und sog die Luft ein. Arrow schnüffelte aufgeregt an ein paar dicken Ästen. Wenigstens er hatte seinen Spaß in der richtigen Welt. Der Hund schnappte sich einen Stock und jagte damit durchs Dickicht. Tim schoss hinterher. Besser Arrow zu folgen, als sich weitere Moralpredigten seines Vaters einzufangen.

Was wusste der denn schon von seinem Leben? Er saß doch die ganze Zeit wie in einer Seifenblase in seinem Büro. In einem glitzernden Turm aus Glas. Von morgens bis spätabends. Oft auch an den Wochenenden. Während er und Mutter zu Hause mit echten Problemen kämpften. Zum Beispiel mit der Demenz seiner Großmutter. Vor ein paar Tagen hatte sie die Gardinen zerschnitten. Vor einer Woche beinahe das Haus angezündet. Von ihren ständigen Schreien ganz zu schweigen.

Wann jemals hatte sein Vater die eigene Mutter schreien gehört? Noch nie. Er war ja nie da, wenn es ihr schlecht ging. Wenn die Vergangenheit sie einholte. Sie sich von russischen Soldaten umzingelt glaubte und um ihr Leben rannte. Wenn sie um sich schlug, weil sie ihn, ihren eigenen Enkel, nicht mehr erkannte. Weil sie ihn für den Feind hielt. Für jemanden, der ihr an den Kragen wollte. Der hinter ihrer Unschuld her war, die sie vor Ewigkeiten verloren hatte. Er hatte genug davon. Mehr als genug von diesem sogenannten wahren Leben, von dem sein Vater nicht das Geringste wusste. Seine Mutter wollte ihn schonen. Er arbeitete schließlich so viel. Schaffte das Geld heran. Geld, das ihnen ein riesiges Haus in bester Lage und erheblichen Luxus beschert hatte. Nur dass man mit all diesem Geld keine Gesundheit kaufen konnte. Keine Medizin, die seiner Großmutter die Last der Vergangenheit nahm und die Löcher in ihrem Gedächtnis stopfte. Und auch Liebe konnte man mit Geld nicht erwerben. Dieser Mann, der täglich frisches Gemüse brachte und in letzter Zeit immer öfter zum Essen blieb, der lachte mit seiner Mutter. So glücklich kannte er sie gar nicht.

Er nahm Arrow den Stock ab und schleuderte ihn, so weit er konnte. Der verspielte Hund preschte hinterher.

»Tim? Tim, wo bist du?«

Seine Laune sank auf einen neuerlichen Tiefpunkt. Sein Vater hatte aufgeholt. Vermutlich bereitete er die nächste Schimpftirade vor. *Warum kannst du nicht ruhig und gesittet auf dem Weg laufen? Warum treibst du dich im Unterholz rum? Sieh dir mal deine Hose an. Sie ist eingerissen. Wer soll das alles bezahlen? Du frisst mir noch die Haare vom Kopf …* Er ertrug es nicht mehr. Keine Sekunde länger. Entschlossen lief er tiefer in den Wald. Sollte sein Vater doch nach ihm suchen. Er konnte es ihm sowieso nie recht machen.

Arrow kam mit dem Stock zurück. Wieder warf er ihn fort und folgte seinem Hund. Das Waldstück war nicht sonderlich groß. Nur eine kleine Oase inmitten von Feldern. An diesem warmen Morgen schien außer ihnen noch niemand hier zu sein. Es war viel zu früh. Jeder normale Mensch schlief samstags aus. Nur sein Vater nicht. Statt einem gemütlichen Frühstück gab es einen Waldspaziergang mit knurrendem Magen. Wie sollte man da die Natur genießen? Seine Mutter hatte es gut. Sie behauptete, auf Großmutter achtzugeben. Dabei wusste Tim ganz genau, dass heute Morgen eine frische Gemüselieferung anstand.

»Tim?«

Er duckte sich hinter einen Busch. Flink nahm er Arrow den Stock ab und drückte den Hund an sich.

Durch die Bäume hindurch beobachtete er seinen Vater, der sich auf der Suche nach ihm mehrmals im Kreis drehte. Tim wartete im Dickicht, bis sein Vater weiterging. Als er ihn nicht mehr sah, richtete er sich auf und betrat die Lichtung, auf der sich der Spielplatz befand. Arrow folgte ihm schwanzwackelnd. Er steckte ihm ein Leckerli zu und steuerte die Schaukel an. Doch bevor er sich setzte, blickte er sich um. Schließlich wollte er nicht beim Schaukeln gesehen werden. Das war was für Kinder. Eigentlich.

Ein Windhauch wehte herüber und brachte den Geruch von verbranntem Holz mit sich. Tim schnupperte und bemerkte eine weitere, unangenehme Note in der Luft. Sein Blick wanderte in die Richtung, aus der der Gestank kam. Im ersten Moment dachte er an eines seiner Computerspiele. Das, in dem eine fiktive mittelalterliche Welt erschaffen wurde, in der er gegen Magier, Ritter und Drachen bestehen musste. Diese Welt besaß ihre eigene Ordnung und Gesetze. Wer beim Stehlen erwischt wurde, verlor ein Ohr. Hexen wurden verbrannt, wenn sie schädliche Zauber aussprachen.

Seine Augen klebten augenblicklich an einer verkohlten Gestalt, die dort an einem Pfahl mitten in einem Scheiterhaufen hing. Tim blinzelte. Sein Herz setzte einen Moment aus. Arrow ließ den Stock fallen und knurrte. Tim konnte sich nicht rühren. Erst als der Hund mit einem gewaltigen Satz lossprang, lief er hinterher. Obwohl er in seinen Computerspielen den Tod gesehen, ja ihn sogar selbst verursacht hatte, schoss eine Welle der Übelkeit in ihm hoch. Er übergab sich. Das Erbrochene landete auf seinen Schuhen und auf seiner Hose. Der Geruch nach verbranntem Fleisch drang in jede seiner Poren ein. Keuchend richtete er sich auf und starrte den Tod an. Er schnaufte tief durch und schrie dann nach seinem Vater.

Das hier vor ihm, das war die wahre Welt.

* * *

»Wie geht es ihm?«, fragte Kriminalkommissar Oliver Bergmann und warf dem blassen Jungen einen mitfühlenden Blick zu.

»Er steht unter Schock. Ich habe ihm ein Beruhigungsmittel gegeben.« Die Ärztin packte ihren Koffer zusammen und schob ihn in den Rettungswagen unter eine Bank. »Wir nehmen ihn zur Beobachtung mit. Seinen Vater auch. Beide haben sich mehrfach übergeben. Der Puls des Vaters ist immer noch viel zu hoch. Wir müssen sein Herz überprüfen.«

»Kann ich mit den beiden sprechen?«

Die Ärztin nickte knapp. »Bitte nur kurz. Der Weg durch den Wald dauert. Wir kommen hier im Notfall nicht schnell genug voran.«

»Danke.« Oliver gab seinem Partner Klaus Gruber ein Zeichen und ging mit ihm auf den Jungen zu, der zusammengesunken wie ein Häufchen Elend auf einer Holzbank hockte. Er hatte dem Scheiterhaufen den Rücken zugewandt. Um seine Schultern war eine goldfarbene Rettungsdecke gewickelt. Tim Berling zitterte trotzdem am ganzen Leib. Seine Füße wippten wie Gummibälle auf und ab. Oliver stellte sich vor und ging in die Hocke, damit er mit Tim auf Augenhöhe reden konnte.

»Ihr werdet gleich ins Krankenhaus gebracht. Das ist

eine reine Vorsichtsmaßnahme. Aber vorher möchten wir dir und deinem Vater ein paar kurze Fragen stellen.«

Tim warf einen vorsichtigen Blick zu seinem Vater. Der reagierte umgehend und ließ den Sanitäter, der gerade seinen Blutdruck messen wollte, stehen.

»Sind Sie von der Kriminalpolizei?«, fragte er und nahm neben Tim auf der Bank Platz. Fürsorglich legte er den Arm um seinen Sohn, eine liebevolle Geste, die Oliver sofort registrierte.

»Ja. Wir haben ein paar Fragen an Sie.« Oliver wiederholte seinen und Klaus' Namen und streckte dem Mann die Hand entgegen. Frank Berling ging es offenkundig nicht besonders gut, seine Hand war heiß und schwitzig. Hoffentlich spielte sein Kreislauf nicht verrückt. Trotzdem wollte Oliver mit der ersten Befragung nicht warten. Aus Erfahrung wusste er, dass sich die Erinnerungen der Zeugen mit der Zeit veränderten. Manche Aspekte wurden neu gewichtet und erlangten eine stärkere oder schwächere Bedeutung. Bestimmte, unwichtig erscheinende Details wurden einfach vergessen. Das war ein ganz normaler Vorgang. Das menschliche Gehirn funktionierte effizient, es speicherte nur die relevanten Dinge auf Dauer ab. Deshalb war es umso wichtiger, die Eindrücke dieser beiden Zeugen sofort aufzunehmen. Er sparte sich die Fragen nach den Personalien und kam direkt zur Sache.

»Um wie viel Uhr haben Sie den Leichnam entdeckt?«

Tim machte große Augen. Er hatte offensichtlich keine Ahnung, wie spät es überhaupt war. Frank Berling runzelte angestrengt die Stirn.

»Wir sind heute Morgen um kurz nach sieben aufgestanden und gleich darauf losgefahren. Mein Wagen parkt auf dem Parkplatz am Feldrand. Von dort aus benötigt man knapp zehn Minuten bis in den Wald, wo wir höchstens eine halbe Stunde waren. Es muss also gegen acht Uhr gewesen sein.«

»Waren noch andere Spaziergänger unterwegs?«, fragte Oliver und machte sich eine Notiz.

Frank Berling schüttelte den Kopf. »Nein. Ich habe niemanden gesehen. Mein Sohn auch nicht.« Er warf Tim einen fragenden Blick zu.

»Nein«, sagte der Junge. »Wir waren die Einzigen. Wir und Arrow.« Er deutete auf den großen braunen Hund, der die ganze Zeit zu seinen Füßen lag und bei der Nennung seines Namens kurz den Kopf hob.

»Ist Ihnen auf dem Weg hierher oder auch schon vorher ein anderes Fahrzeug aufgefallen? Jemand, der sich vielleicht von hier entfernt hat?«

Frank Berling dachte nach. »Ich kann mich ehrlich gesagt nicht entsinnen. Sie müssen wissen, dass die Stimmung zwischen meinem Sohn und mir heute Morgen nicht die beste war. Er wollte eigentlich zu Hause bleiben.«

Über Tims Miene huschte ein Schatten. Der Junge steckte mitten in der Pubertät. Vermutlich hätte er lieber am Computer gespielt oder mit Freunden gechattet, als mit seinem Vater im Wald spazieren zu gehen. Dazu noch an einem Samstagmorgen, wo mancher Halbwüchsiger bis zum Mittagessen schlief.

»Verstehe«, erwiderte er deshalb nur und blickte Tim an.

»Es ist Wochenende. Wir waren die Einzigen«,

wiederholte der Teenager und jetzt konnte Oliver den Trotz in seiner Stimme hören.

Oliver nickte freundlich. »Kannst du mir zeigen, von welcher Seite du auf den Spielplatz gelangt bist und wie du die Leiche entdeckt hast?«

Tim sackte in sich zusammen. Offenbar wollte er sich keinesfalls erinnern. Sein Blick war starr geradeaus gerichtet, der Hals steif, so als wollte er sich unter keinen Umständen zu dem Scheiterhaufen umdrehen. Mit zittriger Hand deutete er nach rechts, ohne den Kopf zu heben.

»Ich bin von dahinten aus dem Wald gekommen. Arrow lief voraus. Ich hab einen Stock für ihn geworfen. Zuerst hab ich Verbranntes gerochen, dann den Scheiterhaufen gesehen.« Er stockte einen Moment. »Da lag ganz schön viel Müll im Dickicht.«

Oliver blickte sich nach Ingrid Scholten um. Die Leiterin der Spurensicherung stand kerzengerade vor dem Scheiterhaufen. Um sie herum wuselten ihre Mitarbeiter, eingepackt in weiße Overalls und ausgestattet mit Plastiktüten für die Sicherstellung von Beweismaterialien. Scholtens Erscheinung war – von der Frisur angefangen bis hin zu ihrem makellos gebügelten Kostüm – wie immer perfekt. Oliver bedankte sich bei dem Jungen und seinem Vater und übergab die beiden der Ärztin, die sie sofort in den Rettungswagen verfrachtete. Oliver ging zu Scholten hinüber und zog Klaus mit sich.

»Sieht aus wie eine Hinrichtung. Meinen Sie nicht?«, fragte Scholten, schon während sie sich zu ihnen umdrehte. »Wir haben bis jetzt nicht sonderlich viel gefunden. Da vorne rechts am Scheiterhaufen ist ein halber Schuhabdruck. Ziemlich tief eingesunken. Der Größe und Form nach zu urteilen, ein Männerschuh. Könnte vom Täter sein. Leider laufen auf diesem Spielplatz eine Menge Leute herum und ein Großteil der Fläche ist mit Kieselsteinen bedeckt. Wir werden die Erde um die Leiche gleich noch eingehend auf Spuren untersuchen. Vielleicht können wir feststellen, aus welcher Richtung der oder die Täter gekommen sind.«

»Schauen Sie bitte auch im Wald nach.« Oliver zeigte in die Richtung. »Der Junge kam von dort und hat im Dickicht viel Müll bemerkt.«

Scholten nickte und schnippte mit dem Finger. Eine Mitarbeiterin erhob sich vom Boden und folgte ihren knappen, aber präzisen Anweisungen.

»Woher er wohl das Material für den Scheiterhaufen genommen hat? Ein Lastwagen schafft es nicht durch den Wald. Er muss mehrfach mit dem Auto gefahren sein«, murmelte Oliver und betrachtete das verbrannte Opfer. Leere, dunkle Augenhöhlen starrten ihn aus einem verkohlten Schädel an. Anstelle der Haare war eine schwarze Rußschicht geblieben, die klumpig am Kopf klebte. Der Unterkiefer hing lose herab. Sämtliche Zähne ragten wie düstere Stümpfe aus dem Kieferknochen. Die Rippen traten deutlich hervor. Das Opfer steckte in einem Drahtgeflecht fest, mit dem es offenbar an dem Holzpfahl festgebunden worden war. Auf unheimliche Weise wirkte es in dieser halb aufrechten Position immer noch lebendig. Der untere Körperteil war zu einer schwarzen Masse zusammengeschrumpft. Es war unmöglich, zu sagen, ob hier eine Frau oder ein Mann verbrannt war.

»Er brauchte kein Auto. Material lagert gleich da

drüben zur Genüge, nur ein paar Meter entfernt. Der ganze Wald ist voll davon. Er musste es bloß zu einem Haufen aufschichten«, erklärte Scholten. »Vermutlich hat er das Opfer mit Benzin übergossen. So verkohlt, wie es hier aussieht, hat das Feuer auf jeden Fall eine extrem große Hitze entwickelt. Wir müssen natürlich das Ergebnis der Rechtsmedizin abwarten, aber ich denke, unser Opfer ist weiblich. Zumindest deuten die übrig gebliebenen Knochen darauf hin.« Sie hob den Zeigefinger. »Wichtig für die Ermittlungen könnte sein, dass das Feuer wieder gelöscht wurde. Sehen Sie die weißen Spuren auf dem Boden? Das ist Löschmittel.«

Klaus ging in die Hocke und musterte die Stellen. »Warum hat er das Feuer denn nicht einfach ausbrennen lassen?«

»Vielleicht wollte er nicht entdeckt werden«, erwiderte Oliver und fragte sich, wie schnell ein Mensch verbrannte. Mit Benzin als Brandbeschleuniger vergingen wahrscheinlich nur wenige Minuten.

»Das könnte ich mir auch vorstellen.« Scholten stimmte ihm zu. »Die Feuerwehr in Zons braucht keine zehn Minuten bis hierher. Ich denke, dass die Flammen ziemlich hochgeschlagen sind. Es wundert mich sowieso, dass niemand das Feuer gesehen hat.« Ingrid Scholten schaute sich um. »Aber vermutlich ist der Wald so dicht, dass man aus der Entfernung nichts sieht, selbst nicht bei Nacht.«

Oliver dachte nach. Sie befanden sich in einem Naturschutzgebiet vor den Toren von Zons. Der Wald war rundherum von Feldern umgeben. Das erste Wohnhaus lag mehr als einen Kilometer entfernt. Sie könnten trotzdem die Anwohner befragen, vielleicht hatte doch jemand etwas bemerkt.

»Wir haben einen Benzinkanister gefunden.« Die Mitarbeiterin der Spurensicherung, die Ingrid Scholten vor ein paar Minuten losgeschickt hatte, kam mit hochrotem Kopf zurück. »Und noch etwas ...« Sie stieß die Luft aus und hielt eine Pinzette in die Höhe. »Das hier klebte daran.«

Oliver kniff die Augen zusammen und staunte nicht schlecht. »Ein langes rotes Haar«, murmelte er, und sofort sprang sein Kopfkino an.

* * *

Paula klickte sich durch die spärlichen Nachrichten und schüttelte frustriert den Kopf. Ein Bibliothekar, ein Versicherungsvertreter und ein Beamter. Toll. Das waren also die Profile, die zu ihr passen sollten? Sie musste nur die Fotos dieser Kandidaten betrachten, und schon sah sie ihr ganzes weiteres Leben vor sich. Absolut vorhersehbar. Keine Überraschungen. Sie gähnte. Wieso zum Teufel verknüpfte dieses so hochgelobte Internetportal sie mit diesen Typen? Sie hatte doch nicht stundenlang Fragebögen ausgefüllt und sich unendlich viel Mühe gegeben, um schlussendlich mit einem Langweiler verkuppelt zu werden. Paula träumte von der großen Liebe. Roten, langstieligen Rosen, einem Prinzen, der sie in- und auswendig kannte, ihr jeden Wunsch von den Lippen ablas und der sie vergötterte. Sie. Nur sie. Und nicht noch etliche andere Frauen.

Die Enttäuschung schmeckte bitter auf ihrer Zunge.

So als wäre es erst gestern gewesen, dass sie Angelos Seitensprung entdeckt hatte. Sie korrigierte sich. Seine Seitensprünge. Sechs Frauen waren es gewesen, in nur drei Jahren. Und sie hatte zunächst nichts bemerkt. Der schöne Angelo. Heißblütig. Leidenschaftlich. Er verkörperte alles, was sie sich immer gewünscht hatte, allerdings nur äußerlich. Charakterlich hatte Angelo nicht viel zu bieten gehabt. Er war selbstverliebt, herrisch, neigte zu Wutausbrüchen und isolierte sie von ihrem Freundeskreis. Auch ein Grund, warum sie sich auf einem Datingportal angemeldet hatte und sogar noch Geld dafür bezahlte. So wie früher lief es einfach nicht mehr. Womöglich war sie mit ihren knapp dreißig Jahren schon zu alt, doch beim Sport oder in der Stadt lernte sie niemanden kennen. Zudem war es anstrengend. Die wenige Freizeit, die ihr der Job ließ, reichte kaum aus, um auf Männerfang zu gehen. Sie seufzte und öffnete die Nachricht des Bibliothekars. Sie war höflich formuliert und klang sehr nett. Vielleicht sollte sie ihm eine Chance geben. Es könnte ja sein, dass er auf seinem Foto völlig falsch rüberkam. Andererseits, was machte er den ganzen Tag als Bibliothekar? Paula sah einen staubigen Saal vor sich. Niemals wurde es richtig hell, weil dicke Stoffgardinen die Sonne permanent aussperrten. Überdies roch es nach altem Papier. Ihr möglicher Verehrer saß vor einem Computer und sortierte Listen. Listen über Ausleihen, über Rückgaben, über fehlende Bücher. Was könnte er sonst noch tun? Möglicherweise erstellte er eine Liste mit allen Neuerscheinungen und markierte sämtliche Titel, die er für die Bibliothek anschaffen wollte.

Nein. Paula brachte es nicht fertig, diesen Mann näher kennenzulernen. Zumindest noch nicht.

Eine Gänsehaut überlief sie, wenn sie an letzten Donnerstag dachte. Ihre Mutter hatte wahrscheinlich recht. Sie war einfach zu naiv gewesen. Ihre Mutter hatte Angelo sofort durchschaut. Paula hatte ihr vorgeworfen, in Klischees zu denken. Aber letztendlich musste sie ihr recht geben. Und genauso hätte sie am Donnerstag vorhersehen können, wie der Abend enden würde. Ihre Mutter wäre nie und nimmer in eine solche Situation hineingeschlittert. Wer ließ sich denn schon mit dem Barkeeper ein? Wie verzweifelt war sie eigentlich? Sie wusste doch, dass sie nicht viel Alkohol vertrug und schon gar nicht mit ihm mithalten konnte. Sie spürte ihn noch immer wie einen Fremdkörper zwischen ihren Beinen. Er hatte sie betrunken gemacht und es dann auf der Rücksitzbank seines Wagens mit ihr getrieben. Sie nahm keine Pille. Wozu auch? Seit Angelo, und das war jetzt gut zwei Jahre her, hatte sie mit niemandem mehr geschlafen. Der Barkeeper hatte kein Kondom benutzt. Ihr wurde übel bei diesem Gedanken. Am nächsten Tag hatte sie Stunden damit verbracht, im Internet nach Geschlechtskrankheiten zu forschen. Syphilis, Aids, Bakterien. Es war die Hölle, und am Ende hatte sie geweint. Ihr war vorher überhaupt nicht klar gewesen, dass man beispielsweise für die Durchführung eines Aidstests ein paar Wochen warten musste, bis das Blut Antikörper gebildet hatte. Wie sollte sie diese Ungewissheit aushalten? Und was, wenn sie auch noch schwanger war?

Sie schniefte und verfasste doch eine Antwort an den Bibliothekar. Es konnte nicht schaden, und im Gegensatz zu ihrem One-Night-Stand musste sie von einem solchen Mann wohl kaum Geschlechtskrankheiten befürchten. Sie konnte nur hoffen, dass der Sex mit ihm nicht genauso langweilig wäre, wie sie sich seinen Beruf vorstellte. Sie schickte die Nachricht ab und schreckte hoch. An ihrer Tür klingelte es. Wer könnte das denn sein? Sie erwartete niemanden und außerdem war es schon kurz nach sieben. Auf Zehenspitzen schlich sie über den Flur und lugte durch den Türspion. Ein Unbekannter stand dort. Er hielt etwas in der Hand. Etwas, das ihr die Schamesröte ins Gesicht trieb. Etwas, das sie im Internet bestellt hatte. Paula stellte sich stocksteif auf und öffnete die Tür.

»Ein Paket für Sie«, murmelte der Mann und warf ihr einen kurzen Blick zu. Dann gab er ihr einen Stift, mit dem sie den Empfang quittieren sollte. Paula betrachtete das Paket. Es war hellbraun und völlig schnörkellos. Keine Werbung auf der Außenseite. Sie atmete auf und brachte ein Lächeln zustande.

»Danke«, sagte sie und nahm die Sendung entgegen. Sie zog die Tür zu und wunderte sich über das geringe Gewicht des Kartons. Neugierig schüttelte sie ihren neuen Besitz. Das Datingportal war für den Moment vergessen. Sie öffnete das Paket sorgfältig mit einer Schere und ging damit ins Schlafzimmer. Sie musste sich unbedingt entspannen. Paula sank auf ihr Bett und schloss die Augen. Regungslos lag sie da und spürte, wie der Stress des Tages langsam von ihr abbröckelte. Es war eigentlich noch keine Schlafenszeit, aber sie sollte sich ruhig auch mal etwas gönnen.

Gemächlich und immer noch mit geschlossenen Augen tastete sie nach dem Paket. Ob sie den Inhalt ausprobieren sollte? Unwillkürlich musste sie lächeln. Sie tastete weiter und erstarrte. Etwas Warmes hatte sie nicht erwartet. Erschrocken riss sie die Augen auf und sah eine Hand. Ein Mann starrte sie an. Der Schock benebelte ihre Sinne. Paula schrie, doch sogleich schob sich seine feste Hand über ihren Mund. Seine Faust landete auf ihrer Schläfe, und Paula versank in der plötzlichen Schwärze ihres Schlafzimmers.

III

VOR FÜNFHUNDERT JAHREN

Obwohl die Sonne schon kräftig schien und ihre goldenen Strahlen die Erde erwärmten, fröstelte Bastian. Vielleicht lag das an der löchrigen Nacht und an der bleiernen Müdigkeit, die in seinen Knochen steckte. Er rieb sich die kalten Hände und achtete darauf, dass das Rheinwasser seine Stiefel nicht benetzte. Die Wellen schlugen sanft ans Ufer, ein Meer aus feuchten Kieselsteinen, die in der Sonne beinahe wie Edelsteine glitzerten. Es würde ein schöner, frühsommerlicher Tag werden. Das konnte Bastian jetzt schon spüren. Vögel zwitscherten, Insekten strömten zu allen Seiten aus und tanzten über den Wellen. Nur der tote junge Mann passte nicht in dieses bezaubernde Bild. Er lag am Ufer, mit ausgebreiteten Armen, die Nase in den Himmel gerichtet, fast so, als hätte er mit seinem letzten Atemzug die Güte Gottes empfangen. Sein zartes Gesicht war mit Dreck und Erbrochenem verschmiert, wirkte jedoch trotzdem friedlich. Die Augen waren geschlossen, so als schliefe er nur. Doch sein Brustkorb hob und senkte sich nicht und die Haut hatte einen bläulichen Schimmer angenommen.

»Wer ist dieser Bursche?«, fragte Bastian, aber Wernhart zuckte nur mit den Schultern.

»Ich kenne ihn nicht. Womöglich ist er ein Reisender oder der Sohn eines fahrenden Händlers?«

Bastian blickte hinüber zu ein paar Zelten, die sich vor der Stadtmauer abzeichneten. Ob der Tote dort herkam? Er betrachtete nachdenklich die unverbrauchte, weiche Haut an den Händen des Toten und seinen zierlichen Körperbau. Der Junge von vielleicht fünfzehn Jahren wirkte nicht wie jemand, der sein Leben unter freiem Himmel und mit harter Arbeit bestritten hatte. Trotzdem beschloss Bastian, die Händler vor dem Stadttor zu befragen.

»Ich habe zuerst gedacht, er wäre ertrunken«, erklärte Wernhart. »Aber dann habe ich das Erbrochene gesehen und den Kot, und außerdem trägt er dieses Büßergewand.«

Bastian musterte das sackartige Gewand. Es bestand hauptsächlich aus hellen Ziegenhaaren, ein unangenehm rauer und kratziger Stoff. Es wurde oft von Mönchen, aber auch von weltlichen Würdenträgern als Zeichen der Demut und Buße auf der nackten Haut getragen. Warum ein Knabe in diesem Gewand steckte, war ihm nicht klar. Er ging in die Hocke und löste den Gurt, der um die Hüften geschlungen war. Tatsächlich war der Junge darunter nackt. Er betrachtete die Füße, an deren Sohlen dunkle Erde klebte. Unwillkürlich musste er an die Frau denken, die er in der Nacht auf dem Friedhof verfolgt hatte. Bastian runzelte die Stirn. Hatte er sich geirrt? War er vielleicht diesem Jungen hinterhergejagt? Er war genauso zierlich, und Wilhelmine und seine Soldaten hatten auch von einem Mann gesprochen. Bastian nahm etwas Erde von einem Fuß zwischen Daumen und Zeigefinger und zerrieb sie.

»Meinst du, die könnte vom Friedhof stammen?«

Wernhart verzog angewidert den Mund. »Könnte auch aus dem Wald kommen«, meinte er nach einer Weile. »Womöglich gehört er zu einer Gruppe von Wilderern.«

Bastian wischte sich die Finger ab. »Auf den ersten Blick scheint er jedenfalls unverletzt. Möglicherweise hat er aus einer verdorbenen Quelle getrunken. Das wäre eine Erklärung für das Erbrochene und auch für seinen Tod.« Der junge Mann lag vor den Toren der Stadt. Vermutlich hatte er sich nicht aus einem der öffentlichen Zonser Brunnen bedient. In der Umgebung gab es viele brachliegende Gewässer, die eine tödliche Wirkung haben konnten. Wenn er sich vergiftet hatte, war er in seiner Verzweiflung möglicherweise zum Rheintor gelaufen. Er hatte gehofft, die Stadt zu erreichen und Hilfe zu bekommen. Womöglich wollte er auch Wasser aus dem Rhein trinken, um die Vergiftungserscheinungen zu lindern. Aber dann war er vorher zusammengebrochen. Handelte es sich nur um einen Unglücksfall? Er sah zu seinem Freund Wernhart auf.

»Was glaubst du, warum ist er tot?«

»Irgendetwas ist merkwürdig. Er ist nicht ertrunken. Das erscheint mir sicher. Vielleicht hat er sich vergiftet, aber womit? Und weshalb hat ihm niemand geholfen?« Wernhart deutete auf die Zelte. »Er muss direkt dort vorbeigekommen sein, wenn er nicht sogar zu den

Händlern gehört. Jemand muss ihn doch gesehen haben. Es ist ein junger, gesunder Kerl. Sieh dir seine Zähne an. Allesamt kräftig. Dieser Junge ist schließlich nicht einfach tot umgekippt.«

Bastian nickte. »Du hast recht, Wernhart, ihm muss etwas zugestoßen sein. Ich glaube, diesem Jungen bin ich heute Nacht auf dem Kirchhof begegnet. Die alte Wilhelmine hat ihn für den Geist des Totengräbers gehalten. Ich habe ihn verfolgt, aber er ist mir entwischt.« Er berichtete Wernhart kurz über die letzte Nacht.

»Er muss durch das Rheintor hierher gekommen sein«, stellte Wernhart empört fest. »Franz und Wilhelm hatten Dienst. Davon haben sie mir nichts erzählt.« Seine Augen funkelten. »Die beiden schnappe ich mir.«

Bastian seufzte. »Ich werde sie wohl entlassen müssen. Auf meinem Rundgang habe ich sie schlafend vorgefunden. Sie schworen mir, kein Auge mehr zuzutun und achtzugeben.«

Wernhart zischte verdrießlich. »Immer wieder dieselben Namen. Auf diese Männer ist kein Verlass.«

Bastian hörte nur noch mit halbem Ohr zu. Er hatte etwas an der Hand des Toten entdeckt. Es war nur ein kleiner schwarzer Punkt an der Kuppe des rechten Zeigefingers. Die Haut rundherum schien gerötet und leicht geschwollen.

»Was ist das? Stammt diese Verletzung von einem Splitter?«, fragte er und erhob sich. »Das sollte sich der Arzt Josef Hesemann ansehen.«

* * *

Wilhelmine schlich um das Grab des alten Hubertus. Der Totengräber war ihr schon zu Lebzeiten unheimlich gewesen. Aber jetzt war es genug. Nacht für Nacht stahl ihr dieser Mann die Nachtruhe. Da konnte Pfarrer Johannes noch so oft mit seinem Weihrauchfässchen herumlaufen. Davon ließ sich einer wie Hubertus nicht abschrecken. Der hatte den Teufel auf seiner Seite und das war bereits zu seinen Lebzeiten so gewesen. Wilhelmine hatte es am eigenen Leib zu spüren bekommen. Das Gute konnte das Böse nicht besiegen, höchstens in Schach halten. Sie schnaufte und ging in die Hocke. Ihre Augen sahen nicht mehr so gut wie früher. Deshalb kroch sie ganz dicht an das Grab heran. Unkraut wucherte aus der dunklen Erde. Ein paar Steinchen lagen zwischen den Halmen. Sie suchte nach einem Zeichen, einem Fußabdruck vielleicht oder gar einer Öffnung, durch die Hubertus jede Nacht aus dem Grab heraufstieg. Zugleich bekreuzigte sie sich. Zum Glück schien die Sonne. Es war helllichter Tag. Die Untoten kämen erst in der Nacht zurück. Trotzdem hatte sie Angst. Man wusste ja nie.

»Da ist nichts«, schimpfte sie verbittert und richtete sich auf. Ihr schmerzte der Rücken. Sie rieb sich die Stelle, ohne Linderung zu erfahren, und ging um das Grab. Hinter dem Kreuz blieb sie stehen. Genau an dieser Stelle hatte sie Hubertus gesehen oder vielmehr seinen Geist, denn dass der alte Griesgram tot war, daran bestand kein Zweifel. Hubertus hatte die Anwohner rund um den Kirchhof bereits zu seinen Lebzeiten in Atem gehalten. Schon als er noch lebte, schlich er des Nachts aus unerfindlichen Gründen mit seiner Fackel auf dem Friedhof herum und schreckte sie mehrfach aus dem Schlaf. Offenbar fand auch seine Seele keine Ruhe, und so fuhr er mit dieser unsäglichen Gewohnheit fort. Aber Wilhelmine würde dafür sorgen, dass Hubertus endlich Frieden gab. Sie würde ihn persönlich in die Hölle befördern, denn dort gehörte er unzweifelhaft hin. Natürlich hatte sie mit all diesem Teufelszeug nichts am Hut. Doch sie hatte sich kundig gemacht. Es hieß, dass die Seelen der Toten an einem Besitztum aus dem Leben anhafteten und sie deshalb ihren Weg in den Himmel oder die Hölle nicht fanden. Dabei handelte es sich üblicherweise um eine Sache, die für den Verstorbenen zu Lebzeiten von großer Bedeutung gewesen war. Hubertus hatte den Kirchhof geliebt. Er fühlte sich den Toten mehr verbunden als den Lebenden. Wenn es diesen Gegenstand gab, vermutete Wilhelmine ihn auf dem Friedhof. Sie musste ihn nur finden und vernichten, dann wäre Ruhe. Hubertus' Seele würde nicht mehr ruhelos Nacht für Nacht auf der Erde wandeln.

Sie strich mit den Händen über das Kreuz. Vielleicht verbarg sich etwas in dem Stein. Ihre rauen Fingerkuppen erkundeten eine Vertiefung. Etwas kroch über ihren Handrücken und sie zuckte ängstlich zusammen. Eine schwarze Spinne huschte davon. Sie seilte sich an einem glitzernden Faden ab und verschwand zwischen ein paar Steinen. Wilhelmine suchte weiter. Nichts. Es musste aber etwas da sein. Ein tiefer Fußabdruck fiel ihr ins Auge.

»Hab ich dich«, murmelte sie und betrachtete ihre Entdeckung. Für Hubertus' Größe war der Abdruck jedoch viel zu klein. Wilhelmine kratzte sich grübelnd am Kinn. Hatte dieser Bastian Mühlenberg am Ende recht damit, dass es sich um eine Frau handelte, die sie gesehen hatten? Doch wer wusste schon, was der Teufel so spielte? Es konnte trotzdem Hubertus sein. Sie schnaufte und entdeckte einen weiteren Abdruck. Aufgeregt verfolgte sie die Spuren. Dann sah sie es.

Aus der schwarzen Erde ragte ein kleines Stück einer Kerze hervor. Wilhelmine wusste sofort, dass sie Hubertus gehörte. Genau solche Kerzen hatte sie in seinem Haus bemerkt. Ängstlich blickte sie sich um. Er könnte schließlich jeden Moment hinter dem nächsten Grabstein hervorkriechen und sie angreifen. Sie fasste allen Mut zusammen und steckte die Kerze ein. Angefüllt von Furcht rannte sie los. Durch die Pforte hinaus, weg von diesem schauerlichen Ort. Erst als sie den Friedhof ein ganzes Stück hinter sich gelassen hatte, hielt sie atemlos an. Sie war erleichtert, fast hatte sie es geschafft. Der alte Hubertus würde sie nie wieder heimsuchen, sobald sie das Ritual in der folgenden Nacht durchgeführt hatte.

* * *

Im Saal war es kalt. Balthasar rieb sich unauffällig die Oberschenkel und blickte sehnsüchtig durch das Fenster hinaus. Die Sonne hob sich golden vor dem blauen Himmel ab. Wie gerne wäre er jetzt dort draußen und hätte sich aufgewärmt. Stattdessen harrte er seit Stunden in der kalten und feuchten Halle aus. Kein Wunder, dass die älteren Mönche über schmerzende Gliedmaßen klagten. Das stundenlange Knien auf dem eiskalten Boden machte sie krank. Da halfen die besten Kräuterumschläge nichts. Endlich gab

Bruder Wolfram das Zeichen für das Ende der Andacht. Er ächzte, erhob sich mit steifen Knochen und trottete den Mönchen hinterher in den Innenhof. Erleichtert blinzelte er und wartete, bis sich seine Augen an die Helligkeit gewöhnt hatten. Ein paar Augenblicke blieben ihm, um die Sonne zu genießen, dann musste er wieder seinen Pflichten nachkommen. Balthasar gehörte zu den Illustratoren des Franziskaner-Klosters. Er las lateinische Texte und verschönerte sie mit seiner Kunst. Er mochte diese Tätigkeit, auch wenn sie ihn erneut in eine kalte Kammer sperrte. Aber wenigstens brauchte er bei seiner Arbeit nicht zu knien und durfte seiner Fantasie freien Lauf lassen. Er liebte den Umgang mit Farben. Sie machten sein eintöniges Leben bunter. Seit fast einem Jahr lebte er im Kloster und hoffte darauf, in die Reihen der Mönche aufgenommen zu werden.

»Deine Zeit ist bald gekommen, Novize«, sagte Bruder Wolfram und blickte ihn scharf an. »Ich hoffe, du weißt, was zu tun ist.«

Balthasar nickte eifrig und senkte den Blick. Er mochte Bruder Wolfram nicht sonderlich. Der strenge Novizenmeister schien ihm unheimlich. Er wusste nie, woran er bei ihm war. Des Öfteren schon hatte er sich in falscher Sicherheit gewiegt und sich von Wolframs freundlicher Miene und seiner sanften Stimme täuschen lassen. Er konnte einfach nicht vorhersagen, wann dem Novizenmeister sein Verhalten missfiel und er ihn dafür maßregelte. Die Stimmung kippte manchmal von einem zum nächsten Moment, und dann fand er sich im Keller mit wunden Striemen auf dem Rücken wieder und weinte. Die Novizen hatten kein leichtes Leben im Kloster. Sie standen ganz unten in der Hierarchie und besaßen keinerlei Stimmrecht. In gewisser Weise waren sie die Sklaven der Älteren. Wer Widerworte leistete oder sich gar verweigerte, der landete hungernd und ohne Hab und Gut auf der Straße. Jene Novizen unter ihnen, die das Glück hatten, aus einem wohlhabenden Elternhaus zu stammen, waren rar gesät. Also herrschte die Angst. Sie hing wie eine dunkle Wolke über ihren Köpfen und trübte ihr ohnehin karges Dasein. Balthasar war das jüngste von neun Kindern. Sein Vater verdingte sich als einfacher Schuhmacher. Das Geld reichte nie, um alle Mäuler zu stopfen. Sie hungerten ständig. Der Gang ins Kloster war deshalb eine verlockende Möglichkeit für ihn gewesen, und er war dankbar für das Talent, das Gott ihm mit auf den Weg gegeben hatte. Er konnte außergewöhnlich gut zeichnen und war aus ebendiesem Grund als Novize ins Kloster aufgenommen worden.

»Ich werde Euch nicht enttäuschen«, erwiderte Balthasar, weil Bruder Wolfram ihn unentwegt anstarrte. Er erntete ein Lächeln, von dem er nicht wusste, ob es echt war. Dann schritt der Novizenmeister über den Innenhof und verschwand im Klostergebäude gegenüber dem Saal, wo sie gerade noch gebetet hatten.

»He, Thomas«, flüsterte Balthasar und winkte einen rundlichen Novizen herbei, der gut einen Kopf kleiner war als er und auch ein ganzes Jahr jünger. »Wollen wir heute das Bildnis der Jungfrau Maria fertigzeichnen?«

Thomas sah ihn betrübt an und schüttelte den Kopf. »Bruder Wolfram hat mich zum Kartoffelschälen eingeteilt. Er hat mich gestern Nacht erwischt, als ich von meinem Lager aufgestanden bin, um mich zu erleichtern.« Wie zur Untermalung trippelte er von einem Fuß auf den anderen. »Ich habe es einfach nicht mehr ausgehalten. Was hätte ich denn tun sollen? Einnässen? Dafür hätte er mich mindestens eine Woche in den Keller zu den Ratten gesperrt.« Er deutete auf seine rechte Hand. Der Daumen war blau und angeschwollen. »Das war sein Gürtel.«

»Du Ärmster«, murmelte Balthasar betroffen und nahm die Hand seines Freundes in Augenschein. Die Schwellung sah schlimm aus. »Ich bereite eine Kräutermischung für dich zu. Die sollte dir helfen.« Er ließ Thomas' Hand wieder los. Bruder Nicolas hatte Balthasar in die Geheimnisse der Heilpflanzen eingeweiht. Vor einiger Zeit illustrierte er ein Buch über die Pflanzen des Klostergartens. Bruder Nicolas zeigte ihm dazu jedes einzelne Kraut und erklärte dessen Heileigenschaften. Seitdem kannte Balthasar sich recht gut aus. Das Mischen der Kräuter erinnerte ihn an die Malerei. Er konnte aus verschiedenen Zutaten etwas vollkommen Neues schaffen. Eine giftige Pflanze wurde in der richtigen Menge zum Heilmittel, so wie auf einer leeren Leinwand eine eigene Welt entstehen konnte.

»Was wollte der Novizenmeister von dir?«

»Er hat mich an das Ritual erinnert. Meine Zeit als Novize nähert sich dem Ende. In drei Wochen ist das Probejahr um, und ich hoffe, dass der Orden mich aufnimmt.« Er freute sich einen Moment, kniff jedoch sofort die Lippen zusammen, als er Thomas' besorgtes Gesicht wahrnahm.

»Mich wird der Konvent bestimmt ablehnen.« Thomas' Stimme schwankte. »Ich kann nicht halb so gut zeichnen wie du und in der letzten Woche bin ich beim Gebet zweimal eingeschlafen. Wolfram hat es dem Abt gemeldet. Wahrscheinlich ist mein Schicksal längst beschieden.«

»Ach was, sei unbesorgt«, meinte Balthasar und versuchte, optimistisch zu klingen. »Deine Zeichnungen sind wunderschön. Und wenn du Hilfe brauchst, dann bin ich da.«

»Aber er hat mich in sein Buch eingetragen.« Thomas konnte die Tränen nicht mehr zurückhalten und schluchzte auf.

»In sein Buch?« Balthasar riss die Augen auf. Das war in der Tat nicht gut. Gar nicht gut. Der Novizenmeister zeichnete jede Ungehorsamkeit sorgfältig auf. Wer zu oft vorkam, wurde des Klosters verwiesen. Das Buch besaß einen schwarzen Ledereinband, so schwarz wie die Sünden, die darin notiert wurden. Bruder Wolfram trug es stets bei sich. Auch Balthasars Name fand sich auf den fleckigen Pergamentseiten. In letzter Zeit jedoch war er von neuen Eintragungen verschont geblieben.

»Wie oft bist du aufgeführt?«, wollte Balthasar wissen, aber Thomas winkte ab und zuckte traurig mit der Schulter.

»Ich weiß nicht genau. Er lässt mich jedenfalls nie aus den Augen. Das weißt du doch selbst. Ich ...« Weiter kam Thomas nicht. Die große Glocke schlug, und die Ruhe im Innenhof verwandelte sich von einem Augenblick zum anderen in Hektik. Mönche stoben aus allen Winkeln des Klosters herbei, eilten über den Hof zum großen Saal. Thomas schwankte und verdrehte die Augen. Balthasar stützte ihn und zog ihn mit sich. Auf keinen Fall durften sie jetzt auffallen. Mit klopfendem

Herzen betrat er den Saal und ließ sich mit Thomas ganz hinten auf einer Bank nieder.

Thomas' Lider flatterten. »Nun werfen sie mich bestimmt hinaus«, jammerte er benommen und lehnte den Kopf an Balthasars Schulter.

»Pst«, sagte Balthasar und richtete den Blick nach vorn. Die Ordensführer versammelten sich. Er sah den Abt, den Prior, der als sein Stellvertreter agierte, und den Bibliothekar, der mit dem Novizenmeister flüsterte. Die Stimmen ringsherum verebbten und die Klosterbewohner schauten gebannt zum Abt, der die Arme hob und damit die restlichen Mönche zum Schweigen brachte.

»Wir haben Euch eine traurige Nachricht zu verkünden«, hob der Abt an, und Thomas wurde einen ganzen Kopf kleiner. »Einer unserer Novizen muss das Kloster verlassen. Er hat gegen unseren Herrn aufbegehrt und gesündigt ...«

Balthasar konnte die folgenden Worte des Abtes nicht mehr verstehen, da Thomas an seiner Kutte zerrte.

»Hilf mir. Gleich holen sie mich.«

Ein Mönch vor ihnen drehte sich um und zischte: »Leise!« Er warf ihnen einen bitterbösen Blick zu. Balthasar presste die Hand auf Thomas' Mund, doch der hörte in seiner Verzweiflung nicht auf zu jammern.

»Gabriel ...«

Der Name hallte von den steinernen Wänden der Halle wider. Thomas verstummte auf der Stelle und bedachte Balthasar mit einem wirren Blick. Erst jetzt fiel ihm auf, dass Gabriel fehlte.

»Gabriel?«, flüsterte Thomas nach einer Weile fassungslos und sprang auf. Balthasar wartete nur einen

Atemzug lang ab und stürzte Thomas hinterher, aus dem Saal. Wo wollte sein Freund bloß hin? Er musste ihn aufhalten, ehe er sie alle um Kopf und Kragen brachte. Thomas lief zum Hauptgebäude, in dem die Mönche und Priester untergebracht waren. Noch bevor Balthasar ihn einholen konnte, war er schon hinter der mächtigen hölzernen Pforte verschwunden. Sie schlug krachend vor seiner Nase zu.

»Thomas!«, rief Balthasar und zog die schwere Tür auf. »Thomas«, wiederholte er und stürmte die Treppe hinauf. Völlig außer Atem blieb er auf dem Flur stehen und blickte erst nach links und dann nach rechts. Sein Freund schien sich in Luft aufgelöst zu haben. Plötzlich nahm er ein Geräusch wahr, das aus dem Keller kam. Balthasar hastete die Treppen hinunter. Ein muffiger Geruch kam ihm entgegen. Hier unten gab es keine Fenster. Tageslicht fiel nur über die schmale Treppe herein. Es war kalt und feucht. Balthasar folgte seinem Gehör. Er kannte sich in diesen Gängen nur zu gut aus. Neben verschiedenen Lagerräumen gab es hier unzählige Kerkerzellen. Wenn der Abt wollte, könnte er beinahe das ganze Kloster in diesen Verliesen einsperren. Balthasar wusste, dass sich einige Mönche regelmäßig in der Dunkelheit geißelten, um Buße zu tun. Er hörte etwas klappern und tastete sich durch einen stockdunklen Gang.

»Thomas?«, rief er und zuckte ob seiner eigenen Stimme zusammen. Die Wände nahmen seine Worte auf und wiederholten sie in einer nicht enden wollenden Flut. Er schlich auf Zehenspitzen weiter und spürte, wie ihn mit jedem Schritt der Mut mehr verließ. So weit war er noch nie in das unterirdische Gewölbe vorgedrungen. Unter den Novizen munkelte man, dass sich das Böse in dieser schier undurchdringlichen Dunkelheit herumtrieb. Das Kloster war wie eine Art Schutzwall auf die Pforte der Hölle gebaut worden, um das Böse davon abzuhalten, auf die Erde zu gelangen. Deshalb durften nur geweihte Priester diese Gänge betreten. Was hatte Thomas bloß vor? Eine Stimme in seinem Inneren drängte ihn, umzukehren. Doch genau in diesem Augenblick sah er in einiger Entfernung einen flackernden hellen Punkt. Er blinzelte ängstlich. *Das ist die Pforte zur Hölle*, sagte die Stimme. *Lauf weg!* Sein Atem ging schneller. Er blieb unschlüssig stehen und starrte auf eine zuckende Flamme. Es war nur eine Kerze.

»Thomas?«, krächzte er, als er einen dunklen Schatten erblickte.

»Wir müssen ihn da rausholen.«

Balthasar stieß erleichtert die Luft aus. »Was um Himmels willen ...« Er war bei Thomas angelangt. Durch ein Eisengitter hindurch sahen sie eine zusammengekauerte Gestalt am Boden, die sie aus weit aufgerissenen Augen ansah.

»Gabriel?« Balthasar brauchte einige Augenblicke, bis er begriff, dass die Mönche den Novizen hier in Ketten gelegt hatten. »Ich dachte, du bist des Klosters verwiesen worden?«

»Du glaubst doch nicht ernsthaft, dass sie ihn gehen lassen?«, platzte Thomas heraus. Seine feste Stimme irritierte Balthasar. Eben noch war Thomas ein Häufchen Elend gewesen, und jetzt schien er nicht die geringste Angst zu verspüren, obwohl sie in einem dunklen Verlies standen, womöglich direkt am Tor zur Hölle.

»Ich verstehe das nicht«, erwiderte Balthasar verwirrt.

»Bitte«, flehte Gabriel. »Ihr müsst den Schlüssel finden und mich hier rausholen, bevor sie zurückkommen.«

Balthasar betrachtete die eisernen Gitterstäbe und das massige Schloss. Es ließe sich unmöglich aufbrechen. Ohne den passenden Schlüssel war nichts zu machen, aber wie sollten sie den finden?

»Was hast du angestellt, dass sie dich hier eingesperrt haben?« Plötzlich zweifelte Balthasar. Was, wenn Gabriel mit dem Teufel gemeinsame Sache machte und dies hier nichts anderes als eine List war? Sein Mund wurde trocken bei der Vorstellung, er könnte aus Versehen das Böse befreien.

»Weißt du denn nicht, dass er nicht mehr bei Bruder Augustin liegen wollte?«, fuhr Thomas dazwischen. »Es ist eine widernatürliche Sünde. Doch statt Bruder Augustin zu maßregeln, soll Gabriel zum Schweigen gebracht werden. Sie sagen, er hätte Augustin verführt.«

Balthasar dachte nach. Er hatte Gerüchte gehört. Sicher. Aber die nahm er nicht ernst. Bruder Augustin kroch an jeden Novizen viel zu dicht heran. Er musste zugeben, dass er Bruder Augustin mied, wann immer er konnte. Trotzdem, dass er sich in solch unsittlicher Weise Gabriel genähert haben sollte? Es war ein Verstoß gegen Gottes Gebote. Er schüttelte den Kopf und betrachtete Gabriels fein geschnittenes Gesicht, das fast eher zu einem Mädchen gepasst hätte.

»Das kann nicht sein«, stieß er hervor und trat einen

Schritt zurück. »Wir sollten gehen. Wenn wir hier erwischt werden, werfen sie uns aus dem Kloster, Thomas. Eben hattest du deswegen noch große Angst, und jetzt scheint es dir egal zu sein. Sollte Gabriel die Wahrheit sprechen, dann wird der Abt ihm Glauben schenken und Bruder Augustin bestrafen. Dessen bin ich mir sicher.«

»Frag Bruder Nicolas. Er hat mir geholfen, als ich geblutet habe«, flüsterte Gabriel kaum hörbar. »Aber er wird mir nicht beistehen, weil er sich selbst vor Bruder Augustin fürchtet. Mein Wort steht also allein gegen das von Augustin. Was kann ein Novize schon ausrichten?«

Balthasar schwankte innerlich. Er vertraute Bruder Nicolas.

»Helft mir, bitte«, flehte Gabriel erneut.

Doch Balthasar griff nach der Kerze und wich weiter zurück. Er hörte mit einem Mal Stimmen und Schritte, sie kamen rasch immer näher.

»Wir müssen weg«, zischte er und zog Thomas mit sich. »Wir müssen uns verstecken, ansonsten können wir weder für Gabriel noch für uns irgendetwas tun.« Er rannte los, wobei er schützend eine Hand über die Flamme hielt, damit sie nicht ausging. Nach ein paar Metern entdeckte er eine schmale Tür. Er öffnete sie und kroch in einen niedrigen Raum hinein. Thomas zwängte sich ebenfalls in das enge Loch. Die Schritte waren fast bei ihnen. Balthasar schob panisch die Tür zu und löschte die Kerze. Regungslos verharrten sie in der Dunkelheit und lauschten angespannt. Die Stimme in seinem Inneren drängte ihn zur Flucht. Doch er wusste nicht, wohin. Er kannte nur den einen Ausgang.

Keinesfalls wollte er tiefer in das unterirdische Gewölbe vordringen.

Sie mussten warten, bis die Luft wieder rein war.

»Glaubst du Gabriel?«, wisperte er kaum hörbar.

Aber Thomas konnte keine Antwort mehr geben. Draußen im Gang erhob sich lautes Stimmengewirr. Es schepperte und dann stieß Gabriel einen gellenden Schrei aus. Sein Kreischen drang ihm durch Mark und Bein. Thomas wollte die Tür aufreißen, aber Balthasar zerrte ihn mit aller Kraft zurück.

»Sei still«, befahl er und drückte ihn auf den Boden.

Gabriels verzweifelte Rufe gellten durch den Keller. Balthasar ließ Thomas los und hielt sich die Ohren zu.

Plötzlich herrschte wieder Stille.

Doch nicht, weil er sich die Hände auf die Ohren presste.

Gabriel war verstummt.

Die Mönche ebenfalls. Totenstille, fuhr es Balthasar durch den Kopf. Aber sie währte nicht lange. Jemand pochte gegen ihre Tür, und alles in ihm gefror zu Eis.

IV

GEGENWART

Hans Steuermark fuchtelte wütend mit der Tageszeitung in der Hand herum und ließ sie dann auf seinen Schreibtisch fallen.

»Ich dachte, Sie hätten den Bereich weiträumig abgesperrt. Wie, verdammt, konnte die Presse dieses Foto machen? Die Leiche ist noch nicht einmal obduziert, und die Öffentlichkeit weiß schon mehr als wir!«

Oliver schluckte. Er kannte Steuermarks Ausbrüche, heute war er jedoch besonders aufgebracht. Wahrscheinlich lag das an dem Scheiterhaufen, der im Großformat auf der Hauptseite prangte. *Hexenverbrennung auf dem Waldspielplatz* stand in fetten Buchstaben darüber.

»Und wie kommen die auf *Hexen*?« Steuermark schleuderte seine Frage wie einen Giftpfeil hinaus.

Klaus zuckte zusammen.

»Das Opfer hatte vermutlich rotes Haar, dazu … dazu der Scheiterhaufen …«, stotterte er.

»Verdammt! Gruber! Das weiß ich. Erklären Sie mir, woher die Presse diese Informationen hat!«

Schweigen.

Klaus schwitzte. Oliver sah, wie sich eine Schweißperle von seiner Stirn löste und ihm über das Gesicht lief.

»Sie haben den Vater des Jungen interviewt«, erklärte er ruhig. »Frank Berling wurde mit seinem Sohn ins Krankenhaus eingeliefert, und ein Journalist hat ihm dort aufgelauert. Die Information mit dem roten Haar könnte von den Feuerwehrleuten stammen, die wir zum Fundort gerufen hatten.«

Steuermark knurrte: »Prima. Die Lokalpresse ist also schneller als die Kriminalpolizei.«

Oliver zuckte ein wenig hilflos mit den Achseln und versuchte weiter, sachlich zu bleiben. »Das Foto vom Scheiterhaufen wurde mit einer Drohne geschossen. Wir haben sie nicht bemerkt.«

Steuermark stieß einen Laut aus, der irgendwo zwischen Lachen und Brüllen lag. Oliver presste die Lippen zusammen. Was sollte er sagen, um seinen Chef zu beruhigen? Es gab nichts. Sie standen ja gerade am Anfang der Ermittlungen.

»Wissen wir denn wenigstens schon, wer die Tote ist?« Steuermarks Augenbrauen hoben sich bei dieser Frage. Die Antwort lag eigentlich auf der Hand und konnte seine Laune nur noch mehr verschlechtern.

Oliver ging trotzdem darauf ein. »Nein. Eine rothaarige Frau wird derzeit nicht vermisst. Und wir können erst nach der Obduktion eindeutig sagen, ob dieses Haar überhaupt vom Opfer stammt. Die Haare am Kopf waren verkohlt.«

»Zusammenfassend kann man also feststellen, dass wir fast gar nichts wissen.« Steuermarks Adleraugen fixierten ihn wie ein Laserstrahl.

»Wir haben einen halben Schuhabdruck. In unmittelbarer Nähe des Scheiterhaufens wurde nur dieser eine Abdruck gesichert, welcher aus unserer Sicht auf einen männlichen Täter hindeutet. Er ist womöglich mit dem Fuß an der Stelle in den Erdboden eingesunken, wo er das Opfer auf den Scheiterhaufen gehievt hat. Ich gehe davon aus, dass der Täter recht kräftig ist.« Oliver verstummte und betrachtete Steuermark, dessen Augen nicht mehr auf ihn, sondern auf den Computerbildschirm auf dem Schreibtisch gerichtet waren.

»Ich habe gerade den vorläufigen Obduktionsbericht bekommen. Opfer weiblich, Alter ungefähr dreißig Jahre, weiße Hautfarbe, zwei Zahnkronen im Unterkiefer, auffällige Lücke zwischen den oberen mittleren Schneidezähnen. Zahnärzte in der Umgebung werden um Mithilfe bei der Identifizierung gebeten. Das rote Haar vom Fundort ist übrigens gefärbt. Die Originalfarbe ist blond. Die Todesursache konnte nicht eindeutig ermittelt werden, da die Leiche zu stark verkohlt ist. Es wurden jedoch keine Knochenbrüche oder andere signifikante Gewalteinwirkungen festgestellt.« Steuermark schaute auf und drehte den Bildschirm um. »Hoffentlich können wir die Frau bald identifizieren.«

Oliver beugte sich vor und überflog die wenigen Zeilen. »Wir werden die Vermisstenanzeigen noch einmal nach diesen Kriterien durchgehen. Bisher haben wir uns auf rothaarige Personen konzentriert. Vielleicht kommen wir mit den blonden Haaren und der Zahnlücke weiter.«

»Es gibt übrigens einen Zeugen, der einen silbernen Kombi zum fraglichen Zeitpunkt beobachtet hat«, warf Klaus ein. »Der Mann sagte aus, dass er in der Nacht so gegen drei Uhr durch das Aufheulen eines Motors aufgewacht war und dann aus seinem Schlafzimmerfenster geschaut hat. Ein Wagen mit überhöhter Geschwindigkeit sei aus Richtung Waldspielplatz an seiner Wohnung in der Wilhelm-Busch-Straße vorbeigerast.«

»Hat er denn den Fahrer oder das Kennzeichen gesehen?«

Klaus schüttelte den Kopf. »Nein, trotz der Straßenlaternen war es zu dunkel. Leider hat Tobias Färber auch die Automarke nicht erkannt.«

Hans Steuermark brummte etwas Unverständliches. In dem Augenblick schrillte Olivers Handy los. Er sah nur ganz kurz aufs Display. Seine Freundin Emily rief an. Als er Steuermarks Blick bemerkte, schob er das Telefon schnell zurück in die Hosentasche. Steuermark hasste Unterbrechungen. Als es schon nach wenigen Sekunden erneut klingelte, verdüsterte sich Steuermarks Miene gefährlich. Oliver ballte instinktiv die linke Hand zur Faust, damit er nicht wieder zum Telefon griff.

»Wenn wir wenigstens die Automarke kennen würden, dann könnten wir auf den Straßen verstärkt Ausschau nach silbernen ...« Weiter kam Steuermark nicht.

Olivers Handy klingelte abermals. Ihm lief es heiß und kalt den Rücken hinunter.

»Entschuldigung«, brachte er hervor und eilte im Laufschritt aus Steuermarks Büro. Die bohrenden Blicke seines Chefs hinterließen glühende Brandmarken auf seinem Rücken. Trotzdem konnte er nicht anders. Er wusste, dass Emily ihn dringend erreichen wollte. Sie würde ihn nie während der Arbeit kontaktieren, wenn es nicht wirklich wichtig wäre. Mit klopfendem Herzen hob er ab.

»Ist etwas passiert?«

»Puh, endlich gehst du ans Telefon.« Emily klang aufgeregt. »Ich habe dir einen Artikel geschickt, den die *Rheinische Post* in zwei Stunden online stellen wird. Ich dachte, du solltest ihn unbedingt lesen.«

In Olivers Kopf sprang eine Alarmlampe an. Dennoch hatte er in diesem Moment keine Idee, worauf sie anspielte. Sie lebten jetzt seit einiger Zeit zusammen und entgegen seiner ursprünglichen Erwartungen schwanden die Gefühle für sie nicht. Im Gegenteil, sie verstärkten sich von Tag zu Tag. Inzwischen konnte er sich überhaupt nicht mehr vorstellen, ohne sie aufzuwachen. Ein Gefühl der Wärme durchströmte ihn.

»Es geht um den Hexenfall. Der Vater des vermeintlichen Opfers hat uns ein Interview gegeben.«

Die Neuigkeiten trafen ihn wie ein Schlag. Schwebten ihm eben noch Bilder von Emilys strahlenden nussbraunen Augen durch den Kopf, so war sein Hirn plötzlich wie leer gefegt. Erst ganz langsam tröpfelten ihre Worte in seinen Verstand.

»Der Vater?«, fragte er und hoffte auf ein Missverständnis.

»Ja, der Mann behauptet, dass die verbrannte Frau seine Tochter ist.«

»Verdammt noch mal«, stieß er aus und rannte in sein Büro, das Handy fest ans Ohr gepresst. »Warum meldet der sich bei der Presse und nicht bei der Polizei? Spielen denn jetzt alle verrückt?« Er tippte hastig sein Passwort in den Computer und rief Emilys Nachricht auf. Beim Anblick des Fotos, das in der Mitte seines Bildschirms erschien, sank er ungläubig auf den Stuhl. Eine rothaarige Frau lächelte ihn an. Ihre grünen Augen funkelten. Sie steckte voller Leben.

»Das gibt es doch nicht«, brummte er. Die Haare waren eindeutig gefärbt. Oliver erkannte es an den hellen Augenbrauen, die nicht zum Haupthaar passten. Das Alter stimmte, ebenso die Hautfarbe. Doch das Entscheidende war die Lücke zwischen Mia Messners oberen Schneidezähnen. Genau so hatte es im Obduktionsbericht gestanden.

»Ihr dürft diesen Artikel auf gar keinen Fall veröffentlichen. Du musst das verhindern, Emily!«

Er hörte ein Seufzen am anderen Ende der Leitung.

»Ich kann das nicht beeinflussen. Ich riskiere schon meinen Job, weil ich dir den Beitrag vor Veröffentlichung geschickt habe. Wenn das jemand herausfindet, fliege ich in hohem Bogen raus. Aber ich weiß, dass es euren Ermittlungsarbeiten schadet. Du musst selbst eine Möglichkeit finden, den Artikel zu blockieren.«

»Verstehe«, erwiderte Oliver. Emily hatte vermutlich recht. Sie konnte wenig ausrichten, schließlich entschied der Chefredakteur, was wann veröffentlicht wurde.

»Ich danke dir«, verabschiedete sich Oliver und druckte den Artikel aus. Eilig rannte er zurück in Steuermarks Büro.

»Wir haben ein weiteres Problem«, verkündete er und ließ das Papier auf Steuermarks Schreibtisch segeln. »Sie müssen irgendwie diese Veröffentlichung verhindern.«

Steuermarks Augen weiteten sich. Er öffnete kurz den Mund, sagte jedoch nichts und überflog stattdessen den Text. Dann sprang der große hagere Mann wie von der Tarantel gestochen auf.

»Das gibt es doch nicht. Ich kümmere mich umgehend darum. Das ist ein Fall für den Behördenleiter. Sie fahren zu diesem Vater, alle beide. Sofort.« Steuermark lief um seinen Schreibtisch herum und stürmte mit hochrotem Kopf aus dem Büro.

* * *

Klaus sah immer noch perplex aus. Sein Hals war mit roten Flecken übersät. Oliver konnte den Gemütszustand seines Partners nachvollziehen, er fühlte sich ebenfalls wie vor den Kopf geschlagen.

»Ich verstehe das nicht«, wiederholte Klaus zum gefühlten tausendsten Mal und kurbelte das Seitenfenster des Dienstwagens herunter. »Warum wählt dieser Mann nicht den Polizeiruf? Und woher will er überhaupt wissen, dass seine Tochter das Opfer ist?« Er rieb sich nachdenklich das Kinn. »Die Sache wächst uns jetzt schon über den Kopf, und wir stehen gerade erst am Anfang.«

Oliver trat auf die Bremse, weil die Ampel auf Rot wechselte.

»So ein Quatsch. Gar nichts wächst uns über den Kopf. Vielleicht ist der Kerl ein Spinner, und seine

Tochter ist abgetaucht, weil sie keinen Bock mehr auf diesen Irren hat.« Er glaubte selbst nicht an seine Worte. Immer wieder sah er die schmale Zahnlücke vor sich, die rot gefärbten Haare, die vorher vermutlich blond waren. Auch das ungefähre Alter passte. Um die dreißig, daran gab es nichts zu rütteln.

»Wir reden mit dem Kerl, dann sehen wir weiter.« Die Ampel schlug auf Grün um, und Oliver trat das Gaspedal durch. Karl-Heinz Messner hieß der Mann, der sich bei der Presse gemeldet hatte. Er war neunundfünfzig Jahre alt und polizeilich bisher nicht in Erscheinung getreten. In dem Artikel wurde er als Malermeister präsentiert. Geschieden. Zwei Töchter, achtundzwanzig und dreißig Jahre alt. Messner hatte angegeben, dass seine älteste Tochter Mia nach einem Streit vor ein paar Tagen spurlos verschwunden war. Seitdem suchte er sie über soziale Medien. Eine Vermisstenanzeige bei der Polizei schien er unterdessen nicht aufgegeben zu haben. Vielleicht lag das an dem Streit, wobei der Artikel hierzu keine weiteren Einzelheiten enthielt. Womöglich misstraute er der Polizei. Oder es war noch etwas ganz anderes im Spiel.

Oliver navigierte den Wagen in die schmale Seitenstraße eines Wohngebietes, das überwiegend aus Einfamilienhäusern und Doppelhaushälften bestand. Messner lebte am Rande von Zons, nur wenige Kilometer von der Stelle entfernt, an der das Opfer gefunden worden war. Er hielt vor einer verputzten und gelb angestrichenen Haushälfte. Die Farbe war ausgeblichen und schmutzig. Für einen Malermeister war die Fassade keine Visitenkarte. Oliver bemerkte einen kleinen Lieferwagen vor der Garage. *Malermeister*

Messner stand darauf. Der Vorgarten wirkte verwildert. Der ursprüngliche Rasen war zu einer Mischung aus Unkraut und Klee verkommen. In die Hecke hatten sich weitere Pflanzen eingenistet. Eine lange Ranke aus Efeu und etwas, das blau blühte, zog sich über die Hecke hin. Obwohl der Sommer noch gar nicht richtig angekommen war, sah der Garten jetzt schon vertrocknet aus.

Oliver parkte am Straßenrand und sie stiegen aus. Vor dem Eingang blieben sie stehen. Am Küchenfenster hing keine Gardine, sodass sie einen freien Blick ins Innere hatten. Ein glatzköpfiger, spindeldürrer Mann hockte am Küchentisch. Vor sich eine Flasche Wodka und ein leeres Schnapsglas. Oliver sah auf die Uhr. Gerade einmal zehn. Kopfschüttelnd wandte er sich ab und klingelte.

»Der ist ja früh dran«, brummte Klaus und zog vielsagend die Augenbrauen hoch.

Es dauerte eine Weile, bis sich hinter der Haustür etwas regte. Oliver trommelte ungeduldig mit den Fingerspitzen gegen seinen Oberschenkel, bis sie sich endlich öffnete.

»Ja bitte?«, krächzte Messner. Er stand mit hängenden Schultern vor ihnen und sah sie aus stumpfen Augen an.

»Guten Morgen. Mein Name ist Oliver Bergmann von der Kriminalpolizei Neuss, und das ist mein Kollege Klaus Gruber. Wir haben ein paar Fragen zu Ihrer Tochter Mia.«

Messner runzelte die Stirn. Trat aber beiseite und winkte sie herein. Im Haus sah es nicht besser aus als draußen. Über den Wänden hing ein grauer Schmutzschleier. Die Bodenfliesen starrten vor Dreck und waren zum Teil gesprungen. Messner führte sie ins Wohnzimmer, wo sie auf einem abgewetzten Ledersofa Platz nahmen.

»Möchten Sie etwas trinken?«, fragte Karl-Heinz Messner und verharrte auf der Türschwelle.

»Nein, danke«, erwiderte Oliver. Klaus schüttelte den Kopf.

Messner schlurfte zu einem Sessel und ließ sich geräuschvoll hineinfallen.

»Ist sie es?«, wollte er unvermittelt wissen.

Oliver schluckte hart. Was sollte er dem Mann bloß sagen?

»Wir wissen es noch nicht«, sagte er leise und betrachtete den Mann. Er wirkte nicht wie ein Alkoholiker. Zumindest konnte Oliver nichts riechen. Messners Haut war weder gerötet noch großporig. Natürlich hatte das nicht unbedingt etwas zu bedeuten. Dafür sprach andererseits die Wodka-Flasche in der Küche Bände. Messner trug ausgebeulte Jeans und ein dünnes T-Shirt, das Oliver unwillkürlich an die Farbe der Außenwand erinnerte. Obwohl Messner so dünn war, zeichneten sich an seinen Oberarmen deutlich die Muskeln ab. Ob er kräftig genug war, um eine erwachsene Frau auf einen Scheiterhaufen zu heben? Oliver bejahte seine Frage stumm.

»Wir haben von Ihrem Interview in der Zeitung erfahren«, fuhr er fort, ohne Karl-Heinz Messner aus den Augen zu lassen. »Sie geben dort an, dass Ihre Tochter nach einem Streit verschwunden und seitdem nicht wieder aufgetaucht sei.«

»Ja, richtig«, antwortete Messner und beugte sich

plötzlich mit erstaunlicher Vitalität vor. »Seit vier Tagen ist sie weg. Wie vom Erdboden verschluckt. Ihr Handy ist aus. Die Wohnung verlassen. Und auf der Arbeit ist sie auch nicht erschienen. Als ich dann in der Zeitung von dem roten Haar las, war mir sofort klar, dass sie es sein könnte. Also ...« Messners Kehlkopf hüpfte hoch und runter. Er räusperte sich.

»Warum haben Sie die Polizei nicht über ihr Verschwinden informiert?« Oliver richtete sich auf. Er sah den Schmerz in Messners Augen aufblitzen.

»Aber das habe ich doch«, rief Messner. »Ich habe angerufen, am zweiten Tag, nachdem sie fort war. Ich wurde abgewimmelt und vertröstet. Da habe ich die Presse verständigt. Wissen Sie, es ist immer das Gleiche in diesem Land. Jemand verschwindet, und niemand schert sich drum. Es wird einfach abgewartet, bis wirklich etwas Schlimmes passiert, und am Ende kommt der Täter wieder auf freien Fuß.«

Oliver spürte einen Stich in der Brust. Hatte dieser Mann sich tatsächlich an die Polizei gewandt und war nicht ernst genommen worden? Das wäre ein Skandal.

»Mit wem haben Sie gesprochen?«

Messner zuckte mit der Schulter und verzog das Gesicht. »Weiß ich nicht mehr. Ich habe das örtliche Polizeirevier angerufen. Da ging irgendein junger Bursche ans Telefon und erklärte mir, dass meine Tochter eine erwachsene Frau sei und mir nicht mehr mitteilen müsse, wo sie sich aufhält. Ich sollte ein paar Tage abwarten und dann würde sie schon wieder auftauchen.« Messner schluchzte. »Dabei habe ich ihm gesagt, dass etwas nicht stimmt.«

»An den Namen können Sie sich nicht erinnern?«,

hakte Oliver nach, doch Messner schüttelte den Kopf. Oliver fühlte sich auf einmal mies, denn Messner schien die Wahrheit zu sprechen. Er würde den betreffenden Kollegen zur Verantwortung ziehen. Spätestens nach dem Mordfall hätte Messners Vermisstenmeldung wieder in den Fokus rücken müssen.

»Worüber haben Sie denn überhaupt mit Ihrer Tochter gestritten?«

Messner machte eine abfällige Handbewegung. »Nichts von Bedeutung.« Er starrte auf seine Fußspitzen und sprach nicht weiter.

Oliver beugte sich vor. »Nun, wenn sie deshalb verschwunden ist, dann kann dieser Streit nicht ganz so unbedeutend gewesen sein. Meinen Sie nicht?«

Messner stieß scharf Luft aus. »Sie hat in der Küche herumgeschnüffelt und Alkohol gefunden. Sie wollte nicht, dass ich wieder mit dem Trinken anfange.« Er sah auf und biss sich auf die Unterlippe. »Ich bin Alkoholiker, aber war vier Jahre lang trocken. Ich habe trotzdem immer eine Flasche Wodka im Haus gehabt. Sozusagen für absolute Notfälle. Mia hat sie ausgekippt, und ich habe sie angeschrien. Meine Frau hat mich deswegen verlassen, und jetzt ist Mia auch weg.« Er wischte sich eine Träne aus dem Augenwinkel.

Oliver nickte.

»Wir benötigen für die Identifizierung DNS-Material von Mia. Eine Haarbürste, gebrauchte Kleidung oder ein benutztes Glas.«

»Ich habe nichts hier. Sie hat ja ihre eigene Wohnung. Aber ich kann Ihnen den Schlüssel geben«, bot Messner an.

* * *

Paulas Schädel pochte heftig. Noch immer spürte sie die Faust des fremden Mannes an der Schläfe. Es tat höllisch weh. Sie wollte die Augen nicht öffnen. Sie wollte ihn nicht sehen, denn sobald sie sein Gesicht sah, war sie tot. Das wusste sie aus dem Fernsehen und aus dem Kino. Sie wollte keine Zeugin sein, die beseitigt werden musste.

»Mach die Augen auf und betrachte deine Sünden.«

Sie ignorierte die schneidende Stimme des Mannes, in der die Ungeduld deutlich herauszuhören war. Was würde er tun, wenn sie ihm nicht gehorchte? Ihr die Lider aufschneiden? Ein Schauer lief ihr über den Rücken. Ihre Augen zuckten.

»Lassen Sie mich gehen. Ich verrate niemandem etwas.«

Der Mann lachte. »Du gehst nirgendwohin.«

Paula schluckte. »Was wollen Sie von mir? Ich habe Ihnen doch nichts getan. Bitte! Bitte lassen Sie mich gehen.«

Schweigen.

Sie lauschte in das Dunkel hinein. Ihre Lider flatterten. Etwas in ihr wollte sehen. Wollte wissen, wo sie sich befand. Er hatte ihr noch im Schlafzimmer Klebeband über die Augen geklebt und ihr die Hände auf dem Rücken gefesselt. Dann hatte er sie aus dem Bett gezerrt und aus dem Zimmer getrieben. Sie musste langsam vor ihm herlaufen. Hinaus aus ihrer Wohnung. Die Treppen hinunter. Raus aus dem Haus. Ein kurzes Stück den Bürgersteig entlang, bis er »Stopp« in ihr Ohr flüsterte und sie in ein Auto stieß. Er hatte sie gelobt, weil sie sich unauffällig verhalten hatte und aufrecht gegangen war. So, wie er es wollte. Nun bereute sie es. Sie hätte das verdammte Messer an ihrem Hals ignorieren sollen. Sie hätte um Hilfe rufen sollen. Nichts dergleichen hatte sie getan. Warum? Ja, das fragte sie sich jetzt, wo es wahrscheinlich zu spät war. Sie waren nicht mehr draußen, wo ihnen jemand begegnen konnte. Er hatte ihr die Augen verbunden und sie irgendwohin gebracht, wo es muffig roch. An einen Ort, der vermutlich einsam war. Sie klammerte sich an die kalte Emaille der Badewanne, in die er sie gesetzt hatte. Warum sollte sie ihn ansehen? Er wollte sie bestrafen, doch sie wusste nicht, wofür.

»In nomine Domini«, krächzte er, und Paula wurde auf der Stelle eiskalt. Er schien mit dem Finger ein Kreuz auf ihre Stirn zu zeichnen.

Paula schluckte und dann hielt sie es nicht mehr aus. Sie öffnete die Augen.

* * *

Bereits zehn Minuten später betrachtete Oliver die zerkratzte Tür von Mia Messners Wohnung. Auf der Türschwelle klebte dunkelbrauner Dreck. Das gesamte Wohnhaus wirkte nicht sonderlich gepflegt. Mias Vater hatte ihnen den Schlüssel für das Vorhängeschloss an der Tür gegeben. Der Vermieter, eine Wohnungsbaugenossenschaft, weigerte sich seit Wochen, ein neues Schloss einzubauen. Angeblich hätte Mia das ursprüngliche Schloss mutwillig zerstört. Sie sollte selbst für den Schaden aufkommen. Die Wohnung befand sich in einem Stadtteil, der viele Menschen knapp über oder unter der Armutsgrenze beherbergte.

Mia Messner arbeitete im Lager eines nahe gelegenen Supermarktes. Ihr Einkommen dürfte gerade so reichen, um Miete und Essen zu bezahlen. Ein neues Türschloss war mit ziemlicher Sicherheit nicht mal so eben drin.

»Ich mach das«, sagte Klaus und schob den Schlüssel ins Vorhängeschloss. »Ist gar nicht verschlossen. Puh. Hier stinkt es.« Angewidert drehte er den Kopf weg.

Oliver stieß die Tür auf. Im Flur stand eine völlig überfüllte Mülltüte, um die etliche schwarze Fliegen kreisten.

»Kein Wunder«, sagte er und hielt sich ein Taschentuch vor den Mund. »Die Spurensicherung wird nicht viel Spaß haben, falls es sich um die Wohnung des Opfers handelt.«

Klaus ging vor. »Hallo?«, rief er in den Flur und marschierte weiter, als niemand antwortete.

Oliver sah sich um. Am Garderobenständer hingen ausschließlich schwarze Jacken und Mäntel. Obenauf lag ein spitzer Hut. Die Schuhe fügten sich farblich ein. Alles war schwarz oder zumindest dunkelgrau. Auf dem Boden lag ein schäbiger, düsterer Teppich mit undefinierbaren Flecken. Oliver machte einen Bogen darum. Am Spiegel klebten ein paar Fotos. Sie zeigten die rothaarige Mia mit schwarz geschminkten Augen und Lippen. Einige Male mit einem Piercing in der Nase. Klaus kam aus der Küche und schüttelte den Kopf.

»In der Küche ist nichts Bemerkenswertes. Kein dreckiges Geschirr. Auf den ersten Blick scheint sie die Wohnung nicht fluchtartig verlassen zu haben.«

»Hast du irgendwo ein Portemonnaie oder ihren

Ausweis gesehen?«, fragte Oliver und bog nach links ins Wohnzimmer ab.

»Nein. Jedenfalls nicht in der Küche«, erwiderte Klaus und rümpfte die Nase. »Hier sieht es aus wie in einem Gruselkabinett.« Er deutete auf die Möbelstücke, allesamt schwarz lackiert. »Von bunten Farben hält Mia Messner trotz eines Malermeisters in der Familie offenkundig nicht allzu viel.«

»Oder gerade deswegen«, bemerkte Oliver. »Andererseits sollte eine Dreißigjährige aus der pubertären Trotzphase heraus sein.«

Er zog Gummihandschuhe über und griff zu einem Buch, das aufgeschlagen auf einem Regal lag. Unter einem gezeichneten Kreuz las er in verschnörkelten Buchstaben:

Die Liebe ist ein schwarzer Ort. Ihr Schmerz trägt meine Seele fort ...

Oliver überflog die restlichen Zeilen des Gedichtes und blätterte weiter. Das gesamte Buch war mit kurzen Reimen und düsteren Sprüchen gefüllt. Kreuze und okkulte Symbole verzierten die Seiten. Er klappte es wieder zu.

»Sieht danach aus, als hätte Mia Messner der schwarzen Szene angehört.«

Klaus, der eine Vitrine untersuchte, blickte auf. »Du meinst, sie ist so ein Gothic-Mädchen?«

Oliver nickte. »Ich denke schon. Sieh dich hier mal um. Die ganzen Klamotten, die Möbel, die Fotos – alles schwarz.« Er wollte weitersprechen, denn soweit er sich erinnerte, gab es in dieser Szene auch Untergruppierungen, die sich mit den dunklen Seiten des Mittelalters und mit Hexerei befassten. Doch er hörte etwas. Ruckartig hob er den Arm. Klaus erstarrte gleichzeitig. Sein Blick flog zur Tür an der gegenüberliegenden Wand des Wohnzimmers. Oliver zog die Waffe. Jemand stöhnte.

Sie schlichen zur Tür und Oliver presste das Ohr dagegen. Dahinter war jemand. Er drückte ganz langsam die Klinke herunter und öffnete die Tür.

Etwas krachte gegen die Wand. Wieder ein Stöhnen.

Oliver hielt die Waffe mit ausgestreckten Armen und spähte in den Raum. Es war dunkel. Er machte einen Schritt und stieß mit dem Schienbein an etwas Hartes. Sofort biss er sich auf die Unterlippe und tastete stumm nach seiner Taschenlampe. Abermals krachte es. Plötzlich huschte ein greller Lichtstrahl durch den Raum. Klaus war schneller gewesen als er. Ein Gesicht flackerte auf. Schwarzes langes Haar und darunter rotes. Oliver blinzelte erschrocken. Was er sah, raubte ihm für einen Moment den Atem.

V

VOR FÜNFHUNDERT JAHREN

»Mein ängstlicher kleiner Thomas. Du brauchst dich nicht zu fürchten. Euer kleines Geheimnis ist bei mir gut aufgehoben. Ich verrate niemandem, dass Ihr in den Kellergewölben wart.« Bruder Augustin lächelte wie ein Engel. Sein Groll schien verflogen, denn seine Hand ruhte versöhnlich auf Thomas' Oberschenkel. Der rundliche Novize warf einen Hilfe suchenden Blick zu Balthasar.

»Wir haben uns nur verlaufen, Bruder Augustin. Wir sollten das Bildnis der Jungfrau Maria fertigstellen. Wenn wir das Tageslicht noch ausnutzen wollen, dann müssen wir alsbald mit der Arbeit beginnen.« Balthasar hörte seine eigene Stimme wie von Weitem. Er wusste selbst nicht, warum er so ruhig klang. In seinem Innersten herrschte heller Aufruhr. Was war mit Gabriel geschehen? Seine gellenden Schreie gingen ihm nicht aus dem Kopf. Die Zelle war leer gewesen, als sie hinterher mit Bruder Augustin an den Gitterstäben vorbeikamen. Er hatte sie in ihrem Unterschlupf entdeckt und an den Ohren herausgezerrt. Balthasars Blick huschte immer wieder zu Augustins klobiger Hand, die wie ein Felsbrocken auf dem Schenkel seines Freundes lag. Er spürte mittlerweile das unangenehme Gewicht, als läge es auf seinem eigenen Bein.

»Ihr habt recht«, erwiderte Bruder Augustin. Er lächelte weiterhin. Sogar breiter noch als zuvor. »Ich schlage vor, dass du schon einmal vorausgehst. Ihr habt euch verbotenerweise im Mönchshaus aufgehalten. Thomas wird mir Rede und Antwort stehen müssen.« Ein Funke blitzte in den Augen des Mönches auf, bei dem es Balthasar kalt den Rücken hinunterlief. Bruder Augustin wedelte mit der Hand und bedeutete ihm, zu gehen. Er wollte offenkundig mit Thomas allein sein. *Fragt Bruder Nicolas. Er hat mir geholfen, als ich geblutet habe.* Gabriels Worte wiederholten sich endlos in seinem Kopf. Er sah zu Thomas, dem die Angst ins Gesicht geschrieben stand.

»Ich brauche Thomas' Hilfe. Er ist außerordentlich geschickt, insbesondere bei der Gestaltung der Augen.« Balthasar sprach mit Bedacht.

Aber Bruder Augustin ließ sich nicht überzeugen. Er schüttelte den Kopf.

»Ihr wisst doch, was euch blüht, sollte ich euer Geheimnis lüften?«, flötete er und hob bedeutungsvoll die Augenbrauen.

»Doch was sage ich dem Novizenmeister, wenn Thomas nicht da ist?«

»Euch wird schon etwas einfallen.« Augustins Miene verwandelte sich zu Stein. Balthasar wusste, dass er verloren hatte. Thomas auch. Er begann zu weinen. Es zerriss Balthasar das Herz, aber was sollte er tun? Seine

Finger schlossen sich zur Faust. Sollte er ihm einen Schlag verpassen? Es kribbelte unwiderstehlich in seiner Hand. Doch was dann? Sie wären endgültig erledigt. Der Verweis aus dem Kloster wäre noch die mildeste Strafe. Er drehte sich widerwillig um und begab sich zum Ausgang.

Plötzlich hatte er eine Idee.

»Schickt Ihr Thomas bitte gleich bei Bruder Nicolas vorbei? Er hat ihm eine Salbe gegen die Bläschen zubereitet.«

Bruder Augustins Augen weiteten sich überrascht. »Bläschen?«

Balthasar setzte ein ernstes Gesicht auf. »Ihr kennt doch den Ausschlag, der an den Lippen beginnt und dann über den Körper wandert?«

»Wandert? Wohin denn?«

Balthasar deutete zwischen seine Beine. »Nur falls es nicht sofort behandelt wird.«

Augustin zog die Hand von Thomas' Schenkel und musterte den Novizen. »Ich sehe nichts an seinen Lippen.«

Balthasar runzelte die Stirn. »Heute Morgen sah es schlimm aus. Habt Ihr es nicht bemerkt? Vielleicht war es der Schock.« Er kroch dicht an Thomas heran. »Die Haut ist ganz gereizt und uneben.« Er zeigte auf einen Pickel an Thomas' Kinn und zog ruckartig den Zeigefinger zurück. »Wir müssen achtgeben. Es ist sehr ansteckend, wie Ihr Euch denken könnt.«

Bruder Augustin erhob sich eilig. »Ich möchte euch beide nie wieder im Mönchshaus sehen. Schert euch an die Arbeit.« Er warf Thomas einen angewiderten Blick zu und wischte sich die Hände an seiner Mönchskutte ab.

»Na los schon. Raus hier.«

Balthasar ließ sich das nicht zweimal sagen. Er zog Thomas mit sich, hinaus aus dem düsteren Gemach, in das der Mönch sie geschleppt hatte. Sie stürmten die Treppe hinauf und rannten ins Freie. Im Innenhof hinter einer Eiche blieben sie erleichtert stehen. Thomas strich sich eine letzte Träne von der Wange.

»Ich danke dir, Balthasar. Du hast mich gerettet.«

»Nicht der Rede wert.« Balthasar grinste über beide Backen. »Hast du Bruder Augustins Blick gesehen, als ich ihm deinen Pickel gezeigt habe? Ich denke, sein Interesse an dir ist für eine Weile erloschen.«

»Ich sollte sofort zur Küche. Wenn der Novizenmeister mich dort nicht vorfindet, bekomme ich gleich den nächsten Ärger.« Thomas blickte Balthasar dankbar an. »Vielleicht erfahre ich ja, was sie mit Gabriel gemacht haben. Bruder Nordberth hat eine lose Zunge, wie du weißt.« Er wandte sich ab und verschwand durch einen schmalen Gang in den angrenzenden Gebäudeteil.

Balthasar blieb einen Augenblick unschlüssig stehen. Sollte er wirklich das Bildnis der Jungfrau Maria fertigzeichnen oder war es nicht sinnvoller, nach Gabriel zu suchen? Aber wo? Er hatte keine Ahnung. Doch plötzlich kam ihm Bruder Nicolas in den Sinn. Er mochte den weisen Mönch, der sich in der Kräuterkunde auskannte wie kein Zweiter. Balthasar brauchte seinen Rat. Also begab er sich flugs zum Kräutergarten. Nicolas sah er schon von Weitem. Der Mönch zupfte

Blätter von einem buschigen Kraut, als Balthasar sich zu ihm gesellte.

»Ich muss Euch etwas fragen, Bruder Nicolas«, flüsterte er leise.

Bruder Nicolas schaute erstaunt auf. »Warum so still? Trägst du ein Geheimnis mit dir herum?«

»Es … es geht um Gabriel«, stotterte Balthasar und ging neben Nicolas auf die Knie. »Was hat er getan, dass er das Kloster verlassen muss?«

Nicolas sah Balthasar durchdringend an und seufzte. »Du bist ein solch heller Kopf. Aber du nutzt ihn nur für die falschen Gedanken. Gabriel hat sich versündigt. Du hast den Abt gehört.«

»Aber wie hat er sich versündigt? Hat es etwas mit Bruder Augustin zu tun? Gabriel hat mir erzählt, Ihr hättet ihn versorgt.«

Bruder Nicolas legte den Finger auf die Lippen und blickte sich sorgenvoll um. »Nehmt nicht solche Worte in den Mund. Wollt Ihr Gabriels Schicksal teilen?«

Balthasar verstand nicht. Warum nur sprach Bruder Nicolas ständig in Rätseln? »Wo ist Gabriel? Was haben sie mit ihm gemacht?«

»Schweigt!«, zischte Bruder Nicolas streng, und Balthasar verstummte augenblicklich ob der Schärfe in seiner Stimme.

»Ich will nie wieder etwas davon hören«, fuhr Nicolas ein wenig sanftmütiger fort. »Geh in die Bibliothek und suche nach diesem Buch.« Er zeichnete ein paar Buchstaben in den Sand. »Merke dir die Reihenfolge ganz genau, damit du dich zwischen den vielen Büchern zurechtfindest. Schlag nach und lies die

Passage zur *stummen Sünde*. Dann komm wieder zu mir.«

Balthasar starrte auf die Zeichen zu seinen Füßen und prägte sie sich gut ein. Das Herz in seiner Brust flatterte wie ein Vogel. Er rannte los und sah sich nicht mehr um.

* * *

Der Arzt Josef Hesemann blickte konzentriert auf den nackten Knaben, der aufgrund der blutleeren Haut wie ein Dämon aussah. Das Antlitz des Todes spülte eine Welle der Übelkeit in Bastians Magen. Für einen Moment wünschte er sich, er wäre wie sein Freund Wernhart am Rheintor geblieben. Doch das ging nicht. Er trug die Verantwortung in der Stadtwache, und ihm oblag es, den Tod des Jungen aufzuklären. Nach wie vor hatten sie keine Ahnung, wer er überhaupt war. Die Händler vor den Stadttoren kannten ihn nicht. Seine Soldaten hatten ihn ebenfalls noch nie im Leben gesehen und auch Josef konnte sich nicht erinnern. Ein namenloser Toter war Bastian bisher nicht untergekommen. In Zons kannte jeder jeden. Das kleine Städtchen stürzte sich nahezu auf Fremde, denn die Bewohner lechzten nach Neuigkeiten und Abwechslung. Natürlich hatte Bastian in der kurzen Zeit nicht alle Zonser befragt, aber trotzdem verschwand seine Zuversicht zusehends. Wenn weder seine Männer noch der Arzt helfen konnten, standen die Chancen schlecht. Josef behielt jedes Gesicht und jeden Namen im Gedächtnis. Der Arzt konnte noch nach Jahren die Krankheiten eines jeden Bewohners aufzählen, ohne dabei einen

Fehler zu machen. Woher zum Teufel stammte dieser Tote?

Josef murmelte etwas, das Bastian nicht verstand. Die wissenden Hände des Arztes tasteten den aufgequollenen Bauch des Leichnams ab.

»Er hat nicht einen blauen Fleck am Leib«, erklärte Josef nach einer Weile kopfschüttelnd. »Zudem ist er gut genährt. Ich kann keine Todesursache feststellen. Die einzige Erklärung wäre Gift.« Er griff nach dem rechten Zeigefinger des Toten und begutachtete den schwarzen Punkt auf der Kuppe. »Sieht nach einer Stichwunde aus. Ob der Knabe vielleicht zu einem Schneider oder Weber gehört? Er könnte sich an einer Nadel oder Spindel gestochen haben.« Josef sah auf. »Tut mir leid, Bastian. Doch dieses Mal kann ich Euch leider nicht viel über die Todesumstände sagen. Einiges deutet auf eine Vergiftung hin, insbesondere das Erbrochene und der Durchfall. Aber Ihr wisst selbst, dass ein Gift zumeist leise und spurlos tötet. Von der Tollkirsche bis hin zu Arsen könnte es alles gewesen sein. Womöglich hat der Knabe im Wald die Finger nicht von den Pilzen gelassen. Die Erde an seinen Füßen spricht für diese Möglichkeit. Wir müssen erst mehr über ihn herausfinden, bevor wir seinen Tod aufklären können. Sicher scheint mir nur eines: Dieser Junge ist wahrscheinlich nicht auf natürliche Weise gestorben.«

Bastian seufzte. Er hatte eine solche Auskunft befürchtet. »Dann spreche ich am besten mit Schneidermeister Lodewich. Möglicherweise kennt er den Knaben.«

Josef Hesemann blickte Bastian nachdenklich an. »Wenn ich es mir so recht überlege, glaube ich auch nicht an einen Unfall. Dieser Knabe trägt ein Büßerhemd. Ob er das wirklich freiwillig tat? Vielleicht wollte jemand ihn für seine Sünden bestrafen. Ich ...«

Josef wurde von einem tiefen Schrei unterbrochen. Die Tür zum Innenhof flog auf und Wernhart trat mit einem Stadtsoldaten im Schlepptau ein. Er stieß den Mann unsanft vor den Tisch, auf dem der Leichnam lag.

»Ist das dort Euer Geist?«, fragte Wernhart streng und schlug dem Soldaten mit der Hand auf den Hinterkopf. »Denkt nach, Franz, ansonsten könnt Ihr ab morgen mit den Bettlern auf dem Marktplatz um ein paar Brotkrumen kämpfen.«

Franz schloss furchtsam die Augen und würgte. »Ich kann nicht hinsehen, bitte nicht«, jammerte er.

Wernhart griff Franz in den Nacken. »Ihr macht jetzt die Augen auf und seht ihn Euch an. Ihr seid Soldat der Stadtwache und kein Waschweib!«

Franz öffnete zaghaft die Augen und blinzelte. »Er war nicht nackt«, sagte er und drehte den Kopf weg.

»Natürlich war er das nicht.« Wernhart warf ihm das Büßerhemd vor die Füße. »Das hat er getragen.«

Franz blinzelte abermals und nickte heftig mit dem Kopf. »Das ist er. Der Geist des Totengräbers.« Er blickte zu dem toten Knaben. »Aber er ist viel zu jung.«

»Weil Ihr nicht den Totengräber gesehen habt. Eure Fantasie hat Euch einen Streich gespielt, Soldat«, erklärte Bastian und baute sich vor Franz auf. »Habt Ihr letzte Nacht nicht geschworen, kein Auge mehr zuzutun und auf das Stadttor achtzugeben?«

»Das habe ich«, stotterte Franz, »doch dann kam dieser Teufel angelaufen und ich habe ihn zum Tor hinausgelassen. Das ... das war doch gut? Ihr wollt sicher nicht das Böse inmitten der Stadtmauern einschließen?« Franz setzte ein dämliches Grinsen auf, während er die ganze Zeit nickte. Anschließend bekreuzigte er sich eifrig.

»Wenigstens wissen wir jetzt, wie er durch das Stadttor hinausgelangt ist. Er kam die Rheinstraße hinauf. Es ist also gut möglich, dass du den Knaben bereits auf dem Kirchhof verfolgt hast, Bastian.« Wernhart seufzte und betrachtete Franz kopfschüttelnd.

»Wie hat er sich denn benommen, als Ihr ihn durch das Stadttor hinausgelassen habt?«, wollte Josef wissen.

Franz kratzte sich am Kopf und vermied es, den Toten anzusehen. »Na ja, er krümmte sich und fauchte. Genau so, als wäre er vom Teufel besessen oder ein Untoter. Ich erinnerte mich sofort an Wilhelmines Worte. Sie hat den alten Hubert auf dem Kirchhof gesehen, und mir war augenblicklich klar, dass ich seinen Geist vor mir habe. Es war weit nach Mitternacht. Sollte ich ihm etwa entgegentreten? Ich war froh, dass er die Stadt verlassen wollte.«

Josef legte Franz beruhigend die Hand auf die Schulter. »Mein lieber Mann. Ihr müsst mir schon genau erzählen, wie es sich zugetragen hat. Hat er zu Euch gesprochen?«

»Nein. Er spuckte ununterbrochen dieses ekelhafte Zeug aus.« Franz deutete auf die Flecken auf dem Büßergewand. »Er schleppte sich über die Straße, hielt sich den Bauch und krümmte sich. Ich befürchtete bereits, er würde es nicht mehr zum Rheintor hinausschaffen. Aber irgendwie hat er sich hindurchgeschleppt. Hinter ihm habe ich das Tor sofort wieder geschlossen.«

»Hat er ein Bein nachgezogen?«

Franz überlegte. »Soweit ich mich entsinne, schienen ihm die Füße nicht recht zu gehorchen. Er torkelte wie ein Untoter hin und her.«

Josef nickte bedächtig. »Was glaubt Ihr, Franz, litt dieser Mann womöglich an starken Schmerzen? Stöhnte oder jammerte er vielleicht?«

»Kann schon sein. Ich war so erschrocken. Stocksteif vor Angst. Ich dachte, ich hätte es mit dem Teufel zu tun, der nachts durch die Gassen läuft und die Seelen der Gläubigen frisst.«

Josef legte ein Tuch auf den Mund des Toten und beugte sich über den Leichnam. »Möglicherweise kann ich herausfinden, womit dieser arme Junge vergiftet wurde«, murmelte er. »Ich ziehe besser einen Handschuh an.«

Er fuhr mit der Hand über die Lippen, öffnete den Mund und musterte die Zunge und den Rachen. »Die meisten Gifte hinterlassen Reizungen, wenn sie zu sich genommen werden. Aber ... ich erkenne hier leider keine.«

Er trat einen Schritt zurück und rieb sich nachdenklich das Kinn mit der anderen Hand. Dann nahm er erneut den Zeigefinger des Jungen und studierte den schwarzen Punkt auf der Kuppe, um den die Haut deutlich geschwollen war. Er kniff die Augen zusammen und strich mit dem Handschuh über die Stelle.

»Ich hab es«, verkündete Josef nach einer Weile. »Es ist ein Pulver, eingedrungen über diesen Einstich. Ich kenne nur ein Mittel, welches zu Erbrechen, Durchfall und sofortigem Tod führt, begleitet von den beschriebenen Lähmungserscheinungen und Schmerzen.« Josef sah auf, und Bastian hielt gleichzeitig den Atem an. »Wir haben es mit dem Blauen Eisenhut zu tun.«

* * *

Das Schwarz der Nacht hatte sich wie ein Leichentuch über die Welt gelegt. Nur schemenhaft sah Wilhelmine die Grabsteine ringsum. Immer wenn sich eine Lücke zwischen den vielen Wolken am Himmel auftat und die Mondstrahlen über die dunklen Gräber des Kirchhofs strichen, schienen sie zu tanzen. Wilhelmine blinzelte ängstlich und verharrte einen Moment an der Friedhofsmauer. Sie starrte auf Hubertus' Grabstein oder zumindest in die Richtung, wo sie ihn vermutete, denn das steinerne Kreuz mit dem Kreis in der Mitte und dem verschnörkelten H darin konnte sie in der Dunkelheit nicht erkennen. In der Rechten hielt sie die Kerze, die sie am Tage gefunden hatte, in der Linken eine Fackel. Nun würde sie es Hubertus' elender, ruheloser Seele zeigen. Sie würde ihre Wanderschaft beenden und den Mistkerl genau dorthin zurückschicken, woher er kam. In die Hölle.

Wilhelmine holte tief Luft und machte einen zaghaften Schritt vorwärts. Ihr Herzschlag glich einem Trommelwirbel, der das Blut in ihren Ohren zum Rauschen brachte. Sie hatte sich bei einem Kräuterweib erkundigt. Es war am besten, die Kerze unmittelbar am Grab des Totengräbers im Feuer zu schmelzen und den Docht zu verbrennen. Vorsichtig huschte sie über den Friedhof. Es war weit nach Mitternacht. Hans, ihr trunkener Ehemann, schnarchte in seinem Bett. Der Nachtwächter hatte seinen Rundgang abgeschlossen und die

Wachen harrten an den Stadttoren aus. Niemand sollte sie zu dieser Stunde stören. Niemand, außer natürlich der Teufel persönlich. Wilhelmine war fest entschlossen, trotz der Furcht, die sich wie eine Kralle in ihre Eingeweide gegraben hatte und mit jedem Schritt stärker einschnitt. Wenn sie ihres Lebens wieder froh werden wollte, musste sie dem Spuk ein Ende bereiten. Es ging einfach nicht, dass sie keine Nacht mehr die Augen zutun konnte, weil der alte Griesgram über den Kirchhof geisterte und ihr den Schlaf raubte. Sie erreichte Hubertus' Grab und ließ sich hinter dem steinernen Kreuz nieder. Die Kräuterfrau hatte sie vorgewarnt. Sie sollte sich keinesfalls vor oder auf das Grab setzen, denn darunter, wo in der Erde der Leichnam ruhte, befand sich womöglich ein Tor zur Hölle. Ängstlich leuchtete sie mit ihrer Fackel den Boden nach Löchern ab. Wilhelmine fürchtete sich panisch vor der Unterwelt. Aber sie sah nichts außer ein paar Spinnen, die eilig vor dem Feuer flüchteten.

»Also dann«, sprach sie, um sich selbst Mut zu machen, und hielt die Kerze über die Fackel. »Fahr zurück zur Hölle, Hubertus!« Sie sah zu, wie das Wachs auf die Erde tropfte. Es ging ganz leicht. Fast zu leicht. Die Kräuterfrau hatte ihr geraten, sich vor Hubertus' Gegenwehr in Acht zu nehmen. Mit eingezogenem Kopf blickte sie sich um, während das Wachs pausenlos zu Boden tropfte. Sie rechnete augenblicklich mit den groben Händen des Totengräbers, die ihr zuerst die Kerze aus der Hand schlugen und sich anschließend fest um ihren Hals legten. Doch noch schien sein Geist nicht beunruhigt.

»Gütiger Herr im Himmel, steh mir bei und führe

diese Seele ihrer Bestimmung zu«, murmelte sie und vollführte ein paar Zeichen, die die Kräuterfrau ihr eingeschärft hatte, um die ruhelose Seele von der Erde zu verbannen. Wilhelmine wartete geduldig, bis das Wachs der Kerze vollständig geschmolzen war.

Lass den Docht nicht fallen. Wenn er die Erde berührt, tut sich sonst die Hölle auf!

Die Worte hatten sich tief in Wilhelmines Kopf eingegraben, mit zitternden Fingern hielt sie die verkohlte Schnur, die sie im flackernden Feuerschein kaum sehen konnte. Es war zu schade, dass ihr Augenlicht im Laufe der Zeit so schwach geworden war. Sie blinzelte und spürte gleichzeitig einen eiskalten Windhauch. Sofort standen ihr die Haare zu Berge. Ein schauerliches Säuseln fuhr über die Gräber ringsum, und sie zuckte zusammen. Der glimmende Docht entglitt ihr. Ihr Herzschlag setzte für einen endlosen Moment lang aus. Fahrig suchte sie die Erde ab, als sie sich wieder gefangen hatte. Doch der Docht war verschwunden. Sie tastete vorsichtig danach, denn er musste da sein. Sie durfte jetzt nicht versagen. Eine fette Spinne huschte über ihren Zeigefinger. Wilhelmine stieß einen spitzen Schrei aus und riss die Hand zurück. Die Fackel fiel hinunter. Das Feuer flackerte, die Flammen schlugen hektisch um sich und waren kurz davor, zu erlöschen. Wilhelmine hob hastig die Fackel wieder auf. Sie hielt sie möglichst ruhig und wagte kaum zu atmen. Das Feuer durfte nicht ausgehen, dann würde sie den Docht nie finden. Zu ihrer Erleichterung entfachten die Flammen neue Kraft. Sie duckte sich so tief es ging und suchte die Erde ab. Ein eigenartiges Geräusch ließ sie innehalten.

War das die Hölle, die ihre Pforten auftat, um sie zu verschlingen? Wilhelmine hörte ganz deutlich ein Knarren. Oder handelte es sich vielmehr um ein Stöhnen? Ihre kurze Erstarrung löste sich. Sie sah auf und erblickte in einiger Entfernung ein Licht. Sie musste diesen verflixten Docht wiederbekommen.

Jetzt. Sofort.

Ihre müden Augen suchten panisch den Boden ab. Sie wusste, dass das Böse die Finger nach ihr ausstreckte. Doch sie ignorierte die Geräusche und die Schritte, die sie hinter sich vernahm. Sie sah nicht auf, sondern konzentrierte sich nur auf die Erde. Irgendwo musste der Docht sein. Er war ihre einzige Hoffnung. Sie musste ihn verbrennen, dann wäre schlagartig alles vorbei. Sie durchwühlte den Dreck, rieb jedes Sandkörnchen zwischen den Fingerkuppen. Ohne Erfolg. Ihre Blicke kreisten hektisch um die Stelle, an der sie die verkohlte Schnur fallen gelassen hatte. Wilhelmine versuchte es ein Stück weiter entfernt. Sie wusste, dass sie zurückgezuckt war, als ihr die Spinne über die Haut krabbelte. Da, etwas Winziges, Längliches ragte dort aus dem Boden. Schwarz. Verkohlt. Ihr Herz machte einen Satz. Gott sei Dank. Da steckte er, der Docht. Sie griff danach und bemerkte im selben Augenblick die Schritte, die sich unaufhörlich näherten. Aus dem Augenwinkel nahm sie ein helles Gewand wahr. Hubertus kam unmittelbar auf sie zu. Ihre Hände zitterten so sehr, dass sie die Flamme nicht traf. Jedenfalls nicht, ohne sich die Finger gleich mit zu verbrennen. Wilhelmine biss sich auf die Unterlippe und hielt die Hand in die Fackel. Der verdammte Docht wollte nicht mehr brennen. Ihre Haut hingegen schon. Die

Flammen leckten an ihren Fingerspitzen und entfachten ein heißes, scharfes Ziehen. Hubertus war direkt hinter ihr. Sie spürte seinen kalten Atem im Nacken. Er legte ihr die eiskalte Hand auf die Schulter. Der Schmerz und die Angst trieben ihr die Tränen in die Augen. Trotzdem hielt sie tapfer weiter die Finger mit dem Docht in die Fackel. Es war einerlei, ob sie hier verbrannte oder in der Hölle. Ein grässliches Geräusch drang in ihr Ohr. Das Böse wollte sie zum Aufgeben zwingen. Es flüsterte ihr etwas zu, das sie nicht verstand. Es röchelte grauenerregend. Schmatzte. Züngelte an ihrer Wange. Wilhelmine blieb standhaft. Sie starrte in die Fackel, als könnte sie dadurch den Docht zum Brennen bringen. Dann ergoss sich eine heiße übel riechende Flüssigkeit über ihre Schulter. Wilhelmine erstarrte. Das Kräuterweib hatte sie vorgewarnt. Doch das, was hier vor sich ging, übertraf ihre schlimmsten Albträume. Sie rührte sich nicht vom Fleck. Die stinkende Brühe lief ihr den Hals hinab, über ihre Brüste, bis hin zu ihren Beinen. Endlich brannte der Docht. Eine grelle Flamme verschlang die Schnur und auch die Haut an ihren Fingern. Der Docht kringelte sich lichterloh. Wilhelmine ließ los. Sie steckte die verbrannten Fingerspitzen in den Mund und schluchzte.

War es vorbei?

Etwas krächzte hinter ihr. Es atmete. Es stöhnte. Es stank. *Es lebte.*

Die Kräuterfrau hatte gelogen. Wilhelmine hatte Hubertus' toten Geist nicht verbannt. Der Totengräber lag leibhaftig hinter ihr, eine Hand an ihrem Rücken. Sie wagte es nicht, sich umzudrehen. Sein Röcheln schwoll zu einem unerträglichen Jaulen an.

Doch urplötzlich war es still.

War es vorbei?

Wilhelmine stockte der Atem. Langsam wandte sie sich um.

Da lag er. Stumm und regungslos. Sie leuchtete mit der Fackel, sah schmutzige, nackte Füße. Ein helles Gewand. Dünne Arme, die gar nicht zum Totengräber passen wollten, und ein bleiches Gesicht. Wilhelmine blinzelte. Das Böse war listig. Vielleicht lag ein Zauber auf dem Mann.

Sie beugte sich über die Fratze und hielt die Fackel ganz dicht an die blasse Haut. Sie sah verzerrte Lippen, einen qualvollen Zug um den Mund. Verdrehte, hervorgequollene Augen. Sie zupfte an der Nase, so als könne sie die Maske lösen. Aber die Haut saß fest. Ebenso die Haare. Ungläubig fuhr sie hoch und bekreuzigte sich.

Dann rannte sie los, ohne zu wissen, wohin. Ein einziger Gedanke pochte in ihrem Kopf. Sie lief schneller und schneller. Weg. Nur weg von hier. Von diesem Ort des Grauens.

Denn dort auf dem Kirchhof lag kein Untoter. Nicht der seelenlose Körper des Totengräbers. Sondern der eines Knaben.

VI

GEGENWART

»Kriminalpolizei! Kommen Sie da herunter und heben Sie die Arme über den Kopf!« Oliver zielte auf den Mann, der ihn bloß ansah, als wäre er der Leibhaftige.

»Nun machen Sie schon«, forderte er ihn erneut auf und wartete zwei, drei Sekunden ab, bis Bewegung in den über und über tätowierten Mann kam. Er wälzte sich von der Rothaarigen, deren Brüste hell im Strahl von Klaus' Taschenlampe aufleuchteten. Oliver konnte es nicht fassen, sie hatten die beiden mitten im Liebesakt überrascht.

»Sind Sie Mia Messner?«, fragte er die Frau, die sich aufgerichtet hatte und ihn lüstern anstarrte. Ihre Nacktheit schien ihr nicht das Geringste auszumachen.

»Ich kann alles sein, was du willst, Süßer!«, säuselte sie und rekelte sich. »Nenn mich M I A.« Sie zog die Buchstaben gekünstelt in die Länge und fuhr sich mit der Zungenspitze über die vollen Lippen.

Oliver schob die Waffe zurück in das Halfter und

nahm Klaus die Taschenlampe aus der Hand. Er trat ans Bett heran und leuchtete der Rothaarigen in die Augen.

»Wo ist Mia Messner?«, wollte er wissen, als er die braunen Augen der Frau erkannte. Nach den Angaben aus dem Einwohnermeldeamt hatte Mia grüne Augen.

Die nackte Frau machte einen Schmollmund. »Willst du mich beleidigen? Erst bringst du mich um meinen Spaß, indem du mit dem da mein Schlafzimmer stürmst, und dann bestehst du auf dieser Mia?« Sie rekelte sich erneut einladend, doch Oliver fühlte sich abgestoßen. Er trat einen Schritt zurück.

»Diese Wohnung gehört Mia Messner. Sie nennen uns jetzt beide Ihren vollständigen Namen und erklären, was Sie hier zu suchen haben.«

Klaus knipste das Licht an. Oliver blinzelte, ohne den Blick von der Rothaarigen abzuwenden.

»Das ist Natalie. Mia ist abgehauen«, knurrte der Tätowierte und nahm die Arme herunter. »Ich bin Patrick. Patrick Grunert. Mia ist meine Freundin. Ich habe einen Schlüssel zu ihrer Wohnung.«

Oliver brauchte ein paar Sekunden, bis er Grunerts Informationen verarbeitet hatte. »Noch einmal für mich zum Verständnis: Ihre Freundin ist verschwunden, und Sie nutzen ihr Schlafzimmer, um mit …«

»Meine Güte, bist du ein Spießer«, fuhr die Rothaarige ihm ins Wort. »Mia hat nichts dagegen. Vermutlich hängt sie gerade mit Damian ab oder vielleicht auch mit Marc. Ist doch keine große Sache.« Sie rutschte von der Bettkante und schlüpfte lässig in ihren Slip und in ein durchsichtiges Hemdchen.

»Wie lautet Ihr vollständiger Name?«, fragte Klaus erneut nach.

Die Rothaarige musterte ihn abschätzend. »Hissinger. Natalie Hissinger. Meine Nummer steht im Telefonbuch.« Sie warf Klaus einen Luftkuss zu. »Kann ich nun gehen? Mir ist der Spaß vergangen.« Sie zog eine hautenge schwarze Lederhose an und wollte sich an Oliver vorbeischlängeln, aber er versperrte ihr den Weg.

»Halt, halt. Bevor wir nicht wissen, wo Mia Messner ist, verlässt hier niemand das Zimmer.«

»Zum Teufel noch mal, ich habe ja gerade gesagt, ich weiß es nicht. Hast du was an den Ohren?« Sie blieb nur wenige Zentimeter vor ihm stehen. Er fing die düstere, scharfe Note ihres Parfüms auf. »Mann, wie kann ein Kerl nur so knackig aussehen und dabei durch und durch ein Spießer sein?« Sie presste die Lippen zu einem schmalen Strich zusammen und schüttelte abfällig den Kopf.

»Halts Maul«, polterte Patrick dazwischen und hob drohend die Faust. »Das sind Polizisten. Ich habe keinen Bock auf Ärger mit denen. Mia hat ihren eigenen Kopf. Ist nicht das erste Mal, dass sie abgehauen ist. In ein oder zwei Tagen ist sie wieder hier.«

»Hören Sie, Herr Grunert. Ihre Freundin ist seit vier Tagen verschwunden. Ihr Vater hat sie als vermisst gemeldet. Das Handy ist ausgeschaltet, und Sie machen sich nicht die geringsten Sorgen?«

Patrick Grunert zuckte mit den Achseln und sah Oliver fragend an. »Warum sollte ich? Sie ist nicht meine Sklavin. Sie muss sich bei mir nicht an- oder abmelden. Wie gesagt, sie wird schon auftauchen.«

Oliver seufzte. Was sollte er damit anfangen? Die Gleichgültigkeit stand den beiden ins Gesicht geschrieben. Sie schienen sich nicht einmal annähernd für Mia zu interessieren. Wie sollten sie so vorankommen? Hans Steuermark lief sicherlich in diesem Augenblick ungeduldig vor seinem Schreibtisch auf und ab. Vielleicht sollte er ihm die beiden präsentieren, dann konnte er sich selbst ein Bild machen.

»Ziehen Sie sich an! Sie kommen mit aufs Revier und werden eine ausführliche Aussage machen. Wir wollen genau wissen, wo Sie Mia Messner zuletzt gesehen oder gesprochen haben. Wie lange Sie sie kennen beziehungsweise mit ihr liiert sind. Seit wann Sie den Schlüssel zu ihrer Wohnung besitzen und so weiter.« Er warf Patrick die Klamotten zu, die auf dem Boden vor dem Bett lagen. »Ein bisschen zügig, wenn ich bitten darf!«

* * *

Nichts!

Das war das Letzte, womit Paula gerechnet hatte. Ihr Puls raste in Höchstgeschwindigkeit. Trotz aller Bedenken hatte sie die Augen geöffnet. Obwohl sie wusste, dass sie sein Gesicht besser nicht sehen sollte.

Und jetzt sah sie: nichts. Zumindest fast nichts. Sie blickte auf einen milchigen Plastikvorhang, der vor der Badewanne hing, in der sie hockte. Angeekelt betrachtete sie die grünlichen Schimmelflecken. Noch immer spürte sie das Kreuz, das der Entführer ihr auf die Stirn gemalt hatte. Paula blickte nach oben. Eine Glühbirne baumelte an der Decke.

»In nomine Domini«, flüsterte der Mann erneut, und in diesem Augenblick bemerkte sie den Schatten hinter dem Vorhang.

»Bist du bereit, dich von deinen Sünden loszusagen?«

Paula zuckte zusammen. Die Stimme war so nah. Ihr Blick glitt über den Duschvorhang. Ein kleines dunkles Loch jagte ihr einen Schauer über den Rücken. Etwas Glänzendes starrte sie durch die Öffnung an.

Ein Auge.

Entsetzt schrie sie auf.

Eine große Hand schnellte durch einen Schlitz in dem Duschvorhang und bekreuzigte sie genau vor ihrer Stirn.

Sie schreckte zurück.

»In nomine Domini«, schnarrte ihr Entführer erneut und öffnete den Vorhang. In ihren Ohren dröhnte die Stimme des Mannes, der wie ein finsterer Dämon vor ihr stand, eingehüllt in ein schwarzes Gewand, das Gesicht tief im Schatten einer Kapuze verborgen. Er redete immer weiter auf sie ein. Sie verstand kein Wort, es war Lateinisch, doch sie begriff, dass er betete.

Wenigstens sehe ich sein Gesicht nicht, dachte sie noch. Allerdings hob er genau in diesem Augenblick den Kopf, und seine Kapuze rutschte nach hinten. Er hob das Kinn, als blickte er zum Himmel hinauf. Das Licht der Glühbirne erfasste seine markanten Kieferknochen, die kräftige Nase und die wulstigen Augenbrauen.

Paula erstarrte. Sie war nicht in der Lage, wegzusehen. Sein Gesicht brannte sich in ihr Hirn.

* * *

Wie man sich doch in einem Menschen täuschen

konnte! Emily starrte fassungslos auf ihren Chefredakteur, der sich vor ihr aufgebaut hatte und sich aufführte, wie von einer Tarantel gebissen.

»Ich habe bisher sehr viel von Ihnen gehalten, Frau Richter. Aber dieses Mal haben Sie eindeutig die Grenze überschritten! Haben Sie eigentlich eine Idee, wie diese Zeitung es schafft, jeden Monat das Gehalt auf Ihr Konto zu überweisen?« Er machte eine kurze Pause, ließ sie jedoch nicht antworten, und pochte sich mehrfach an die Schläfe. »Richtig: mithilfe der Leser. Wir brauchen Leser. Die kaufen unsere Zeitung. Je mehr, desto besser. Und wie bringe ich die Leute dazu, zu lesen? Hm?« Wieder hielt er inne und funkelte Emily böse an. »Indem wir die neuesten und spannendsten Nachrichten anbieten. Indem wir die Ersten sind.« Sein Ton verwandelte sich in den eines Oberlehrers. »Dank Ihnen haben wir jetzt eine Lücke auf der Titelseite. Gut gemacht, Frau Richter! Die Kollegen werden es Ihnen danken. Sie wissen doch selbst, wie schlecht es um das Verlagswesen in Deutschland steht. Wir wären nicht die erste Tageszeitung, die wegen mangelnder Auflage schließen muss. Ich kann Ihnen zahlreiche Beispiele nennen.« Er winkte ab und fegte wütend ein Blatt Papier von seinem Schreibtisch. »Verdammt. Was zum Henker haben Sie sich dabei gedacht? Ich hatte Sie für absolut professionell gehalten. Sie müssen doch zwischen Beruf und Privatleben trennen können!«

Emily schluckte. Holger Burbach lag aus seiner Sicht ganz bestimmt richtig, aber immerhin ging es um einen Mordfall. Durften sie denn das Allgemeinwohl außer Acht lassen, nur um die Auflage der Zeitung hochzutreiben? Schließlich wusste niemand, wie der

Täter reagierte, wenn er erfuhr, dass sein Opfer bereits identifiziert war. Ort und Zeitpunkt des Verschwindens einer Person waren wichtiges Täterwissen und gehörten nicht in die Öffentlichkeit. Nicht umsonst rückte die Polizei aus ermittlungstaktischen Gründen mit so wenig wie möglich Informationen heraus.

»Es tut mir leid«, murmelte sie – wahrscheinlich wenig überzeugend. »Trotzdem hätten wir besser direkt mit der Kripo Kontakt aufnehmen sollen, als sich der Vater bei uns meldete. Wir können uns doch nicht in die Ermittlungen einmischen.«

Burbach verzog das Gesicht. »Liebe Frau Richter. Es handelte sich um ein Interview mit dem Vater eines möglichen Opfers. Eine emotionale Darstellung der Dinge. Gut, eine Statusabfrage bei der Polizei wäre vielleicht sinnvoll gewesen, aber nun ist es sowieso egal. Der Artikel erscheint ja nicht, darauf haben sich mein Chef und die Behördenleitung geeinigt.«

»Ich hätte da noch eine Berichterstattung über den Chemiepark. Der würde sich auch prima auf der Titelseite machen.«

Emily schaute Burbach an und stellte erstaunt fest, dass seine Ohren inzwischen leuchteten wie Feuer. Seine Glatze verstärkte diesen Effekt. Noch nie hatte sie den Chefredakteur so außer Rand und Band gesehen. Sie kannte ihn als ruhigen, überlegten Menschen. Sicher, ein paar Kollegen hatten von seltenen Wutanfällen berichtet. Emily hatte das bis zu diesem Moment glatt für ein Gerücht gehalten. Ein Kollege schlich an der Glasfront seines Büros vorbei und warf ihr einen mitleidigen Blick zu. Das hatte ihr gerade noch gefehlt. Die gesamte Redaktion bekam mit, wie Burbach ihr den

Kopf wusch. Ein unangenehmes Drücken breitete sich in ihrem Magen aus. Es fühlte sich fast so an, als hätte sie zum Frühstück Steine verschluckt.

»Sie kennen doch den Unterschied zwischen einem Mord, der die Menschen bewegt, und Wirtschaftsnachrichten. Was denken Sie, wofür sich die Leser mehr interessieren?«

Emily erwiderte nichts. Es hätte sowieso nichts geändert. Wahrscheinlich war es naiv gewesen, zu glauben, dass niemand in der Redaktion auf sie käme. Im Grunde war es ja naheliegend, dass sie es war, die die Information weitergegeben hatte. Schließlich war es kein Geheimnis, dass sie mit Kriminalkommissar Oliver Bergmann liiert war. Bisher hatte das eher Vorteile gehabt. Sie war immer sehr nahe an Verbrechen dran, bekam Storys oft exklusiv. Doch dieses Mal war sie übers Ziel hinausgeschossen.

»Wie auch immer«, fuhr Burbach fort und wischte sich mit einem Taschentuch die Schweißtropfen von der Glatze. »Die Redaktionsleitung für Kultur und Lokales übernimmt erst einmal Sylvia.«

Emily riss die Augen auf. »Das ist nicht Ihr Ernst«, platzte es aus ihr heraus. »Ich habe viel mehr Berufserfahrung und die Leserzuschriften haben sich unter meiner Leitung verdoppelt, genau wie das Anzeigenvolumen.«

Burbach winkte ab. »Keine Handlung bleibt ohne Folgen. Sie haben beschlossen, gegen diese Zeitung zu agieren, und deshalb können Sie sich auch den Rest des Tages freinehmen und in Ruhe darüber nachdenken. Sie tragen schließlich eine Verantwortung für diese Zeitung und ihre Mitarbeiter. Wir sind ein großes Team und jeder muss sich auf den anderen verlassen können. Schaffen Sie mir eine neue attraktive Exklusivstory ran, und vielleicht vergesse ich dann diese unglaubliche Nummer wieder.« Er schüttelte den Kopf und sah Emily durchdringend an. »Verdammt, Frau Richter. Mir bleibt doch auch nichts anderes übrig, oder glauben Sie, mein Chef reißt mir dafür nicht den Kopf ab?«

Emily klappte die Kinnlade runter. Mit solchen Konsequenzen hatte sie nicht gerechnet.

Immerhin war Burbachs Stimme inzwischen leiser geworden. In seinen Augen lag ein wenig Mitleid, aber auch Härte.

»Gehen Sie und bringen Sie das in Ordnung!« Er drehte sich um und ließ sich auf seinen Stuhl fallen.

Emily stolperte mit stocksteifen Gliedern aus Burbachs Büro. Sie sah nicht mehr auf, bis sie den Ausgang erreicht hatte. Erst als sie in ihrem Auto saß, ließ sie die Tränen hemmungslos laufen. Sie hatte so hart für ihre Position als Redaktionsleiterin gearbeitet, und nun bekam diese überkandidelte Zicke von Sylvia ihren Job. Einfach so. Die konnte doch keine zehn zusammenhängenden Sätze schreiben. Wie konnte Burbach ihr das nur antun?

Und überhaupt, was sollte sie jetzt mit dem Tag anstellen? Sie konnte sich schließlich keine Story aus den Rippen schneiden. Sollte sie Oliver anrufen und ihn fragen? Nein. Sie wollte ihn nicht mit ihrem Kummer behelligen. Letztendlich war sie das Risiko allein eingegangen und musste sich deshalb auch selbst wieder aus dem Sumpf ziehen.

Ohne dass sie weiter darüber nachdachte, drückte sie die Kurzwahltaste auf dem Handy. Wem am besten konnte sie ihr Leid klagen, wenn nicht ihrer besten Freundin Anna?

* * *

Steuermark rieb sich angestrengt die Schläfen, und Oliver nahm diese Regung mit einer gewissen Schadenfreude zur Kenntnis. Sein Chef war schon lange nicht mehr selbst im Einsatz gewesen. Natürlich hielt er die Fäden des Kommissariates in der Hand, und er machte einen guten Job. Oliver mochte ihn. Ohne Steuermark wäre er vielleicht heute noch bei der Streifenpolizei.

Doch seine ständige Ungeduld nervte, und in diesem Fall tat es seinem Chef ganz gut, sich selbst mal die Zähne auszubeißen. Er sollte ruhig merken, mit was für einem verflixten Fall sie es zu tun hatten. Es brauchte immer seine Zeit, bis sie der Wahrheit auf die Spur kamen. Alles Drängen half nichts. Man musste sein Ziel hartnäckig verfolgen und durfte nicht aufgeben. Genau wie bei Patrick Grunert, der wie ein sturer Bock im Verhörraum saß und seit seiner Ankunft beharrlich schwieg. Steuermark hatte nach dreißig Minuten übernommen. Zuvor hatte Oliver es schon mit diversen psychologischen Tricks versucht, aber aus dem Mann war nichts mehr herauszubekommen, seit sie Mia Messners Wohnung verlassen hatten.

»Ich hoffe, Sie sind sich der Tatsache bewusst, dass Ihr Verhalten als Behinderung der Ermittlungsarbeiten in einem Mordfall ausgelegt werden kann!«

Oliver schielte zu Klaus, der leise vor sich hin gluckste.

»Ich wette, dass Steuermark es mit seinem Beamtendeutsch bei diesem Typen nicht weit bringen wird. Guck dir mal Grunerts Gesicht an. Sieht aus, als wolle er den Chef jeden Moment auffressen.«

Tatsächlich malmten die Kieferknochen des Mannes bedenklich aufeinander.

»Komm, wir nehmen uns Natalie Hissinger vor. Die hat jetzt lange genug geschmort.« Zwar mochte Oliver die Rothaarige nicht besonders, aber sein Gefühl sagte ihm, dass sie vielleicht redseliger wäre als ihr Begleiter. Er warf einen letzten Blick auf Hans Steuermark, dessen Adleraugen Patrick Grunert durchbohrten, und steuerte auf den Vernehmungsraum gegenüber zu.

Als Oliver die Tür öffnete, richtete sich Natalie Hissinger ruckartig auf. Sie kniff die Augen zu schmalen Schlitzen zusammen und starrte ihn vorwurfsvoll an.

»Bin ich verhaftet, oder warum werde ich hier eingesperrt?«

»Wir möchten Sie zu Mia Messner befragen«, erklärte Oliver. Sie nahmen auf der gegenüberliegenden Seite des Tisches Platz. Ein Kollege beobachtete das Gespräch durch die Spiegelwand. Außerdem wurde es aufgezeichnet.

»Das haben Sie vorhin schon gesagt, und seitdem warte ich hier. Ich brauche dringend eine Zigarette. Wissen Sie eigentlich, dass das hier Freiheitsberaubung ist? Wenn ich das der Presse erzähle, habt ihr ein mächtiges Problem!« Sie sah abwechselnd von ihm zu Klaus. Oliver reagierte nicht auf ihre Provokation, sondern blickte sie freundlich an. Klaus nickte ihr ebenso höflich zu.

»Juckt euch das denn gar nicht?«, fragte sie und pochte nervös mit zwei Fingern auf die Tischplatte.

Plötzlich grinste sie. »Was soll's, ich stehe auf Kerle, die den Ton angeben.« Sie warf Oliver einen eindeutigen Blick zu.

Oliver zeigte keine Regung. Er mochte Natalie Hissinger nicht. Allerdings schien ihr das egal zu sein, denn sie beugte sich vor und verringerte den Abstand zwischen ihnen.

»Schluss mit dem Geplänkel!«, fuhr Klaus dazwischen. »Kommen wir zu den Fakten. Seit wann kennen Sie Mia Messner?«

Die Rothaarige zog die Augenbrauen hoch und musterte Klaus. »Seit ein paar Monaten, als Patrick sie kennengelernt hat. Ich glaube, das ist jetzt gut ein halbes Jahr her.« Sie hielt kurz inne und zählte an ihren Fingern nach. »Ja. Sechs Monate. Wahnsinn, wie die Zeit vergeht, nicht?« Wieder setzte sie ein dämliches Grinsen auf. Diese Frau machte Oliver langsam, aber sicher aggressiv.

Klaus blieb ruhig. Er klopfte nach und nach die Daten zu ihrer Person ab. Die Frau war dreißig, Verkäuferin bei einer bekannten Modekette, ledig, kinderlos und lebte in einem Appartement keine drei Straßen von Mia Messners Wohnung entfernt.

»Warum haben Sie sich mit Patrick Grunert nicht in Ihrer eigenen Wohnung getroffen?«, wollte Klaus wissen, erntete jedoch nur ein Schulterzucken.

»Warum gehen Männer zu einer Prostituierten, obwohl sie jederzeit Sex mit ihrer Ehefrau haben könnten?«, fragte sie schließlich und gähnte dabei gekünstelt.

Klaus ließ sich nicht aus dem Konzept bringen. »Seit wann sind Mia Messner und Patrick Grunert ein Paar?«

»Habe ich doch schon gesagt: seit einem halben Jahr. Davor war ich mit Patrick zusammen.«

»Und wie ist die Beziehung zwischen den beiden? Harmonisch oder gab es viel Streit?« Oliver klinkte sich wieder in die Befragung mit ein. Er hatte seine Abneigung gegen Hissinger mittlerweile im Griff, denn immerhin beantwortete sie ihre Fragen.

»Offen, darum gab es auch keinen Streit.« Hissinger starrte Oliver erneut mit einem vielsagenden Blick an. »Die Liebe lebt von der Abwechslung«, fügte sie hinzu, als Oliver nichts erwiderte. »Eintönigkeit und Langeweile töten jede Emotion. Wir kennen keine Eifersucht. Die körperliche Liebe hat nichts mit der seelischen Verbundenheit zu tun. Jedenfalls nicht bei uns.«

Langsam kam die Frau Oliver wie die Predigerin einer Sekte vor.

»Wer ist *wir*?«, fragte er deshalb.

Natalie Hissinger stöhnte gedehnt. »Wir sind eine kleine Gruppe von Menschen mit gleicher Gesinnung.«

Oliver zog die Augenbrauen hoch. »Ach, und hat diese Gruppe einen Namen?«

Hissinger grinste wieder auf ihre anrüchige Art. »*Schwarze Freiheit*«, flüsterte sie und verzog die Lippen zu einem Schmollmund. »Wir sind übrigens dreizehn.«

Er hätte es sich denken können. Die Dreizehn war für sogenannte Hexen eine magische Zahl. Emily hatte ihm darüber berichtet. Das Jahr bestand aus zwölf Monaten, aber die Erde benötigte dreizehn Monde, um einmal die Sonne zu umkreisen. Die Dreizehn steht außerdem für die Ordnung der großen Göttin, der großen Mutter. Jede Frau durchläuft dreizehn Zyklen im

Jahr und viele Hexenzirkel nahmen nicht mehr als dreizehn Mitglieder auf.

»Ich hätte gerne die Namen und Kontaktdaten aller Mitglieder«, erwiderte Oliver und schob Natalie Hissinger einen Zettel und einen Stift über den Schreibtisch.

»Gibt es sonst irgendwelche Auffälligkeiten aus den letzten Tagen, die uns einen Hinweis auf Mia Messners Aufenthaltsort geben könnten?«

Hissinger schüttelte den Kopf. »Wie gesagt, wir sind frei. Versuchen Sie es bei Damian oder Marc. Die Adressen schreibe ich auch auf.«

Oliver sah kurz zu Klaus hinüber, der prompt nickte.

»Wir haben keine weiteren Fragen mehr«, sagte er und erhob sich.

Oliver stand ebenfalls auf und wartete, bis Natalie Hissinger sämtliche Namen der *Schwarzen Freiheit* notiert hatte. Dann geleitete er sie zur Tür.

»Falls Ihnen noch etwas einfällt, melden Sie sich bitte.« Er hielt ihr die Tür auf und spürte im selben Augenblick eine Berührung an der Hand. Instinktiv griff er zu.

»Ich glaube ehrlich gesagt nicht, dass Mia die Tote vom Scheiterhaufen ist. Wir sehen uns.« Die Zeugin schob sich dicht an ihm vorbei und stakste den Flur entlang. Klaus, der schon draußen war, blickte ihr kopfschüttelnd hinterher.

»Was für eine schreckliche Frau«, flüsterte er und klopfte Oliver mitleidig auf die Schulter. »Und sie hat es auch noch auf dich abgesehen.« Er grinste und imitierte ihren Schmollmund.

»Lass das«, knurrte Oliver und öffnete die Hand. Ein Zettel lag darin.

Mehr heute Abend um acht im Örringer, hatte Natalie Hissinger darauf gekritzelt.

»Wow, die meint es wirklich ernst«, spottete Klaus und entriss ihm den Zettel. »Ich kann mir nicht vorstellen, dass sie dir etwas über Mia Messner erzählen will.«

Oliver ließ Klaus stehen und ging ins Büro. Er hatte keine Lust mehr auf den Spott seines Partners und schon gar nicht auf Natalie Hissinger.

»Ich werde nicht hingehen«, brummte er verärgert und schwang sich auf seinen Bürostuhl. In der anderen Hand hielt er die Liste mit den Mitgliedern der *Schwarzen Freiheit*. Er studierte die ersten Namen, blieb jedoch unvermittelt an einem Paket auf seinem Schreibtisch hängen. Es war an ihn adressiert. Oliver suchte nach dem Absender, fand aber keinen. Stirnrunzelnd griff er nach einer Schere und öffnete den Karton. Etwas Blaues schien durch das obenauf liegende Seidenpapier hindurch. Oliver hob es mit den Fingerspitzen an.

»Dieses verdammte Miststück!« Angewidert schob er das Paket von sich.

VII

VOR FÜNFHUNDERT JAHREN

Bastian träumte von Anna. Es war sein Lieblingstraum. Seit Jahren nahm er ihn wieder und wieder mit auf eine Reise durch die Zeiten, in eine unbekannte Welt, in der diese wunderschöne Frau lebte. Eine Frau mit Augen so grün wie Smaragde, mit dunklen Locken und einem geheimnisvollen Lächeln. Das Herz schlug wild in seiner Brust. Wie oft hatte er versucht, dieses wundervolle Wesen zu vergessen? Die Sehnsucht nach ihr brachte ihn um. Das Wissen, dass sie ihm nie gehören würde, schmerzte so sehr, dass er augenblicklich nach Luft japste. Weder er noch Pfarrer Johannes hatten eine Erklärung für seine Träume, die so lebensecht waren, dass er felsenfest glaubte, Anna tatsächlich zu kennen. Sie löste jedes Mal einen Sturm der Leidenschaft in ihm aus, den er bei seinem Weib noch nie empfunden hatte. Mit Marie verbanden ihn Wärme und Zuneigung. Anna hingegen war ein loderndes Feuer, das mit seinen Gefühlen spielte. Wie oft hatte er sich bereits daran verbrannt? Zu oft. Warum also konnte er nicht einfach von ihr lassen?

Anna lächelte ihm zu. Er sog ihren zarten Duft in sich auf, griff nach einem Becher, der auf dem Tisch stand, und führte ihn an die Lippen. Da schüttelte Anna den Kopf und schlug ihm das Getränk aus der Hand. Bastian blickte sie irritiert an. Das gehörte nicht zu seinem Lieblingstraum. Plötzlich saß sie auf ihm und trommelte wie verrückt mit ihren Fäusten auf seine Brust. Bum, bum, bum. Er fuhr hoch und fand sich in seinem Bett wieder. Ohne Anna. Marie schlief friedlich neben ihm. Der fahle Mondschein verlieh ihrem Gesicht einen silbernen Schimmer. Sie war eine außergewöhnlich schöne Frau und sie hatte ihm zwei ebenso schöne Kinder geboren. Seine Tochter Irene würde bald drei Jahre alt werden. Sein Sohn Georg hatte vor elf Monaten das Licht der Welt erblickt.

Bum, bum, bum.

Bastian hing fest zwischen Traum und Wirklichkeit. Er brauchte einen Moment, bis er das Geräusch zuordnen konnte. Jemand hämmerte gegen die Tür. Er sprang auf und schlüpfte in seine Sachen. Es war mitten in der Nacht. Wer konnte das sein? Wernhart hatte heute Nachtwache am Rheintor. Schnell stieg er die Treppe hinab und öffnete die Haustür.

»Er ist tot!«, kreischte Wilhelmine, die blass wie eine Leiche vor ihm stand. »Er liegt auf dem Kirchhof.«

Bastian starrte die Alte an. »Dort liegen nur Tote«, erwiderte er müde und fragte sich, ob Wilhelmine noch bei klarem Verstand war. Wollte sie ihn und seine Männer jetzt jede Nacht mit ihrem verrückten Gefasel behelligen?

»Bastian Mühlenberg, versteht Ihr mich denn nicht?« Sie zerrte an seinem Wams. »Auf dem Kirchhof liegt ein toter Knabe. Ich habe ihn sterben sehen.«

Auf einmal war Bastian hellwach. »Ein toter Knabe? Was sagt Ihr da?«

»Ja, tot. Er trägt ein loses Gewand, hell und aus Tierhaaren. Kommt schnell und seht Euch das Unglück an.«

* * *

»Wie ist er gestorben?«, fragte Bastian wenig später, als sie am Unglücksort angekommen waren. Er hatte eine Fackel entzündet und hockte neben dem spärlich bekleideten Leichnam, der tatsächlich genau so ein Gewand trug wie der tote Junge am Morgen.

Wilhelmine bekreuzigte sich. »Ich wollte eigentlich den Geist des Totengräbers in die Unterwelt zurückschicken. Zuerst glaubte ich, dass er es war, der aus der Erde kroch und auf dem Kirchhof herumwandelte, als hätte ihn eine Hornisse gestochen. Er keuchte und stöhnte gar widerlich. Seine Laute waren durch und durch böse. Ich litt Todesangst. Doch plötzlich herrschte Stille, und dann sah ich diesen Knaben. Du liebe Güte, er ist fast noch ein Kind.« Sie streckte die Hand nach ihm aus, zog sie jedoch blitzschnell wieder zurück. »Könnte es eine List des Teufels sein?« Sie sah Bastian mit weit aufgerissenen Augen an.

»Ich denke nicht. Wir befinden uns auf geweihtem Boden. Pfarrer Johannes war erst gestern Nacht hier. Wo, sagtet Ihr, kam dieser Knabe aus dem Boden gekrochen?«

Wilhelmine deutete stumm auf das Grab des alten

Hubertus. Bastian erhob sich und studierte aufmerksam die Umgebung und den Boden. Die Erde vor dem Kreuz war aufgewühlt. Er tastete nach einem Loch oder Ähnlichem, aber da war nichts. Nichts, woraus jemand hätte herauskriechen können. Die Alte hatte sich in ihrer Angst getäuscht und war einem Hirngespinst aufgesessen. Der Knabe war vermutlich über die Friedhofsmauer gesprungen und dann zwischen den Gräbern herumgeirrt. Genauso wie der erste Bursche, den er selbst auf dem Friedhof herumwandeln sah und den sie am nächsten Morgen tot am Fuße des Rheintores gefunden hatten. Was ging hier nur vor? Er betrachtete die Leiche erneut. Wieder ein unbekanntes Gesicht. Wer hatte die fremden Knaben getötet und warum?

* * *

Balthasar fürchtete sich. Es roch staubig und nach altem Pergament. In der Bibliothek war es so dunkel, dass er die Hand nicht vor Augen sah. Er hatte sich heimlich hineingeschlichen und sich einschließen lassen. Das Buch, das Bruder Nicolas ihm empfohlen hatte, befand sich im roten Bereich. Die Texte, die dort aufbewahrt wurden, waren für Novizen verboten. Balthasar wusste, was Sünde bedeutete. Die stumme und unaussprechliche Sünde gehörte zu den schlimmsten Dingen, derer ein Mensch sich schuldig machen konnte. Er überlegte, ob wohl Gabriel eine solche Schuld auf sich geladen hatte. Ihm fehlte jedoch die konkrete Vorstellung davon, was diese Sünde wirklich ausmachte. Balthasar griff tief in die Tasche seiner Kutte und beförderte eine Kerze, Feuersteine und Zunder hervor. Er brauchte eine Weile, bis die Funken übersprangen. Endlich verscheuchte der flackernde Schein der Kerze die Finsternis, und sein Herzschlag beruhigte sich etwas. Als Illustrator war er schon sehr häufig in der Bibliothek gewesen. Den Weg bis zum roten Bereich kannte er auswendig. Es gab auch einen schwarzen. Dieser war nur bestimmten Mönchen vorbehalten. Gerüchte besagten, dass es sich um Werke des Teufels handelte, eigenhändig geschrieben von Satans Hand. Er blieb an dem Gang stehen, der zu seiner Rechten abging und zum schwarzen Bereich führte. Die Dunkelheit flüsterte ihm etwas zu und lockte ihn. Der Gedanke, kurz dort hineinzusehen, fühlte sich überhaupt nicht verboten oder böse an. Was konnten Bücher schon Schlechtes tun? Es waren beschriebene und bemalte Pergamentseiten. Vielleicht sollte er der Versuchung nachgeben, nur einen schnellen Blick in die schwarze Welt des Wissens werfen. Er machte einen unsicheren Schritt in den Gang. Mit der Stirn stieß er gegen etwas Weiches. Es raschelte. Sofort ließ er die Kerze sinken. Von der Decke hing getrocknetes Johanniskraut herab, vermutlich, um das Böse fernzuhalten. Das Kraut wurde auch Teufelsbanner genannt. Johanniskraut besaß starke antidämonische Kräfte. Die Blätter der Pflanze waren gepunktet. Es hieß, der Teufel selbst habe sie aus Wut mit Nadeln durchbohrt, um die Wirkung des Krautes zu mildern. Mädchen sollten sich in dieses Kraut flüchten, um dem liebeshungrigen Gehörnten zu entkommen.

Balthasar zog den Kopf ein und lief weiter. Der Gang schien endlos. Ein plötzlicher Luftzug brachte seine Kerze gefährlich zum Flackern. Schützend hielt er die Hand vor die Flamme. Er erreichte ein Eisengitter und rüttelte daran, aber es ließ sich nicht bewegen, es war fest mit einem Schloss verriegelt. Balthasar linste durch die Gitterstäbe und staunte über die prall gefüllten Bücherregale. Sollte all dies tatsächlich aus der Feder des Teufels stammen? Er versuchte noch einmal, das Schloss zu öffnen. Als es nichts half, machte er kehrt. Vielleicht verschaffte Bruder Nicolas ihm eines Tages Zutritt zu diesem Bereich. Er wollte unbedingt wissen, welche Geheimnisse dort niedergeschrieben waren. Die Bibliothek des Klosters war ein echtes Labyrinth. Balthasar kannte den Grund. Neugierige Novizen und Mönche sollten von den vielen verworrenen Gängen abgeschreckt werden. Er wusste, dass es auch Schriften über Frauen gab. Sie enthielten Bilder. Nicht irgendwelche Bilder, sondern solche, die das preisgaben, was das andere Geschlecht sorgsam unter der Kleidung verbarg. Doch die fleischliche Lust war ihm verboten, so wie allen Bewohnern des Klosters. Er schlich durch einen weiteren engen Gang. Der rote Bereich befand sich im hintersten Teil des Gebäudes. Im Gegensatz zum schwarzen Bereich war er jedoch nicht verschlossen. Balthasar öffnete eine Tür und schlüpfte hinein. Die Luft wirbelte auf und brachte einen süßlichen Geruch mit sich. Er hatte keine Ahnung, woher diese Note stammte. Der Gang war so schmal, dass ein dicker Mönch leicht stecken bleiben konnte, er aber war schlank und passte mühelos hindurch. Seine Kerze zauberte tanzende Schatten an das alte Gestein rechts und links. Er fürchtete sich, denn manchmal glaubte er, die langen schwarzen Finger des Teufels zu erkennen, die sich nach ihm ausstreckten. Er war zuvor nur einmal hier gewesen, um Bruder Nicolas zu assistieren. Sie hatten das Abbild eines unbekleideten Mannes für die Illustration eines medizinischen Buches benötigt. Seitdem kannte Balthasar die Proportionen des menschlichen Körpers. Der Kopf machte ein Achtel aus, die Körpermitte lag im Schritt und die Oberschenkel waren genauso lang wie die Unterschenkel.

Er blieb kurz stehen und orientierte sich. Die Bücherregale füllten den kompletten Raum. Er zählte bis neun und schritt die erste Reihe ab. In der Mitte hielt er inne und richtete seinen Blick nach oben. Er sah zwischen vielen dicken Büchern einen unscheinbaren Ledereinband mit silberner Aufschrift. Das musste das Buch sein, das Bruder Nicolas ihm empfohlen hatte. *Über die menschliche Natur,* las er still und schlug es auf. Er überflog die ersten Seiten, die die Anatomie des Menschen und die Entstehung eines Kindes im Mutterleib erläuterten. Erst als er im Kapitel *Die Formen der Lust* anlangte, verweilte er. Sein Blick fiel auf die Abbildung einer Frau, die vor einem Mann kniete und ihn mit den Lippen berührte. Sofort spürte er sein Blut heiß aufwallen. Ungläubig blätterte er weiter und fand Darstellungen, die er noch nie zuvor gesehen hatte und die ihm auch im Traum nicht in den Sinn gekommen wären. Frauen mit Männern, Frauen mit Frauen, Männer mit Männern. Gegenstände, Tiere. Er klappte das Buch zu und atmete schwer. In seinem Kopf überschlugen sich die Bilder. Was sollte das alles mit Gabriel zu tun haben? Hatte Bruder Augustin Dinge mit ihm getan, die er gerade gesehen hatte? Schnaufend schob Balthasar das Buch zurück ins Regal und sank zu Boden. Er war überwältigt von den Gefühlen, die ihn beim Anblick all der verbotenen Dinge überkommen hatten. Obwohl er wusste, dass er sich nicht selbst berühren durfte, griff er sich zwischen die Schenkel. Er konnte nicht anders. Als er bereits nach wenigen Augenblicken explodierte, begriff er, warum diese Sünden unaussprechlich waren.

* * *

»Und da seid Ihr Euch sicher?«, fragte Bastian, ohne den Blick von dem toten Knaben zu nehmen.

Josef Hesemann nickte. »Blauer Eisenhut.« Er deutete auf die getrockneten Spuren von Erbrochenem am Kinn des Opfers. »Wenn man den Schilderungen von Wilhelmine Glauben schenkt, dann hatte er einen schweren Tod. Er hat sich sehr gequält. Das passt zu einer Vergiftung mit dieser Pflanze. Erbrechen, Durchfall, Schwindel und Lähmungserscheinungen.« Josef zeigte auf die schmutzigen Oberschenkel des jungen Mannes. »Ihr könnt es riechen, zudem sprach Wilhelmine von einem Untoten. Ich denke, dass die ungelenken Bewegungen eine Folge des Schwindels und einer Lähmung von Armen und Beinen waren. Das ist ganz typisch.«

»Verdammt«, knurrte Bastian. »Das ist der zweite tote Knabe. Wir kennen bisher nicht einmal den Namen des ersten, und auch diesen hier habe ich noch nie gesehen.«

»Wir müssen überlegen, warum er ein Büßerhemd trägt«, schlug Josef vor. »Seht Euch die Verarbeitung an. Sie ist hochwertig und stammt sicher nicht von einem Straßenhändler.« Er nahm die Hände und Finger des Knaben in Augenschein. »Die Haut ist zart und unverbraucht. Wäre dieser junge Mann ein Bauer oder Handwerker, dann hätte er kräftige Hornhaut an Händen und Füßen. Dieser Knabe hat sein Lebtag keine schwere Arbeit verrichtet. Wir suchen also einen Ort, an dem die geistige Tätigkeit im Vordergrund steht.«

Bastian sah Josef an und tippte sich unwillkürlich an die Stirn. »Josef, natürlich! Ihr habt vollkommen recht. Dieser Mann muss aus dem Kloster stammen. Er und auch das erste Opfer. Das erklärt ebenfalls die Büßerhemden. Die beiden haben gesündigt und mussten Buße tun, um sich mit Gott auszusöhnen. Die Franziskaner bleiben stets unter sich. Kein Wunder, dass wir die Knaben nicht kennen.« Er hielt inne und rieb sich nachdenklich das Kinn. »Es offenbart uns selbstverständlich noch nicht, warum sie vergiftet wurden, ob sie es womöglich sogar selbst getan haben und was sie mitten in der Nacht auf dem Kirchhof zu suchen hatten.«

»Im Gegensatz zum ersten Opfer weist dieses hier keinen Einstich auf. Ich habe seine Haut Stück für Stück abgesucht. Das Gift muss also auf andere Weise in seinen Körper gelangt sein. Möglicherweise hat ein bloßer Hautkontakt gereicht oder jemand hat ihm die Substanz ins Essen oder Trinken gegeben. Außerdem ist dieser Knabe von blauen Flecken übersät, so als wäre er fest an Handgelenken und Knöcheln angefasst worden. Ob man ihn vielleicht gewaltsam aus dem Kloster geschafft hat?« Josef sah auf. »Es ist schade, dass die Franziskanermönche so abgeschieden leben. Sie hätten doch das Fehlen zweier Novizen längst bemerken und Euch zu Hilfe rufen müssen.«

»Da sprecht Ihr wahre Worte, aber die Mönche

haben sich selbst mit Pfarrer Johannes überworfen. Ihr erinnert Euch an den Streit über die Zeiten für die Messe?« Bastian zuckte mit den Achseln. »Wie auch immer. Sie leben in Zons, und deshalb bin ich ebenso für ihr Wohlergehen verantwortlich. Habt Ihr Zeit, mich zu begleiten? Lasst uns die Leichen auf einen Karren legen und sie ihnen zeigen. Mit ein wenig Glück erfahren wir bald ihre Namen.«

Josef nickte, hob jedoch gleichzeitig die Hand. »Gebt mir einen Moment. Ich möchte nur die Leichenschau abschließen. Ich bezweifle, dass ich innerhalb der Klostermauern dazu noch Gelegenheit haben werde.«

Josef fuhr fachmännisch fort. Er musterte abermals jede Gliedmaße, tastete den Bauch ab und drehte den Knaben dann um. Bastian wartete geduldig ab, bis der Arzt seine Arbeit beendet hatte.

»Bis auf die blauen Flecken und die fehlende Stichwunde ist alles gleich. Die Knaben scheinen mir zudem nicht nur im selben Alter zu sein, ich finde, sie ähneln sich auch im Äußeren. Beide sind wohlgenährt, der eine sogar pausbäckig, der andere sehr zierlich, und sie haben noch eher kindliche Gesichtszüge.«

Bastian nickte. »Da habt Ihr recht. Vermutlich sind beide in der Tat Novizen. Lasst uns zum Kloster aufbrechen.«

Sie legten die Toten auf den Holzkarren und bedeckten sie mit einem Leinentuch. Der Morgen war längst hereingebrochen und mit ihm die Stadt zum Leben erwacht. Unterwegs begegneten sie zahlreichen Bürgern, die geschäftig mit ihren täglichen Aufgaben zugange waren. Bis zum Franziskanerkloster war es nicht besonders weit. Es lag im Süden der Stadt, gleich an der hohen Festungsmauer und kurz hinterm Juddeturm, der als Gefängnis diente. Das Kloster zog Mönche und Novizen aus aller Welt an. Bastian kannte nur den Abt und ein paar Ordensbrüder, die aus Zonser Familien stammten. Sie steuerten auf die Schloßstraße zu und bogen in die Grünwaldstraße ab. Der Karren ächzte unter dem Gewicht. Bastian warf unauffällig einen Blick zu Josef. Das Gesicht des Arztes war vor Anstrengung rot angelaufen. Ihm hingegen machte die Last nichts aus. Er war Sohn des Zonser Müllers und es gewohnt, schwere Säcke zu tragen. Er zog ein wenig kräftiger, um Josef zu entlasten, schließlich hielten sie vor dem geschlossenen Tor des Klosters an.

»Öffnet und helft uns«, rief Bastian und hämmerte mit der Faust gegen das dicke Holztor. Ein schmaler Spalt in Kopfhöhe wurde geöffnet. Ein finsteres Augenpaar starrte Bastian unfreundlich an.

»Unsere Gemeinschaft ist für Euch nur am Tag der Messe zugänglich. Kommt dann wieder.« Die Klappe schloss sich.

»Öffnet«, rief Bastian abermals. »Mein Name ist Bastian Mühlenberg, von der Stadtwache. Ich muss wissen, ob Ihr die beiden toten Knaben auf meinem Karren kennt.«

Die Klappe blieb zu, aber hinter der Pforte konnte Bastian eilige Schritte vernehmen, die sich von ihnen entfernten.

Josef Hesemann schüttelte den Kopf. »Da sind mir die Nonnen tausendmal lieber. Die Franziskanerbrüder sind ein eigenartiges Volk. Er hat doch den Karren bestimmt schon gesehen, als wir uns dem Kloster genähert haben.« Er seufzte und setzte sich auf den Rand des

Karrens. »Wenn die Toten noch länger in der Sonne liegen, werden sie bald fürchterlich stinken; von den Fliegen, die sie anziehen, ganz zu schweigen.«

Bastian presste das Ohr gegen die Pforte. Er konnte nichts hören. Es dauerte eine schiere Ewigkeit, bis sich endlich etwas regte. Die Klappe wurde wieder geöffnet, und dieses Mal blickte ihn ein freundlicheres, hellblaues Augenpaar an.

»Was ist Euer Begehren?«, fragte ein der Stimme nach älterer Mönch.

Bastian riss das Leinentuch von den toten Knaben. »Wir müssen wissen, ob diese Knaben zu Eurem Kloster gehören«, erwiderte er. »Öffnet uns die Pforte, wir wollen hier nicht länger herumstehen.«

»Wartet!« Die Klappe schloss sich abermals. Dahinter rumorte es. Endlich ging das Tor auf. Ein hagerer Mönch mit krummer Nase und rabenschwarzen Augen kam heraus, nicht der, den Bastian zuvor gesprochen hatte. Einige Schritte hinter ihm standen mehrere Mönche beieinander und schauten schweigend zu. Bastian blinzelte und versuchte, ihre Gesichter zu erkennen. Im Schatten des Torbogens sahen sie in ihren Kutten und unter den Kapuzen jedoch alle gleich aus.

»Ich grüße Euch, Bastian Mühlenberg und Euren Freund«, sagte Theodor von Grünwald, der Abt des Klosters. Er nickte ihnen kurz zu, schritt dann zum Karren und verharrte einen Moment regungslos davor.

»Tretet ein!«, sagte er nach einer Weile und machte ohne ein weiteres Wort auf dem Absatz kehrt. Vier Mönche kamen aus dem Eingang gelaufen und zogen den Karren auf das Klostergelände. Bastian und Josef folgten dem Abt über den Innenhof, bis er unter einer riesigen Eiche stehen blieb.

»Wer sind die Toten?«, fragte Bastian unumwunden.

Der Abt bekreuzigte sich. »Es handelt sich um zwei meiner Novizen. Wir vermissen sie seit Kurzem, hatten allerdings geglaubt, dass sie eine andere Art des Lebens gewählt hätten.«

»Wie lauten ihre Namen?«, hakte Bastian erneut nach.

Der Abt setzte sich auf eine Bank. »Es sind die Novizen Ludger und Gabriel. Ludger verschwand vor zwei Tagen und Gabriel letzte Nacht. Wir glaubten, sie hätten sich abgesprochen, um ein Leben außerhalb der Klostermauern zu führen.«

»Sie wurden vergiftet«, erklärte Josef und trat näher an den Abt heran. »Sie trieben sich auf dem Kirchhof herum, bevor sie elendig verendeten.«

Die Augen des Abtes weiteten sich. »Was sollten sie dort zu schaffen gehabt haben? Das kann ich nicht glauben.«

»Wir haben mehrere Zeugen«, warf Bastian ein und wunderte sich gleichzeitig über die unterkühlte Reaktion des Abtes, schließlich waren zwei seiner Schützlinge qualvoll zu Tode gekommen. »Habt Ihr eine Erklärung für die Büßerhemden, die sie beide trugen? Haben die Novizen gesündigt und womöglich deshalb das Kloster verlassen müssen?«

Theodor von Grünwald neigte das Haupt und verschränkte die Finger vor der Brust. »Es gibt wohl keinen Novizen, der nicht schon einmal Buße tun musste. Unser Kloster ist sehr streng, wie Ihr sicherlich wisst. Dafür leidet hier keiner Not. Wir versorgen unsere

Brüder und Novizen reichlich mit Essen, Kleidung und Wissen. Nirgendwo können sie Gott näher sein als hier. Unsere Bibliothek gehört zu den größten im Umkreis. Unsere Bewohner unterwerfen sich freiwillig den Regeln dieses Ordens.«

Er hat gelogen, fuhr es Bastian durch den Kopf. Niemand reagierte so auf den Verlust zweier Menschen, es sei denn, er hatte bereits mit ihrem Tod gerechnet.

»Da alle beide ein Büßerhemd trugen, verratet Ihr uns, welcher Sünde sie sich schuldig gemacht haben?« Bastian beobachtete die Reaktion des Abtes genau. Für einen kurzen Augenblick flackerte etwas in seinen Augen auf, doch dann hatte der Mönch sich wieder im Griff. Seine Miene verschloss sich und er setzte ein seliges Lächeln auf.

»Darüber wahren wir Schweigen. Jeder muss seine Sünden mit Gott selbst ausmachen. Wählt er dazu das Büßerhemd, so ist es seine Entscheidung. Wir haben damit nichts zu schaffen.«

Bastian glaubte dem Abt kein Wort. Auf der einen Seite sprach er von strengen Regeln, und nun behauptete er allen Ernstes, dass die Novizen eigenständig über die Art ihrer Bestrafung bestimmen könnten. Von Pfarrer Johannes kannte er etliche Geschichten über das Klosterleben von Mönchen. Es war hart, und viele von den Dingen, die getan werden mussten, erfolgten ganz und gar nicht freiwillig. Das begann bereits mit dem Klostereintritt, der oft aus wirtschaftlicher Not heraus geschah und für viele Nicht-Erstgeborene, die keinen Anspruch auf ein Erbe hatten, der einzige Weg in ein einigermaßen erträgliches Leben darstellte. Im Kloster konnten sie studieren, sich der Kunst oder Musik widmen. Anderenfalls wären sie als Tagelöhner geendet. Dafür mussten sie sich an die Klosterregeln halten und beim geringsten Ungehorsam teilweise grausame Strafen über sich ergehen lassen. Johannes hatte ihm selbst aus seiner Zeit im Kloster Brauweiler erzählt, das weiter von Zons entfernt lag und seit geraumer Zeit den Priester für die Stadt stellte. Die Narben trug er noch heute auf seinem Rücken.

»Gabriel! Ludger! O nein!«, schrie plötzlich jemand, und Bastian drehte sich auf der Stelle herum. Ein rundlicher Novize stürzte auf den Karren mit den beiden Toten zu.

»Nein«, brüllte er abermals, als er von zwei umstehenden Mönchen weggerissen wurde. Einer hielt ihm den Mund zu und wollte ihn zum Schweigen bringen, doch der Knabe wehrte sich mit Händen und Füßen.

»Ihr habt sie auf dem Gewissen!«, kreischte er aus Leibeskräften. »Mörder. Ihr seid alle Mörder.«

Ein dritter Mönch stürmte auf den Novizen zu und verpasste ihm einen Hieb auf den Kopf. Sofort kehrte Stille ein. Ohnmächtig brach der Knabe zusammen. Die drei Mönche trugen ihn in Windeseile über den Hof und verschwanden mit ihm in einem der Gebäude.

Bastian drehte sich wieder zum Abt um. Die Augenlider des Mönches zuckten verdächtig.

»Es ist nicht so, wie Ihr denkt«, hob er an und senkte seine Stimme. »Dieser Novize ist noch nicht lange bei uns. Er braucht Zeit, um sich an das Klosterleben zu gewöhnen. Ihr dürft seine Worte also nicht allzu ernst nehmen. Wie kann ich Euch denn nun behilflich sein? Wir sind natürlich sehr daran interessiert, die beiden Todesfälle aufzuklären.«

Bastian schluckte. Ihm lagen klare Worte auf der Zunge, doch er wusste, dass der Abt ihn jederzeit des Klosters verweisen konnte. Zudem durften die Klöster ihr Recht selbst regeln.

»Nun«, sagte er deshalb bedächtig. »Wie wäre es, wenn wir mit den Schlafplätzen und persönlichen Habseligkeiten dieser beiden unglücklichen Novizen beginnen könnten? Wir würden gerne einen Blick darauf werfen.«

Theodor von Grünwald runzelte die Stirn und dachte nach. Dann nickte er. »Folgt mir bitte. Das Novizenhaus befindet sich am Ende des Klostergeländes.«

Der Abt führte sie durch einen weiteren Innenhof, an einer Kapelle vorbei, in ein schlichtes Gebäude, das zwei Geschosse besaß. Der Schlafsaal befand sich oben. Im unteren Geschoss standen Tische und Stühle. Vermutlich wurde hier zusammen gespeist und gelernt. Sie stiegen hinter Theodor von Grünwald eine knarrende Holztreppe hinauf. Seit sie das Gebäude betreten hatten, sah Bastian nicht einen einzigen Novizen, auch im unteren Geschoss nicht.

»Wie viele Novizen beherbergt Ihr?«, fragte Josef Hesemann in diesem Augenblick, als wenn er seine Gedanken gelesen hätte.

»Zwanzig«, antwortete der Abt wortkarg und stieß die Tür zu einem der Schlafsäle auf. »Ludgers Lager ist das unter dem Fenster. Gabriel hat in einem anderen Raum geschlafen.«

Bastian ging auf die dünne Strohmatte am Fenster zu. Eine graue Leinendecke, akkurat zusammengefaltet, und ein flaches Kopfkissen lagen darauf. Das Bett war frisch gemacht. Er sah keine Falte und keine Flecken.

Bastian hob die Decke an. Ein zerschlissenes Nachthemd kam zum Vorschein. Auf einem Hocker daneben lagerten Ludgers wenige Habseligkeiten. Ein Kreuz, ein paar Strümpfe, Unterwäsche und eine dunkle Kutte.

»Sonst hat er nichts besessen?«, fragte Bastian und warf einen Blick aus dem Fenster. Es war nicht besonders hoch. Außerdem wuchs kräftiger Efeu an der Wand des Gebäudes empor. Für einen jungen Mann wäre es ein Leichtes, aus diesem Fenster zu klettern.

»Nein. Wir besitzen kein Eigentum. Alles fällt dem Orden zu. Wir sprechen uns von allen Besitztümern frei. Unser Herz gehört Gott. Er nährt uns reichlich. Das genügt.«

Bastian seufzte. Immerhin hatten die Toten jetzt Namen. Trotzdem würde es schwierig werden, ihren Mörder ausfindig zu machen.

»Sehen wir uns das Lager von Gabriel an«, sagte er und folgte Theodor von Grünwald in das Nachbargemach.

Der Abt blieb an der Tür stehen. »Hier drüben ist es.« Er deutete auf ein Lager links an der Wand, die Decke lag im Gegensatz zu Ludgers nicht glatt gefaltet auf dem Strohlager. Im Kopfkissen sah Bastian eine deutliche Delle.

Bastian ging in die Hocke und hob das Leinentuch an. Wieder fand sich ein dünnes Nachthemd darunter. Er betrachtete das Kissen und wollte gerade mit der Hand darüberfahren, als Josef ihn plötzlich wegriss.

»Rührt das Kissen nicht an!«, befahl er und presste sich ein Tuch vor den Mund.

Bastian sprang irritiert zur Seite und sah, wie der Arzt ein Buch vom Hocker des toten Novizen nahm und auf das Kissen fallen ließ. Sofort wirbelte Staub auf. Nein. Eher ein Pulver, das sich blitzschnell wie ein Nebelschleier in der Luft verbreitete. Instinktiv presste Bastian den Ärmel an die Nase und hielt den Atem an. Der Abt stieß einen spitzen Schrei aus und stolperte aus dem Zimmer.

»Was um Himmels willen ist das?«, kreischte er und stützte sich schwer atmend an der Wand ab. Bastian folgte ihm und wartete mit klopfendem Herzen, bis Josef im Türrahmen erschien. Dem Arzt stand der Schrecken ins Gesicht geschrieben.

»Niemand darf diesen Raum betreten, bis wir das Kissen verbrannt haben«, sagte er und schloss hastig die Tür hinter sich. Erst dann nahm er das Tuch von der Nase.

»Aber wieso? Was ist das für ein Staub?«, fragte der Abt und bekreuzigte sich. »Hat der Teufel uns heimgesucht?«

Josef schüttelte den Kopf. »Nein. Der Teufel nicht. Doch jemand hat höchstwahrscheinlich ein giftiges Pulver auf das Kissen Eures Novizen gestreut.«

VIII

GEGENWART

Olivers Finger zitterten. Trotzdem wollte er es unbedingt selbst hinbekommen. Er hielt eine Pinzette in seiner behandschuhten Hand und führte sie vorsichtig in das Paket. Ein Blitz erhellte den Raum und er stoppte unwillkürlich in seiner Bewegung.

»Tut mir leid, fahren Sie fort«, bat Ingrid Scholten, die ihm über die Schulter schaute und ihn mit ihrer Kamera irgendwie nervös machte.

»Okay«, murmelte Oliver und fokussierte den kleinen Zettel, der unter dem blauen Gegenstand klemmte. Er konnte es immer noch nicht fassen, dass ihm jemand einen Dildo geschickt hatte, der noch dazu gebraucht schien. Zumindest war er nicht mehr originalverpackt. Zunächst hatte er Natalie Hissinger in Verdacht. Ein Paket ohne Absender mit Sexspielzeug, das könnte zu dieser Frau passen. Zudem war sie gleichzeitig im Revier gewesen. Doch dann fiel ihm ein, dass es gar nicht von ihr sein konnte. Er selbst hatte sie aus Mia Messners Wohnung direkt in den Vernehmungsraum gebracht. Hier hatte sie den ganzen Morgen gesessen und war keine Sekunde aus den Augen gelassen worden.

Also hatte Oliver die Nummer der Spurensicherung gewählt. Ingrid Scholten stand innerhalb von zwei Minuten in seinem Büro.

»Ich hab ihn«, verkündete er und spürte, wie die Anspannung langsam von ihm abfiel.

Ingrid Scholten grinste und hielt ihm eine Plastiktüte hin. »Sie können bei mir einsteigen, wenn es mit Steuermark mal nicht mehr so läuft.« Sie zwinkerte ihm zu, während Oliver vorsichtig den Zettel in die Asservatentüte steckte.

»Was steht denn drauf?«, fragte sie heiser und rückte ihre Brille zurecht.

»Das kann ich nicht übersetzen, scheint Latein zu sein«, erwiderte Oliver.

»Lassen Sie mich mal sehen. Ich habe das große Latinum, auch wenn es schon Jahre her ist.« Scholten legte die Tüte auf den Tisch und ihr Handy daneben. »Notfalls hilft uns dieses Übersetzungsprogramm.« Sie schmunzelte und überflog die kurze Nachricht auf dem Zettel.

»Stelle dich deinen Sünden, sonst stellen sie dich!«, las sie vor und drehte die Tüte um. »Hier ist noch ein Zitat aus der Bibel: ›Wenn deine Hand oder dein Fuß dich zur Sünde verführen, dann hau sie ab und wirf sie weg. Es ist besser für dich, mit nur einer Hand oder einem Fuß ewig bei Gott zu leben, als mit beiden Händen und Füßen ins ewige Feuer geworfen zu werden.‹« Sie rieb sich nachdenklich über das Kinn und tippte auf ihrem Handy herum. »Das stammt aus Kapitel achtzehn des Matthäusevangeliums.«

In Olivers Kopf blieb vor allem ein Wort hängen. »Feuer«, wiederholte er tonlos. »Das ist eine Nachricht vom Mörder.«

»Ist dieser Schluss nicht ein wenig voreilig? Es könnte ja auch ein Trittbrettfahrer oder irgendein Wichtigtuer sein. Das Thema wurde schließlich in der Presse breitgetreten wie kein anderes«, murmelte Ingrid Scholten. »Ich werde dieses Paket samt Inhalt sofort auf Fingerabdrücke und sonstige Spuren untersuchen lassen. Wer auch immer es geschickt hat, ist jedenfalls verrückt. Ein Dildo und dann gleichzeitig ein Bibelzitat.« Sie schüttelte den Kopf und legte die Tüte auf den Tisch.

»Das ist in der Tat bizarr.« Er starrte das blaue Sexspielzeug an und rümpfte angeekelt die Nase. »Was will der Täter damit bezwecken? Bisher hat er keine einzige Spur hinterlassen und nun nimmt er auf solche Art und Weise Kontakt mit uns auf.« Olivers Fingerspitzen kribbelten. Dieses Paket stammte vom Killer. Er spürte es mit jeder Faser seines Körpers. Außerdem passte der Zeitpunkt. Oliver glaubte nicht an Zufälle.

»Lassen Sie auch die Schrift analysieren. Vielleicht bringt uns das auf seine Fährte.« »Ich muss wissen, wie dieses Paket auf diesen Tisch kam.« Er rief die Poststelle an.

»Bergmann hier. Haben Sie heute ein Paket in mein Büro gebracht?«

»Wie war Ihr Name noch einmal?«

»Oliver Bergmann von der Kripo.«

»Kleinen Augenblick bitte.«

Es knisterte am anderen Ende der Leitung. Oliver pochte ungeduldig auf die Schreibtischplatte und winkte Klaus herein, der mit zwei Tassen Kaffee in der Hand im Türrahmen erschien.

»Alles klar?«, fragte er und stellte eine dampfende Tasse vor ihm ab.

Oliver nickte stumm.

»Möchten Sie auch einen Kaffee?« Klaus schob seine Tasse zu Ingrid Scholten hinüber. »Ich hole mir gleich einen neuen.« Er machte es sich auf seiner Seite des Schreibtisches bequem. Ingrid Scholten lächelte und gab ihm die Nachricht in der Plastiktüte.

»Das Paket ging heute Morgen bei uns ein. Es stand kein Absender drauf, kam aber ganz normal mit dem Paketdienst. Gibt es ein Problem damit?«

»Ja, ich muss dringend wissen, wer der Absender ist, oder zumindest, wo das Paket aufgegeben wurde. Können Sie das für mich herausfinden?« Er bedankte sich und legte auf.

»Wir haben vermutlich eine Nachricht vom Täter«, informierte er Klaus und deutete auf das Paket. Klaus musterte den Inhalt und zog die Augenbrauen hoch.

»Ein Dildo?«, fragte er ungläubig.

Oliver nickte. »Und eine Nachricht. Wenn er unvorsichtig war, hat er das Paket in der Nähe seines Wohnortes abgegeben.« Oliver schlug klatschend die Hände zusammen. »Dann müssen wir nur noch den silbernen Kombi zuordnen und wir haben ihn.«

* * *

Er hasste dieses Rumgeheule. So war es immer. Erst sündigen, und hinterher den Kopf einziehen.

Aber so funktionierte das nun mal nicht. Das lernte doch jedes Kind schon vor der Einschulung. Er betrachtete die junge Frau, die weinend in seiner Badewanne saß und ihn um Gnade anflehte. Die Haare klebten ihr wirr am Kopf. Aus der Nase lief Rotz. Die Lippen zitterten. Ihre Augen wanderten angsterfüllt zwischen ihm und ihrer Sünde, die er in der Hand hielt, hin und her.

Trotzdem konnte er keinen Funken Mitleid empfinden. Sie waren alle gleich. Alle.

Schon vor Hunderten Jahren wurde dieses Wissen auf Papier gebannt. Er presste das zerfledderte Buch zuerst an die Brust und anschließend blätterte er darin. Er zitierte eine Passage aus der Bibel. Sogleich löste sich ein heiserer spitzer Schrei aus der Kehle der Sünderin. Er stoppte kurz und sog genüsslich ihre Angst in sich auf. Auch in dieser Hinsicht glichen sie alle einander. Sobald er lateinisch sprach, verfielen sie in Panik.

»Bitte, tun Sie mir nichts«, flehte sie, aber er legte nur ganz langsam den Zeigefinger auf die Lippen.

Sofort schwieg sie. Es war interessant, zu sehen, wie sie spuren konnten, wenn man nur das richtige Ambiente schuf. Doch ihr Gehorsam würde nun auch nichts mehr an ihrem Schicksal ändern. Ihr Verhalten war rein der Angst geschuldet. Wäre er ihr im Alltag begegnet, hätte sie ihn nicht einmal bemerkt, geschweige denn ihm gehorcht. Sie würde sündigen bis an ihr Lebensende. Es war wie mit allen verbotenen Dingen. Die Menschen taten sie trotzdem, weil sie glaubten, ungestraft davonzukommen. Das, was diese Sünderin getan hatte, war unaussprechlich. Es gehörte zu den schlimmsten Vergehen, derer ein Mensch sich schuldig machen konnte. Der Himmel war für sie verloren. Sie wusste es nur noch nicht.

»Lass uns beten, mein Kind«, sagte er und hob sie aus der Badewanne. Vielleicht dachte sie, er ließe sie gehen, jedenfalls wehrte sie sich nicht. Sie war zahm wie ein Lamm.

Erst als er sie unten auf der Straße in den Kofferraum zwang, fing sie an zu schreien. Doch das nützte ihr wenig, denn sicherheitshalber hatte er sie vor dem Verlassen seiner Wohnung geknebelt. Betäuben wollte er sie nicht. Sie sollte jeden letzten Moment in ihrem Leben spüren. Als er hinterm Lenkrad saß, holte er tief Luft.

Gleich würde die Hure brennen. Er leckte sich über die Lippen und gab Gas.

* * *

In Olivers Kopf kreisten die Gedanken, während er verzweifelt nach einem Parkplatz Ausschau hielt. Die Neusser Innenstadt war dicht. Er kurvte seit zehn Minuten durch die Straßen. Nur gut, dass er viel zu früh dran war. Die Identität der Toten war von der Rechtsmedizin bestätigt worden. Es handelte sich um die vermisste Mia Messner.

Die Spurensicherung hatte jede Faser des Paketes untersucht. Es stammte mit großer Wahrscheinlichkeit vom Mörder, denn es fanden sich darin zahlreiche DNS-Spuren des Opfers. Er fragte sich, wie viele Frauen eigentlich Dildos benutzten. Gehörte Emily womöglich auch zu ihnen? Oliver bremste abrupt, weil vor ihm endlich eine Parklücke frei wurde. Hinter ihm quietschten Reifen, es hupte mehrfach. Er ließ die Fensterscheibe herunter und winkte den Wagen vorbei.

»Vollidiot. Ich wäre dir beinahe aufgefahren«, schimpfte ein junger Mann, der mit geöffneter Seitenscheibe kurz neben ihm hielt und dann wütend davonfuhr.

Oliver sah ihm unbeeindruckt hinterher. Er hatte im Augenblick andere Probleme. Es graute ihm vor dem Treffen mit Natalie Hissinger. Sie war ihm zu aufdringlich. Doch ihm blieb nichts anderes übrig. Er hatte lange mit Klaus diskutiert. Letztendlich waren sie übereingekommen, dass er sich anhören sollte, was die Frau zu sagen hatte. Er schaltete den Motor aus und warf einen Blick in seine Notizen. Sie wussten noch nicht, woher das Paket stammte. Die Post benötigte mindestens einen Arbeitstag, um festzustellen, wo das Paket aufgegeben wurde. Die Befragung der Mitglieder der *Schwarzen Freiheit* durch die Kollegen hatte begonnen. Er und Klaus hatten Damian Keller und Marc Drechsler aufgesucht. Leider waren beide nicht zu Hause gewesen. Ihre Befragung würde bis morgen warten müssen. Außerdem hatten sie mit Mia Messners jüngerer Schwester telefoniert. Sie lebte in München und hatte Mia seit mehr als einem halben Jahr nicht gesehen. Den Namen des Vaters hatten sie auf dem Whiteboard im Büro notiert. Er besaß kein Alibi und würde bis auf Weiteres zu den Verdächtigen gehören, auch wenn Oliver nicht daran glaubte. Er stieg aus und ging in die Innenstadt. Im *Örringer*, einer Kneipe im bayrischen Stil, konnte man auch gut essen. Warum Natalie Hissinger ihn ausgerechnet dort treffen wollte, war ihm ein Rätsel. Sie passte jedenfalls nicht dorthin. Es war immer noch hell. Eine angenehme Wärme lag in der Luft. Der Sommer stand vor der Tür. Oliver mochte diese Jahreszeit. Sie roch nach Entspannung und Urlaub. Instinktiv rieb er sich den steifen Nacken. Eine Auszeit wäre toll, aber das Böse hielt sich nicht daran. Es wäre nicht der erste Urlaub, der ihm von Steuermark gestrichen würde. Seufzend betrat er das *Örringer* und sah sich nach der Rothaarigen um.

Im Hauptraum fand er Hissinger nicht. Die Kneipe war verwinkelt, und er versuchte es im hinteren Bereich. Sein Blick wanderte über die voll besetzten Tische und blieb neben einem Fenster an einer Frau mit dunklen Locken hängen.

»Anna? Was machst du denn hier?«

Emilys beste Freundin hatte bis eben noch das Handy ans Ohr gehalten. In ihrem Gesicht stand Enttäuschung. Trotzdem brachte sie ein Lächeln zustande, als sie ihn sah.

»Ich war bis vor dreißig Sekunden mit Maximilian verabredet.« Sie deutete traurig auf ihr Telefon. »Leider gibt es einen Notfall in der Kinderklinik und er kann nicht weg.« Sie verzog das Gesicht. »Ich werde wohl alleine essen müssen. Was machst du hier? Ich dachte, du tröstest Emily?«

»Trösten?« Oliver horchte auf. »Wieso trösten? Ist was passiert?« Er setzte sich auf den nächsten Stuhl und musterte Anna, die sich sofort auf die Unterlippe biss.

»Hat sie dir noch gar nichts erzählt?«

»Nein. Ich hatte den ganzen Tag viel zu tun und bis jetzt keine Gelegenheit, mit ihr zu sprechen. Ehrlich gesagt bin ich für heute immer noch nicht fertig. Ich treffe gleich eine Zeugin. Ach …« Er schlug sich an die Stirn, als es ihm einfiel. »Ich verstehe. Sie hat Ärger wegen des Artikels bekommen, oder?« Plötzlich fühlte er sich schuldig. Emily hatte die Polizei nur seinetwegen vorgewarnt und somit sein Erscheinen verhindert.

Anna nickte. Am Fenster huschte eine Frau vorbei. Oliver glaubte, rote Haare zu sehen. Er warf einen Blick Richtung Eingang, konnte Hissinger jedoch nicht entdecken.

»Es wäre mir lieber, sie sagt es dir selbst. Es hat sie ziemlich mitgenommen«, erwiderte Anna verhalten. »Ist wohl kein guter Tag heute.« Ein Schatten verdunkelte ihr Gesicht. Oliver verspürte Mitleid mit Anna. Sicherlich hatte sie sich auf den Abend mit Maximilian gefreut. Er wusste von Emily, dass der Kinderarzt in letzter Zeit öfter mal Verabredungen absagte. In der Klinik herrschte Personalnotstand, weshalb sowohl die Ärzte als auch das Pflegepersonal ständig Überstunden schieben mussten. Wie gut konnte ein übermüdeter Mediziner überhaupt seine Patienten behandeln?

»Ich würde gerne mit dir essen, aber leider geht es nicht. Mein Job ist auch nicht viel besser als Maximilians.« Er seufzte und sah sie mitfühlend an. »Wie wäre es, wenn wir bald mal wieder etwas zu viert unternehmen? Haben wir schon länger nicht mehr gemacht.«

Anna nickte gedankenverloren. »Gerne. Ich …«, murmelte sie und verstummte gleich wieder. Sie rückte ein wenig an ihn heran und flüsterte ihm ins Ohr: »Das ist wahrscheinlich deine Verabredung. Weißt du was, ich überlasse euch den Tisch und fahre zu Emily. Vielleicht sehen wir uns nachher noch.«

»Mach das. Dann bis später.« Er erhob sich und

drückte ihr zum Abschied einen Kuss auf die Wange. Anschließend wandte er sich Natalie Hissinger zu, die ihn unentwegt anstarrte. Anna grüßte sie kurz, doch die rothaarige Frau ignorierte sie.

»Herr Kriminalkommissar, Sie sind aber pünktlich«, sagte sie, setzte sich jedoch nicht. »Ich muss noch mal kurz für kleine Mädchen.«

Zu Olivers Überraschung machte sie auf der Stelle kehrt und rannte Richtung Ausgang. Einen Moment überlegte er, wo die Toiletten waren, aber dann knurrte sein Magen so heftig, dass er lieber einen Blick in die Speisekarte warf. Die ganze Kneipe roch nach Haxen und Sauerkraut. Wenn er schon den Abend mit dieser schrecklichen Person verbringen musste, dann wollte er wenigstens etwas Vernünftiges essen. Er blätterte bis zu den Fleischgerichten und entschied sich für ein Schnitzel mit Pommes. Es dauerte beinahe zehn Minuten, bis Natalie Hissinger wieder am Tisch erschien und ihm gegenüber Platz nahm.

»Tut mir leid, dass Sie warten mussten.«

»Schon gut. Ich würde mir gerne etwas zu essen bestellen. Falls Sie auch Hunger haben.« Er schob ihr die Speisekarte über den Tisch.

Hissinger studierte die Karte. Oliver beobachtete sie genau. Sie wirkte nervös. Eine Spur blasser als am Morgen.

»Ich muss mich entschuldigen für mein Benehmen. Ich war Ihnen wohl etwas zu aufdringlich«, sagte Hissinger plötzlich und völlig aus dem Zusammenhang heraus.

Oliver schluckte überrascht. Er hatte diese Frau als komplett ignorant eingeschätzt. Sie wirkte plötzlich ganz anders. Wer saß dort auf diesem Stuhl? Hatte Hissinger vielleicht eine Zwillingsschwester?

»Einen Salat mit Hähnchenbrust bitte und ein Wasser ohne Kohlensäure.« Hissinger richtete die braunen, beinahe schwarzen Augen auf ihn. »Danke, dass Sie gekommen sind. Ich wollte Sie unbedingt alleine sprechen.« Sie blickte sich unruhig um und beugte sich über den Tisch. »Ich brauche Hilfe. Sie müssen mich da rausholen.«

»Was?« Oliver wurde es langsam zu viel. Der Kellner brachte das Essen, doch ihm war glatt der Appetit vergangen.

»Warten Sie, bevor Sie fortfahren, muss ich Ihnen eine traurige Mitteilung machen. Unsere Vermutungen haben sich bestätigt. Bei der verbrannten Frau handelt es sich leider um Ihre Bekannte Mia Messner. Sie sind jetzt also Zeugin in einem Mordfall. Ich muss alles über das Opfer erfahren, damit wir ihren Mörder zur Strecke bringen können.«

Natalie Hissinger schluchzte und vergrub das Gesicht in den Händen. »Das kann nicht sein. Er hat versprochen, ihr nichts zu tun.«

Oliver spitzte die Ohren. »Wer hat das versprochen?«, fragte er ruhig.

Hissinger schüttelte den Kopf. »Ich hätte es wissen müssen. Aber ich wollte es einfach nicht wahrhaben. Die ganze Zeit hat er mich hingehalten und mir immer wieder erzählt, dass Mia bei Damian und Marc ist. O meine Güte, und ich habe in ihrem Bett geschlafen, als sie schon längst tot war.«

»Hören Sie. Ich kann Ihnen nicht helfen, wenn Sie mir keinen Namen nennen.« Oliver schob sein Essen beiseite und neigte sich ein Stück vor. »Sehen Sie mich an, Frau Hissinger. Wer hat Mia Messner bedroht?«

Hissingers Blick wirkte leer. Sie sah ihn aus stumpfen Augen an und erwiderte: »Er hat sie auf dem Scheiterhaufen verbrannt. Genauso hat er es angedroht. Sündiges Fleisch solle brennen!«

»Wer, verdammt? Nun sagen Sie schon seinen Namen. Ist es Patrick Grunert, Mias Freund?«

Hissinger riss die Augen auf und blickte sich ängstlich nach allen Seiten um. Dann nickte sie kaum merklich und flüsterte: »Er hält mich gefangen in dieser Wohnung. Ich komme fast gar nicht mehr raus. Wir müssen ihm gehorchen, sonst quält er uns. Bitte, Sie müssen mich da rausholen. Jetzt, wo ich ihn verraten habe, wird er mich auch töten, genauso wie Mia.«

Oliver musterte Natalie Hissinger misstrauisch. Mit dieser Frau stimmte etwas nicht.

»Vielleicht fangen wir noch einmal von vorne an. Warum haben Sie das nicht schon im Polizeirevier ausgesagt? Stattdessen haben Sie uns hingehalten.«

»Was hätte ich denn machen sollen? Sie waren nie alleine, nicht einen einzigen Moment.«

»Sie wollen mir jetzt aber nicht weismachen, dass Sie nicht offen sprechen konnten. Patrick Grunert saß in einem anderen Raum. Sie hatten alle Zeit der Welt.«

Der Kellner kam an ihrem Tisch vorbei, und Natalie Hissinger wartete mit ihrer Antwort, bis er außer Hörweite war.

»Wissen Sie, ich wollte nicht, dass Ihr Kollege oder die Leute hinter der Spiegelwand etwas mitbekommen. Patrick hat gute Beziehungen. Bei Ihnen weiß ich, dass Sie nichts mit ihm zu schaffen haben.« Sie schlug die

Augen nieder und kramte in ihrer Handtasche. Nach einer Weile beförderte sie mehrere Blatt Papier zutage. »Ich dachte mir schon, dass Sie mir nicht glauben. Das sind meine Kontoauszüge. Mein komplettes Gehalt wird jeden Monat sofort an Patrick weiterüberwiesen. Er hat uns vollkommen unter Kontrolle, in jeglicher Hinsicht.«

Oliver nahm die Kontoauszüge und prüfte die Zahlungen kritisch. Hissinger könnte sie gefälscht haben oder sie überwies das Geld freiwillig. Patrick Grunert war schließlich noch nie polizeilich in Erscheinung getreten. Doch warum sollte sie sich andererseits so etwas ausdenken?

»Was ist diese *Schwarze Freiheit* für ein Verein? Handelt es sich um eine Sekte?«, fragte er.

Hissinger zuckte mit den Schultern. »Die Bezeichnung ist ziemlich unwichtig. Wir sind ein enger Zirkel Satans. Wir geben uns vollständig dem dunklen Lord hin und gehorchen ihm. Patrick ist unser Meister, das fleischgewordene Böse. Er vertritt Satan hier auf Erden. Wir sind seine dreizehn Jünger.«

Oliver rieb sich die Schläfen. Sein Magen knurrte und zog sich schmerzhaft zusammen. Er brauchte etwas zu essen. Sein Schnitzel war inzwischen zwar fast kalt, aber es schmeckte trotzdem noch hervorragend. Er verschlang es bis zur Hälfte. Es tat gut. Endlich konnte er wieder klarer denken. Er musterte Natalie Hissinger, die lustlos in ihrem Salat herumstocherte und sich ein einzelnes grünes Blättchen in den Mund schob.

»Sie wollen mir also damit sagen, dass alle dreizehn Mitglieder mehr oder weniger Gefangene von Patrick Grunert sind?«

Natalie Hissinger schluckte und nickte dann heftig.

»Wir haben alle unseren kompletten Besitz an ihn überschrieben. Dadurch hat er uns in der Hand.«

»Das Problem ist nur, dass das alles nach außen hin völlig legal aussieht. Sie überweisen das Geld schließlich freiwillig. Die anderen Mitglieder haben wir größtenteils in ihren eigenen Wohnungen angetroffen. Keiner der Beteiligten hat auch nur ansatzweise angedeutet, was Sie mir gerade erzählen.« Oliver nahm einen kräftigen Schluck Wasser. »Mir wäre es offen gestanden lieber, Sie würden mir etwas Relevantes zu Mia Messner berichten. Ich könnte im Gegenzug dafür sorgen, dass Sie in einem Frauenhaus aufgenommen werden, wo Patrick Grunert Ihnen nichts mehr anhaben kann.«

»Ich will in kein Frauenhaus. Er würde mich dort finden. Ich brauche auch keinen Polizeischutz oder so was in der Art. Das Einzige, was mir helfen könnte, ist, diesen Mann für immer hinter Gitter zu bringen. Lebenslänglich mit anschließender Sicherungsverwahrung.« Hissingers Augen glühten jetzt regelrecht.

Oliver überlegte einen Augenblick, ob diese Frau verrückt war.

»Ich habe gelogen. Er war in der Nacht, als Mia verbrannt ist, nicht bei mir.« Natalie Hissinger stand auf und legte einen Zwanzig-Euro-Schein auf den Tisch. Dann verschwand sie ohne ein weiteres Wort.

Oliver blickte ihr verwirrt hinterher. Er traute dieser Person nicht über den Weg. Sein Handy klingelte. Es war die Zentrale. Solch ein Anruf verhieß nichts Gutes. Er hob ab.

»Auf einem Feld bei Stürzelberg hat es einen Brand gegeben. Eine Frau wurde tot aufgefunden«, hörte er die Kollegin aus der Zentrale sagen.

IX

VOR FÜNFHUNDERT JAHREN

Gabriels Kopfkissen brannte lichterloh. Theodor von Grünwald selbst hatte es angezündet. Ohne Unterlass starrte er in die Flammen. Sein kantiges Gesicht und sein entschlossener Blick jagten Bastian unerwartet einen Schauer über den Rücken.

»Ich möchte, dass Ihr den Schuldigen findet. Wer immer es gewagt hat, dieses giftige Pulver auf dem Kissen eines Novizen zu verstreuen, soll mit dem Tode bestraft werden.« Mit einem Ruck löste sich der Abt aus seiner Erstarrung und drehte sich zu Bastian um.

»Wir werden ihn finden«, erwiderte Bastian und holte sein Notizbuch hervor. Die Augen des Abtes weiteten sich.

»Ihr seid des Schreibens mächtig?«, fragte er verwundert. »Aber Ihr seid doch Soldat und Sohn eines Müllers. Wer hat Euch das beigebracht?«

»Pfarrer Johannes lehrte mich diese Kunst bereits in

jungen Jahren. Wer in Eurem Kloster kümmert sich um den Kräutergarten?«

»Bruder Nicolas hegt und pflegt unsere Pflanzen. Er versorgt auch die Kranken und Schwachen.«

Bastian notierte sich den Namen des Mönches. »Ich muss außerdem mit den Novizen sprechen, die sich mit Gabriel und Ludger das Schlafgemach geteilt haben.« Er blickte auf und sah, wie sich die Miene des Abtes verfinsterte.

»Gabriel schlief in der letzten Nacht alleine dort. Wir wollten nicht, dass er Kontakt zu den anderen Novizen hat.«

»Ich habe mehrere Nachtlager in diesem Raum gesehen. Wem gehören sie?«

Der Abt seufzte. »Also gut, Bastian Mühlenberg, Ihr scheint ja nicht lockerzulassen. Ihr und Euer Freund.« Er warf Josef einen durchdringenden Blick zu. »Alles, was ich Euch nun erzähle, darf diese Klostermauern niemals verlassen. Auch Eure engsten Vertrauten dürfen nicht eingeweiht werden. Wie bereits gesagt, schweigen wir eigentlich über die Sünden unserer Brüder.«

Bastian schlug Josef auf die Schulter und nickte. »Ihr könnt auf uns zählen.«

Der Abt senkte seine Stimme. »Wir haben die Novizen aus diesem Schlafgemach letzte Nacht umquartiert, nach nebenan zu den anderen Novizen. Normalerweise schlafen auch Balthasar, Thomas und Franziskus in diesem Raum. Aber wir durften diese Knaben nicht länger zusammenlassen. Gabriel hat sich mit der Sünde befleckt. Er sollte das Kloster am heutigen Tag verlassen. Er wurde für immer aus unserer Gemeinschaft ausgeschlossen.«

»Was hat er angestellt? Gestohlen?«

Der Abt bekreuzigte sich und sprach noch ein wenig leiser: »Er hat sich heimlich mit einem Weib eingelassen.«

Bastian notierte sich das in seinem Buch. »Und wie habt Ihr von dieser Sünde erfahren? Ihr sagtet, dass Gabriel es heimlich getan hätte.«

»Bruder Augustin hat ihn beobachtet. Sie haben sich mitten in der Nacht vor den Klostermauern getroffen.« Theodor von Grünwald versagte für einen Moment die Stimme. Er räusperte sich und fuhr dann fort: »Die Situation war bedauerlicherweise eindeutig. Sie lagen sich eng umschlungen in den Armen. Weiter möchte ich über diese sündhafte Begebenheit nicht sprechen. Es regt mich zu sehr auf. Es ist der erste Fall dieser Art.« Abermals bekreuzigte er sich. »Ein Novize, der nicht einmal ein ganzes Jahr bei uns ist und schon das Keuschheitsgelübde bricht. Es ist einfach unvorstellbar.«

Bastian dachte nach. »Habt Ihr dem Novizen Gelegenheit gegeben, sich zu erklären?«, fragte er mit deutlichem Zweifel.

Der Abt richtete sich empört auf und wurde wieder laut. »Bruder Augustin ist ein langjähriges und vertrauenswürdiges Mitglied dieses Ordens. Was fällt Euch ein?«, zischte er und fügte leiser hinzu: »Natürlich sollte der Novize Gabriel auch noch befragt werden, aber dazu kam es nicht mehr.«

Der Abt hob die Arme und blickte hinauf in den Himmel. »Es gibt keine andere Erklärung und wir können in solchen Fällen auch keine Milde walten lassen. Gott sieht alles.«

Josef Hesemann trat einen Schritt vor. »Könnt Ihr mir sagen, ob es in letzter Zeit noch andere Fälle von Vergiftungen gab? Litt einer Eurer Brüder beispielsweise an Übelkeit, Magenkrämpfen oder gar Lähmungen?«

»Nicht dass ich wüsste. Sprecht mit Bruder Nicolas. Er kümmert sich um das körperliche Wohlergehen unserer Brüder. Habt Ihr weitere Fragen? Das Gebet wartet auf mich.« Der Abt setzte ein falsches Lächeln auf und verschwand in Richtung Kapelle.

»Was habt Ihr jetzt vor?«, fragte Josef. »Wollen wir diesen Bruder Nicolas befragen?«

Bastian schüttelte den Kopf. »Noch nicht. Zuerst will ich diesen kleinen, rundlichen Novizen sprechen, der vorhin so bitterlich um die Toten geweint hat. Erinnert Ihr Euch, was er schrie?«

Josefs Miene erhellte sich. »Ja«, erwiderte er. »Du meinst den Knaben, der gebrüllt hat: Ihr seid alle Mörder.«

* * *

»Ich kann Euch nichts erzählen.« Der junge Novize schlotterte vor Angst. »Ich weiß wirklich nicht das Geringste.«

Bastian glaubte ihm kein Wort. Thomas, so hieß der füllige Knabe, rutschte angespannt auf seinem Stuhl herum. Er schaffte es nicht einmal, für einen Wimpernschlag lang stillzusitzen. Der Mönch, der ihn in den kargen Raum gleich neben der Klosterbibliothek gebracht hatte, kam Bastian verdächtig vor. Es war offenbar derselbe, der Gabriel mit dem Weib zusammen entdeckt hatte. Bruder Augustin. Etwas in seinem Blick wirkte verschlagen.

Josef Hesemann hatte sich nach Hause begeben. Die Pflicht rief ihn. Bastian lächelte und blickte Thomas freundlich an.

»Die Angst ist ein schlechter Ratgeber«, sagte er und sah, wie der Knabe nervös blinzelte. »Dieses Gefühl macht uns blind und nimmt uns die Gabe, die Dinge klarzusehen. Ihr mögt denken, dass Euer Schweigen Euch schützt. Vielleicht erreicht Ihr damit jedoch genau das Gegenteil. Ich bin Mitglied der Zonser Stadtwache. Wenn in diesen Mauern zwei Morde geschehen, dann bin ich verpflichtet, diese aufzuklären. Der Abt persönlich hat mich bevollmächtigt. Ich könnte Euch in Beugehaft nehmen und für ein paar Nächte in das Verlies des Juddeturms sperren. Wenn Ihr denkt, Ihr geht jetzt schon durch die Hölle, werdet Ihr da unten ganz schnell merken, dass es immer noch schlimmer werden kann.«

»Bastian Mühlenberg, ich weiß, wer Ihr seid. Aber in diesem Kloster gelten andere Regeln. Die Mönche kennen sich mit der Hölle weit besser aus als Ihr.« Thomas beugte sich vor und flüsterte: »Bitte. Ich will nicht so enden wie Gabriel. Lasst mich einfach wieder gehen und meine Arbeit für den heutigen Tag erledigen.«

Bastian verzog die Lippen. »Nicht, bevor Ihr mir nicht wenigstens einen Hinweis gegeben habt. Im Übrigen will Euer Abt höchstpersönlich, dass ich den Giftmörder zur Strecke bringe. Sollte Bruder Augustin der Grund für Euer Schweigen sein, so könnte ich auf den Abt einwirken.«

Thomas schüttelte heftig den Kopf. »Bitte nicht.

Hört! Ich darf nicht aus dem Kloster geworfen werden. Das wäre mein Untergang.«

»Dann helft mir, und ich werde bei Theodor von Grünwald ein gutes Wort für Eure endgültige Aufnahme in den Kreis der Brüder einlegen.«

»Ich weiß doch nur, dass Gabriel gesündigt hat«, jammerte Thomas. »Er sollte aus dem Kloster ausgeschlossen werden. Ich denke, er hätte dem Begehren von Bruder Augustin nicht nachgeben dürfen. Und jetzt lasst mich gehen.« Der Novize sprang von seinem Stuhl und rannte hinaus. Bastian ließ ihn verdutzt laufen. Er runzelte die Stirn und blätterte in seinem Notizbuch. Hatte der Abt nicht von einem Weib gesprochen? Und selbst wenn es der Wahrheit entsprach, dass Bruder Augustin der fleischlichen Lust mit jungen Novizen verfallen war, was hatten Gabriel und Ludger des Nachts auf dem Kirchhof verloren? Und wie gelangten sie überhaupt dorthin? Hatte sich der Mönch womöglich an diesem düsteren Ort mit den Knaben verabredet? Nein. In diesem Kloster gab es ganz bestimmt genügend heimliche Ecken, in die man sich unerkannt zurückziehen konnte und denen nicht der Geruch des Todes anhing.

Bruder Augustin erschien in der Tür und sah ihn neugierig an.

»Und? War es Euch möglich, etwas herauszufinden mithilfe unseres jungen Thomas?«

Bastian bemerkte ein Zucken unter dem Auge des Mönches. Er schüttelte den Kopf. »Nein, Bruder Augustin. Der Knabe steht einfach unter Schock. Der Anblick des Todes hat ihn ziemlich mitgenommen, Ihr habt seine Schreie ja selbst gehört. Er wusste offen gestanden überhaupt nichts. Aber vielleicht könnt Ihr mir mehr über das Weib erzählen, das Ihr mit dem Novizen Gabriel gesehen habt. Welche Kleidung trug sie?«

Der Mönch trat ein. Er tänzelte durch den Raum und blieb vor Bastian stehen. »Sie trug einen langen schwarzen Umhang. Sie war durch und durch böse. Als Gabriel zurück ins Kloster kam, standen ihm die Tränen in den Augen. Sie hat ihn unsittlich berührt und dem armen Jungen seine Unschuld und das Leben in diesem Kloster genommen.« Bruder Augustin bekreuzigte sich. »Der Herr nahm ihn zu sich, bevor seine reine Seele weiteren Schaden nehmen konnte.«

»Was für eine Schuld hatte der Novize Ludger denn auf sich geladen? Hat er sich auch mit einem Weib getroffen?«, fragte Bastian und notierte Augustins Aussage in seinem Buch.

»Nein. Um Himmels willen. Gabriels Fall ist einmalig. Über Ludger kann ich nichts sagen. Er sollte eigentlich endgültig in unsere Gemeinschaft aufgenommen werden, doch er ist einfach verschwunden. Mir ist kein Vergehen bekannt, dessen er schuldig sein könnte. Ich hatte allerdings auch nicht viel mit ihm zu tun. Fragt den Novizenmeister, er kann über jeden seiner Schützlinge Auskunft erteilen.«

»Eine letzte Frage: Habt Ihr eine Erklärung dafür, was die beiden Novizen auf dem Kirchhof zu schaffen hatten mitten in der Nacht?«

Bruder Augustin warf ihm einen entsetzten Blick zu und legte ihm zu allem Überfluss die massige Hand auf die Schulter. »Ich habe davon gehört und bin schockiert. Ein solch schauriger Ort. In der Finsternis. Gabriel hatte gewiss Angst.« Er räusperte sich und spitzte die Lippen. »Ludger ebenfalls. Normalerweise verlässt nach dem Glockenschlag, der die Nachtruhe ankündigt, niemand mehr das Klostergelände. Das Tor wird bis zum nächsten Morgen verschlossen. Nein. Ich kann mir das nicht erklären. Vielleicht war es das Gift, das ihnen die Sinne vernebelt und sie dorthin getrieben hat.«

»Die Sinne vernebelt?«, dröhnte eine strenge Stimme hinter ihnen. Bruder Augustin verstummte augenblicklich und zog den Kopf ein. Bastian drehte sich um und erblickte einen hochgeschossenen kräftigen Mönch.

»Mein Name ist Bruder Wolfram. Ich bin der Novizenmeister. Der Abt schickt mich, um Euch Rede und Antwort zu stehen, aber wie ich sehe, hat Bruder Augustin Euch schon reichlich Auskunft erteilt.«

»Nicht ganz«, erwiderte Bastian und sah zu, wie Augustin sich eilig aus dem Staub machte. »Sagt, Bruder Wolfram, könnt Ihr uns über den Novizen Ludger berichten?«

Der Novizenmeister verzog das Gesicht. »Ludger sollte fest in unsere Gemeinschaft aufgenommen werden, aber er hat es sich im letzten Augenblick anders überlegt. Ich weiß nicht warum. Er war ein überaus talentierter Novize und ich bedaure seinen Tod außerordentlich.«

»Hat er denn vorher schon einmal erwähnt, dass er dem Klosterleben den Rücken zukehren möchte?«

Bruder Wolfram schüttelte entsetzt den Kopf. »Nein. Um Himmels willen. Ich glaubte, dass dieser Knabe unbeirrbar zu Gott steht.« Er bekreuzigte sich. »Der Herr sei seiner armen Seele gnädig.«

»Hat Ludger sich denn in letzter Zeit merkwürdig benommen?«, fragte Bastian.

»Mir ist nichts aufgefallen, aber vielleicht sprecht Ihr mit den Novizen Thomas und Balthasar, die hatten viel mit ihm zu schaffen.«

Bastian nickte. Er war enttäuscht. Der Novizenmeister schien nicht wirklich über seine Schützlinge Bescheid zu wissen.

»Habt Dank«, sagte er und blickte dem davoneilenden Mönch nachdenklich hinterher.

* * *

Balthasar musterte heimlich den hochgewachsenen, kräftigen Stadtsoldaten mit den dunkelbraunen Augen und dem blonden Haarschopf. Bastian Mühlenberg war eine imposante Erscheinung. Nicht nur für Bruder Augustin, der ihn inzwischen auf Schritt und Tritt verfolgte, auch für Balthasar. Was würde er für diese Muskeln geben? Er sah auf seine eigenen Arme, die nicht viel kräftiger waren als die einer Frau. Obwohl er nicht klein von Wuchs war, konnte er es mit dem Stadtsoldaten keinesfalls aufnehmen. Der Hüne überragte ihn um beinahe zwei Köpfe.

Er malte sich aus, ebenfalls Soldat zu sein. Wäre er dann frei? Der Sold war bestimmt gut. Doch Balthasar verwarf diesen Gedanken schnell wieder. Seine körperliche Konstitution verhinderte diesen Traum. Niemand würde ihn jemals in die Stadtwache berufen und ihm damit ein normales Leben verschaffen. Er konnte nicht einmal einen Dolch richtig halten. Was er beherrschte, war die Malerei. Das passte nicht zur Waffenkunst.

Trotzdem bewunderte er diesen Mann, der im Gegensatz zu seiner ersten Vermutung alles andere als dumm schien. Er konnte sogar schreiben und stellte ausgesprochen kluge Fragen. Der Abt hatte ihm freie Hand gewährt, um die Mörder von Gabriel und Ludger dingfest zu machen. Der Schock und die Trauer über ihren Tod saßen immer noch tief in ihm. Seine Augen brannten, weil er lange geweint hatte, und seine Hand zitterte bei jedem Pinselstrich, den er machte. Ob Theodor von Grünwald mit dieser Untersuchung nur ein Ablenkungsmanöver gestartet hatte? Schließlich waren es doch die Brüder selbst gewesen, die Gabriel nach der Verkündung seiner Strafe in den Keller eingesperrt und dann fortgebracht hatten. Nur wohin? Balthasar dachte nach. Ihr eigentliches Schlafgemach durften sie seit gestern nicht mehr betreten. Angeblich sollte keiner von ihnen Kontakt zu dem Abtrünnigen halten. Aber er hatte genau gesehen, wie vorhin das Bettzeug von Gabriel verbrannt wurde. Wollte der Abt die Spuren der Unzucht verwischen? Andererseits, er hatte selbst bis zu jener Nacht täglich neben Gabriel geschlafen. Es wäre ihm doch sicherlich aufgefallen, wenn Bruder Augustin sich des Nachts auf das Lager geschlichen hätte. Balthasar sah die befremdlichen und zugleich erregenden Bilder aus dem Kapitel der unaussprechlichen Sünden vor sich. Bisher hatte er nicht die Kraft aufgebracht, mit Bruder Nicolas darüber zu sprechen. Er schämte sich zu Tode ob der Lust, die dieses Buch in ihm ausgelöst hatte.

Bastian Mühlenberg schritt durch den mittleren Gang des Raumes und blieb vor seinem Tisch stehen.

»Seid Ihr der Novize Balthasar?«

Erschrocken blickte er von seinem Schreibpult hoch und nickte.

»Ihr habt Euer Nachtlager gleich neben dem von Gabriel. Könnt Ihr mir etwas über ihn erzählen?«

»Ja. Was genau wollt Ihr denn erfahren?«

Bastian Mühlenberg setzte sich auf einen freien Hocker und musterte ihn durchdringend.

»Kennt Ihr diese geheimnisvolle Frau, mit der er sich getroffen hat?«

Balthasar schluckte. Eine Frau? Nun war er endgültig verwirrt. Hastig schüttelte er den Kopf.

»Ihr habt so viele Nächte nebeneinander verbracht, und er hat Euch nichts erzählt?« Mühlenberg runzelte die Stirn und durchlöcherte ihn mit seinem Blick.

Balthasar spürte, wie die Hitze in ihm aufstieg. Er dachte an Bruder Augustin. An den dunklen Kellergang und das Verlies, in das man Gabriel kurz vor seinem Ableben gesteckt hatte. Gabriel war kein besonders gesprächiger Mensch gewesen. Aber dass er sich mit einer Frau getroffen haben sollte, diese Vorstellung war ihm mindestens genauso fremd wie die Abbildungen im Buch *Über die menschliche Natur.* Er schloss kurz die Augen und schob die sündigen Bilder in seinem Kopf beiseite.

»Von einer Frau weiß ich nichts«, erwiderte er heiser und starrte auf das Bildnis der Jungfrau Maria, das er immer noch nicht vollendet hatte.

»Ihr beherrscht Eure Kunst hervorragend«, bemerkte Bastian Mühlenberg und betrachtete sein Werk.

»Ich liebe meine Arbeit hier im Kloster«, gestand Balthasar und holte noch ein paar Zeichnungen hervor. »Diese hier habe ich für Bruder Nicolas angefertigt.«

»Was sind das für Pflanzen?«, fragte der Stadtsoldat und deutete auf ein paar blaue Blüten.

»Das ist der Blaue Eisenhut. Er wächst im Klostergarten.«

»Wer hat alles Zutritt zum Kräutergarten?« Mühlenberg klappte sein Notizbuch auf, und Balthasar bereute augenblicklich seine Offenheit, denn nur Bruder Nicolas und seine Gehilfen durften den Garten betreten. Er wollte Nicolas jedoch auf keinen Fall in Bedrängnis bringen. Schnell schob er die Zeichnungen zusammen und steckte sie wieder unters Pult.

»Diese Kräuter wachsen überall«, murmelte er und traute sich nicht mehr, aufzublicken.

»Nun, ich hörte, dass Ihr des Öfteren im Kräutergarten zugegen seid und dass Bruder Nicolas Eure Hilfe sehr zu schätzen weiß.« Bastian Mühlenberg beugte sich dicht zu ihm hinunter und flüsterte: »Ihr kennt Euch im Übrigen für einen Novizen, der dem Gelübde der Keuschheit unterliegt, mit dem weiblichen Körperbau erstaunlich gut aus.« Mühlenbergs Zeigefinger wanderte zu einer anderen Zeichnung. Sie zeigte eine spärlich bekleidete Frau. Das lag jedoch nur daran, dass Balthasar mit diesem Bild gerade erst begonnen hatte. »Kann es sein, dass nicht nur Gabriel dem weiblichen Geschlecht besonders zugeneigt war, sondern auch Ihr? Vielleicht habt Ihr sogar um dasselbe Weib gebuhlt und aus der Not heraus mit ein wenig Gift Euren Rivalen beiseitegeschafft?«

Balthasar erstarrte. Was hatte Mühlenberg da gesagt? Er verdächtigte ihn des Mordes an Gabriel?

Ausgerechnet ihn? Eine kräftige Hand schob sich in seinen Nacken.

»Begleitet mich zum Kräutergarten und lasst uns mit Bruder Nicolas sprechen«, forderte ihn Bastian Mühlenberg auf.

Balthasar erhob sich wie fremdgesteuert. Er stolperte zur Tür hinaus und die Treppen hinunter. In seinem Inneren rumorte es. Irgendetwas lief hier ganz und gar schief.

* * *

Bastian setzte sich auf einen Mauervorsprung und starrte trübsinnig auf die bunten Blüten, die in allen erdenklichen Farben strahlten. Die Sonne stand noch hoch am Himmel, obwohl der Tag sich bereits dem Ende näherte. Seit seinem Eintreffen im Kloster hatte er ununterbrochen mit Mönchen und Novizen gesprochen. Die Essenz ihrer Aussagen hatte er akribisch festgehalten. Trotzdem fand er den roten Faden nicht. Was er erfahren hatte, klang verwirrend. Und selbst wenn sich eine logische Spur zum Giftmord am Novizen Gabriel herleiten ließ, so passte diese nicht zu Ludgers Tod. Auch er war mit dem Gift in Kontakt gekommen. Allerdings nicht wie Gabriel mit einem vergifteten Kopfkissen. Ob er es über das Essen oder die Stichwunde in seinem Zeigefinger aufgenommen hatte, wusste Bastian nicht. Ludger hatte im Kloster hauptsächlich in der Küche gearbeitet, doch dort hatte Bastian bisher keinerlei Hinweise entdeckt. Und mit Gabriel war es nicht anders. Er hatte die Kleider der Mönche ausgebessert. Aber bei ihm war keine Stichverletzung gefunden worden. Bastian bekam langsam das Gefühl, dass die Mönche ihn in die Irre führen wollten. Die Novizen waren starr vor Angst und die Brüder schienen alle unter einer Decke zu stecken. Vier Namen hatte er dick unterstrichen: Theodor von Grünwald und die Brüder Nicolas, Wolfram und Augustin. Unter den Novizen hatte er Balthasar und Thomas ins Auge gefasst. Es sah ganz so aus, als ob sie mehr wüssten. Während der kleine rundliche Novize vor Furcht schlotterte, schwieg Balthasar aus anderen Gründen. Angst war es wohl nicht. Ob es Schuld war oder etwas anderes, vermochte Bastian noch nicht abzuschätzen.

Wie immer, wenn er nicht weiterwusste, blätterte er in seinen Notizen. Oft waren es Kleinigkeiten, die zunächst unentdeckt blieben, aber ihn letztendlich auf die richtige Fährte brachten. Heute jedoch kam er einfach keinen Schritt voran.

Er klappte das Buch zu und sah in den Himmel. Eine Wolke schob sich vor die Sonne und plötzlich hatte er eine Erinnerung. Bastian sprang auf und ging noch einmal ins Novizenhaus. Das Schlafgemach von Gabriel durfte nach wie vor nicht wieder betreten werden. Niemand konnte exakt vorhersagen, wie lange sich das giftige Pulver in der Luft hielt. Bastian legte ein Tuch über Mund und Nase und betrat den Raum trotzdem. Er sah sich um. Alles schien unverändert, nur das Kopfkissen fehlte. Auf dem Hocker neben dem Strohlager fanden sich die wenigen persönlichen Habseligkeiten des toten Novizen, eine zusammengelegte Kutte, Wäsche und auf dem Boden daneben das schmale Notizbuch. Vorsichtig hob er das Stroh an. Darunter fand sich nichts außer ein wenig Dreck. Er durchsuchte die Kutte und die anderen Sachen auf dem Hocker. Schließlich nahm er behutsam das Tuch vom Gesicht und hielt den Atem an. Er warf das Tuch langsam über das Buch auf dem Boden. Genau dort, wo es hingefallen war, als der Abt das Kissen herausgeholt hatte. Bastian griff nach dem Buch samt Tuch und ging damit hinaus. Draußen atmete er tief durch und wischte den Ledereinband ab. Um ganz sicherzugehen, lief er zum nächsten Brunnen und beträufelte das Leder mit Wasser. Als er kein giftiges Pulver mehr sah, schlug er das Buch auf, wobei er darauf achtete, dass seine Finger die Seiten nicht direkt berührten. Er benutzte ein weiteres Tuch dafür. Das Pergament wirkte alt und zerfleddert. Es gab nicht viele Orte in einem Kloster, an denen sich Geheimnisse aufbewahren ließen. Doch ein Buch eignete sich hierzu hervorragend. Bastian dachte an sein eigenes Notizbuch, in dem er eine Zeichnung von Anna verbarg. Wo hätte er als Novize ein wertvolles Geheimnis aufbewahrt, das er immer bei sich haben wollte?

Er blätterte weiter. Seite für Seite.

Bis er endlich auf etwas stieß. Niemand außer Bruder Augustin wollte die geheimnisvolle Frau gesehen haben, mit der Gabriel sich getroffen haben soll. Bastian hatte bereits in Erwägung gezogen, dass der Mönch gelogen hatte. Aber nun wurde er eines Besseren belehrt. Ein winziges Blättchen löste sich aus den Seiten und schwebte zu Boden. Die Nachricht darauf war erschütternd. Sie offenbarte zwar keinen Namen, aber trotzdem wusste Bastian im selben Moment, wo diese Frau zu finden war.

X

GEGENWART

Oliver biss sich so fest, wie er konnte, auf die Unterlippe. Der Schmerz und der metallische Geschmack lenkten ihn tatsächlich für einen Augenblick ab. Doch dann war er wieder da, der Geruch nach verbranntem Fleisch. Magensäure schoss ihm die Speiseröhre herauf und er musste würgen.

»Immerhin ist von ihr mehr übrig als von der Letzten«, bemerkte Ingrid Scholten, die zwar etwas bleich wirkte, der ansonsten jedoch absolut nichts anzumerken war. »Der Täter hat den Brand nicht richtig gelöscht, die Glut hat sich erneut entzündet und das hat sofort die Feuerwehr auf den Plan gerufen.«

»Ich vermute, dass der Täter gestört wurde und deshalb nicht abwarten konnte, bis die Leiche vollständig verkohlt war. In der Eile hat er dann auch das Feuer nicht richtig gelöscht«, erwiderte Oliver und unterdrückte den wiederkehrenden Würgereiz.

Scholten machte ein nachdenkliches Gesicht. »Ich

gehe davon aus, dass es derselbe Täter ist wie beim ersten Opfer, und er beginnt, Fehler zu machen.«

Oliver nickte. Auch wenn sie sich auf einem Feld und nicht im Wald befanden, die Scheiterhaufen und die Positionierung der Opfer glichen sich. Es war höchst wahrscheinlich, dass sie es mit demselben Täter zu tun hatten. Natürlich kamen theoretisch auch Nachahmer in Betracht. Schließlich hatte die Presse ausführlich und mit entsprechendem Bildmaterial über den Fall vor ein paar Tagen berichtet. Allerdings schlugen Nachahmer meist nicht binnen so kurzer Zeit zu. Ein Mord erforderte eine gewisse Zeit zur Vorbereitung. Das galt nicht nur für die praktischen Details, sondern ebenso für die mentale Seite. Jeder Killer tötete zuerst in der Fantasie, und auch dafür brauchte es Zeit.

Nachdenklich musterte er den Scheiterhaufen. Der Mörder hatte sein Opfer an einem Pfahl festgebunden, an dem wohl vorher eine Vogelscheuche gehangen hatte, die ungefähr fünf Meter entfernt auf dem Boden lag. Oliver hatte den mit Stroh gefüllten Umhang zunächst für ein weiteres Opfer gehalten.

Die großen Strahler der Spurensicherung leuchteten das Areal fast vollständig aus und machten in einem Umkreis von fünfzig Metern die Nacht zum Tag. Es war kurz nach zehn und bereits dunkel. Oliver betrachtete die Tote, deren Unterkiefer schlaff herabhing und wie in einem Schrei erstarrt war. Das Feuer hatte ihre Kleider und die Haare aufgefressen. Ihre Haut war vom Ruß geschwärzt, aber die Konturen der Person ließen sich noch erkennen. Von ihrem Schädel tropfte weißer Schaum, mit dem die Feuerwehr den Brand gelöscht hatte. Oliver sah sich um, weil ein Funkgerät direkt hinter ihm knisterte. Ein Polizist, der sich fünf Minuten zuvor an einem Busch übergeben hatte, kam auf ihn zu.

»Die Streife hat den Wagen eines Pärchens angehalten, das den Täter gesehen haben will«, erklärte er hastig und hielt sich den Ärmel vor die Nase.

»Wo?«, fragte Oliver und warf einen Blick zu Klaus, der mit einem Fotografen Detailaufnahmen der Leiche machte. Er hatte sich einen Schal über Mund und Nase gebunden.

»Die Streife hat den Wagen an der Auffahrt zur Landstraße gestoppt. Sie kamen aus Richtung des Fundortes und waren auf einem Feldweg unterwegs, der eigentlich nur von landwirtschaftlichen Nutzfahrzeugen befahren werden darf«, erwiderte der Polizist und entfernte sich eilig.

Oliver sah auf die Uhr. Was hatte dieses Pärchen in den letzten zwanzig Minuten auf dem Feldweg gemacht? Ein Schäferstündchen? Ihnen konnte doch unmöglich das Eintreffen von Feuerwehr und Polizei entgangen sein?

Er winkte Klaus zu sich und ging mit ihm zum Dienstwagen. Gemeinsam fuhren sie zur angegebenen Stelle. Die blinkenden Lichter des Streifenwagens sahen sie schon von Weitem. Als sie sich näherten, erkannte Oliver einen alten Kleinwagen. Davor warteten eine junge Frau mit hochgezogenen Schultern und ein älterer Mann mit Bierbauch.

»Guten Abend, mein Name ist Oliver Bergmann, Kriminalpolizei Neuss. Das ist mein Partner Klaus Gruber. Wir benötigen Ihre Zeugenaussage. Bitte nennen Sie uns Ihre Namen und sagen Sie uns, was Sie gesehen haben.«

Der Mann verdrehte die Augen und schüttelte den Kopf. »Verdammt. Kripo sagten Sie?« Er blickte zu der Frau neben sich und rückte ein Stückchen von ihr ab. »Hören Sie, es ist nicht das, was Sie denken.«

Oliver zog erstaunt die Augenbrauen hoch. Sein Blick fiel auf den Ring an der Hand des Mannes. Die Frau trug keinen.

»Mein Name ist Wolfgang Kleinhausen und das ist Melanie Schubert. Wir wollten nur spazieren gehen«, erklärte er und räusperte sich dabei nach jedem dritten Wort. »Ja, also. Wir sind ein Stück gelaufen und stießen auf einen silbernen Kombi. Der parkte auf dem Feld, hat den ganzen Raps platt gefahren. Ich dachte, es wäre der Bauer, doch plötzlich roch ich das Feuer. Wir gingen ein wenig näher heran und dann haben wir ihn entdeckt. Der Kerl hatte einen Riesenhaufen aus Holz und Zweigen angezündet. Es brannte lichterloh und mitten drauf stand diese Frau ...« Wolfgang Kleinhausen stockte.

»Ich habe laut geschrien«, ergänzte Melanie Schubert. »Er hat sich umgedreht und wir sind sofort weggelaufen.«

»Richtig. Ich glaube aber, er hat uns nicht gesehen. Trotzdem haben wir uns erst einmal ganz still in den Wagen gesetzt und gewartet. Wir wollten den Motor nicht starten. Er sollte uns nicht noch mal hören. Wir wussten ja nicht, ob der Kerl womöglich bewaffnet ist oder uns verfolgt.«

Melanie Schubert fuhr dazwischen. »So ein Quatsch, Wolfgang. Du wolltest mit der Sache einfach nichts zu tun haben. Nur deshalb haben wir nicht auf der Stelle die Polizei gerufen. Sie müssen wissen, dass er verheiratet ist.« Sie verzog das Gesicht. »Aber nicht mit mir.«

Wolfgang Kleinhausens Augen wanderten hektisch umher. »Warum hätte ich die Polizei rufen sollen? Die Frau war längst tot, und als ich wieder klar denken konnte, hörte ich auch schon die Feuerwehr.«

»Verstehe«, erwiderte Oliver und sah den Mann streng an. »Und dann haben Sie noch eine Weile gewartet, damit Sie sich ungesehen aus dem Staub machen können, statt sofort die Polizei zu rufen. Und das, obwohl Sie Zeuge eines Verbrechens geworden sind. Sie sind beide wichtige Augenzeugen. Ist Ihnen das nicht bewusst?«

Wolfgang Kleinhausen wurde blass und senkte den Blick. »Wenn meine Frau das herausfindet, bin ich erledigt.«

»Du bist so ein Feigling, Wolfgang. Ich habe es dir gleich gesagt. Wir hätten uns bei der Polizei melden sollen.« Melanie Schubert fuhr sich nervös mit der Zunge über die Lippen. »Nur weil ich auf dich gehört habe, stecke ich jetzt auch in dieser Sache drin.«

Klaus ging dazwischen. »Vielleicht könnten Sie damit aufhören, sich Vorwürfe zu machen, und uns stattdessen eine Beschreibung des Mannes und der Frau geben.«

Für einen Augenblick herrschte angespanntes Schweigen. Melanie Schubert erwachte zuerst aus ihrer Erstarrung.

»Der Mann war recht groß.« Sie blickte kurz zu Oliver und korrigierte sich. »Nicht so groß wie Sie.

Einen halben Kopf kleiner. Er trug so einen merkwürdigen schwarzen Mantel. Ich habe ihn ja fast nur von hinten gesehen. Ich glaube, er hat gebetet oder gepredigt. In lateinischer Sprache, sofern ich da richtigliege. Er hielt ein aufgeschlagenes Buch in der Hand. Das fiel mir auf, als er sich nach uns umdrehte.«

»Konnten Sie sein Gesicht sehen?«, wollte Oliver wissen.

»Nein. Er hatte eine Kapuze auf. Der Kerl sah aus wie der Teufel, deshalb bin ich sofort weggelaufen.«

»Und die Frau, wie sah sie aus?«

Melanie Schubert schluckte. »Ehrlich gesagt stand sie vollkommen in Flammen. Wie Wolfgang schon sagte, sie war tot.«

»Konnten Sie die Haarfarbe oder Kleidung erkennen?«

»Nein. Leider nicht.« Melanie Schubert sah Hilfe suchend zu ihrem Geliebten auf.

Wolfgang Kleinhausen kratzte sich nachdenklich am Kinn.

»Ich kann auch nichts Näheres sagen. Die Beschreibung des Mannes kommt hin. Nur ein Buch ist mir nicht aufgefallen. Als er sich umdrehte, sah ich etwas Gelbes aufblitzen.«

»Etwas Gelbes?«

»Ja, ein T-Shirt vielleicht. Irgendetwas, was er unter dem Mantel trug. Tut mir leid. Es ging alles so schnell und wir hatten panische Angst. Der Mann sah wirklich gefährlich aus.«

»Was ist mit dem silbernen Wagen? Haben Sie sich die Marke oder das Kennzeichen gemerkt?«

»Nein. Leider nicht. Ich weiß nur, dass es ein

Kombi war.«

»Können Sie uns die Stelle zeigen, an der Sie das Auto gesehen haben?«

Wolfgang Kleinhausen nickte unsicher. »Ich kann es versuchen.«

* * *

Natalie Hissinger starrte auf das Auge und das Auge starrte zurück.

»Ich sehe alles, auch wenn ich nicht bei dir bin.«

Inzwischen glaubte sie es. Zu oft waren Dinge geschehen, die keine andere Erklärung zuließen. Dinge, die sie anfangs erschreckt hatten. Aber im Laufe der Zeit nahm sie sie zunehmend als Vorteil wahr. Sie rieb sich die kalten Finger, die Gelenke waren ein wenig steif. Lange würde sie es hier draußen nicht mehr aushalten. Sie hatte sich hinter ein parkendes Auto gekauert, damit sie nicht gesehen wurde. Aus der Position konnte sie den Eingang des Hauses perfekt sehen. Niemand kam rein oder raus, ohne dass sie es mitbekam. Fröstelnd zog sie den schwarzen Umhang enger. Der dünne Stoff hielt die Kälte kaum ab. Sie hatte das Gefühl, dass er die Wärme regelrecht aus ihrem Körper sog und an die Umgebung abgab. Sie schob die Hände in die Taschen, um sie aufzuwärmen. Dabei raschelte das Papier, das sie mitgenommen hatte. Am liebsten würde sie jetzt in ihrem warmen Bett liegen, aber ihre Angst vor Patrick war zu groß. Er würde sie bestrafen, wenn sie vorzeitig abbrach. Also harrte sie aus. Mitten in der Nacht. In der Kälte. Vor einem fremden Haus.

Schritte näherten sich durch das Stadttor. Sie

hallten von den hohen Mauern wider. Frauenschuhe, fuhr es Natalie durch den Kopf. Das musste sie sein. Diese Frau, die ihm so wichtig war. Hoffentlich wichtig genug, um sie dann ein für alle Mal in Ruhe zu lassen. Sie duckte sich und sah eine Brünette mit langen Locken vorbeiziehen.

Sie war es!

Endlich.

Natalies Körper spannte sich augenblicklich an. Wie eine Katze vor dem Sprung beobachtete sie gebannt, wie der Schlüssel im Schloss gedreht und die Haustür aufgestoßen wurde.

Perfekt.

Es musste möglichst echt aussehen, hatte Patrick gesagt.

Also huschte sie über die Straße und schob in letzter Sekunde ihre Schuhspitze in den Türspalt. Die Tür fiel nicht zu. Natalie machte drei tiefe Atemzüge und lauschte den Schritten auf der Treppe.

Die Frau hatte nichts bemerkt. Lächelnd drückte Natalie die Tür auf und zog ihre Schuhe aus. Auf Socken schlich sie die Stufen hinauf. Leise und unsichtbar wie ein Geist. Oben knallte eine Tür ins Schloss. Das machte nichts. Sie wollte nicht in die Wohnung. Noch nicht.

Aber die Botschaft, die musste überbracht werden. Natalie glitt über die blank polierten Holzstufen und blieb vor der verschlossenen Wohnungstür stehen. Sie zog das Papier aus der Tasche und horchte. Sie hörte die Frau in der Wohnung herumlaufen. Dazu vernahm sie ein dezentes Summen. Vielleicht von einer elektrischen Zahnbürste. Eine Tür schlug zu. Dann herrschte Stille. Natalie schob das Papier durch den Spalt unter der Tür.

Die Botschaft sollte nicht vor morgen früh ankommen. Sie lächelte erneut und huschte die Treppe hinunter. Erst als sie wieder im Auto saß, entspannte sie sich und blickte auf das Tattoo an ihrem linken Unterarm.

Sie starrte auf das Auge und das Auge starrte zurück.

* * *

Etwas störte auf seltsame Weise. Er lag in eine weiche Decke gehüllt, Emilys schlafwarmen Körper an sich gepresst, und träumte. Blauer Himmel, grüne Olivenbäume, Vogelgezwitscher und natürlich Emily, in einem knappen Bikini auf der Terrasse ihrer Finca. Er machte ein paar Schritte auf sie zu, doch die Idylle wurde von einem schrillen Geräusch unterbrochen. Es kam von hinten. Er drehte sich um und musste mit ansehen, wie sich sein Traum buchstäblich in Luft auflöste. Die Dunkelheit fraß das warme Licht und er schrak hoch.

Sein Handy klingelte. Verschlafen hob er ab.

»Bergmann«, murmelte er und warf einen Blick auf die Uhr. Es war kurz nach sechs.

»Ich wünsche einen wunderschönen guten Morgen.« Ingrid Scholtens Stimme ließ ihn schlagartig zu sich kommen. »Ich habe zwei gute Neuigkeiten und dachte mir, Sie möchten sie hören.«

»Unbedingt«, krächzte Oliver und erhob sich aus dem Bett. Er wollte Emily nicht aufwecken. Deshalb schloss er die Schlafzimmertür und ging ins Wohnzimmer, wo er am Fenster stehen blieb und das Telefon auf laut stellte.

»Tut mir leid, dass ich Sie anscheinend aus dem Schlaf geholt habe. Wir konnten die Tote bereits identifizieren. Sie trug einen Ausweis bei sich, dessen Nummer wir noch zur Hälfte lesbar machen konnten. Ihr Name ist Paula Winkler. Ledig, wohnhaft in Zons, arbeitet in der Dormagener Stadtverwaltung, sechsundzwanzig Jahre alt. Keine polizeilichen Eintragungen. Sie ist blond, Kurzhaarschnitt, einen Meter fünfundsiebzig groß, blaue Augen, schlank.« Ingrid Scholten machte eine kurze Pause. Oliver hörte, wie sie in ihren Unterlagen blätterte.

»Meine Truppe hat die halbe Nacht durchgearbeitet. Das Labor auch. Stellen Sie sich vor, was wir noch herausgefunden haben. Ihre Kleidung ist ebenfalls nicht vollständig verbrannt. Wir konnten herausfinden, dass sie aus Tierhaaren besteht, genauer gesagt aus Ziegenhaaren. Ich wüsste nicht, in welcher Modekette so etwas angeboten wird.«

»Ziegenhaare? Kratzen die nicht schrecklich auf der Haut?«

Ingrid Scholten lachte am anderen Ende der Leitung. »Ich möchte es nicht ausprobieren. Ich habe schon mit Wollpullovern meine Probleme. Aber mal im Ernst, wir haben draußen tagsüber schon zwanzig Grad. Der Sommer steht vor der Tür. Wer um Himmels willen kleidet sich so warm? Ich kann mir nicht vorstellen, dass es das Opfer selbst war.«

»Okay.« Oliver rieb sich das rechte Auge. »Wir haben einen Täter in schwarzer Kutte, der lateinisch betet oder predigt, der seine Opfer auf einen Scheiterhaufen bindet, sie anzündet und ihnen vorher auch noch Kleidung aus Ziegenhaar anzieht. Puh. Das klingt wirklich nach einem schlechten Horrorfilm.«

»Das tut es«, bestätigte Ingrid Scholten. »Ich bin

gespannt, ob die Obduktion weitere Spuren aufdeckt. Ach, und noch etwas, die Post hat sich zurückgemeldet. Das Paket mit dem blauen Dildo wurde in der Postfiliale am Kölner Hauptbahnhof aufgegeben. Ich melde mich wieder.« Die Leiterin der Spurensicherung legte auf.

»Soso, du schleichst dich aus dem Bett wegen eines blauen Dildos?«

Oliver drehte sich überrascht um. Emily stand im Nachthemd hinter ihm und lächelte.

»Ist nur der neue Fall. Letzte Nacht ist eine weitere Frauenleiche aufgefunden worden, ebenfalls verbrannt. Wir haben es mit einem völlig Verrückten zu tun.« Er nahm Emily in den Arm und küsste sie zärtlich. Das schlechte Gewissen machte sich in ihm breit. »Tut mir leid, dass du Ärger mit deinem Chefredakteur hast. Kann ich dir irgendwie helfen?«

Emily schüttelte den Kopf und seufzte. »Ich bin den Rest der Woche freigestellt und muss eine andere Story liefern. Ist nicht schlimm. Ich fand es wichtiger, dir Bescheid zu geben. Die Presse darf doch keine Mordermittlungen beeinflussen oder blockieren.«

Oliver drückte sie an sich. »Ich bin dir sehr dankbar, aber du weißt, dass du das nicht tun musst. Nicht für mich.«

Emily nickte und lächelte ein wenig gequält. »Dafür werde ich es mir heute gut gehen lassen. Anna hat auch frei. Wir frühstücken zusammen und gehen ein bisschen shoppen. Es gibt durchaus Schlimmeres im Leben.« Sie löste sich aus seiner Umarmung und ging zur Küche. »Willst du auch einen Kaffee?«

»Gerne, für unterwegs. Ich habe wahnsinnig viel zu tun und muss sofort los.« Er folgte Emily in die Küche.

»Eins verspreche ich dir: Du bist die Erste, die es erfährt, sobald wir den Fall gelöst haben. Hans Steuermark schuldet dir was, und auch wenn er aufbrausend ist, so weiß er es tief in seinem Herzen.«

Emily schenkte ihm ein dankbares Lächeln, und Oliver vergaß für einen winzigen Moment die Welt um sich herum.

* * *

Anna schreckte hoch, als ihr Wecker klingelte. Verschlafen fragte sie sich, ob sie ihn nicht ausgestellt hatte. War sie so müde gewesen? Der Abend mit Emily hatte Spaß gemacht. Er hatte sie allerdings trotzdem nicht darüber hinwegtrösten können, dass Maximilian sich nicht mehr gemeldet hatte. Konnte ein Notfall die ganze Nacht dauern? Sie presste nachdenklich die Lippen zusammen und griff in ihre Nachttischschublade. Da lag es, das Portrait von Bastian Mühlenberg, seit dem ersten Tag, an dem sie es im Zonser Stadtarchiv entdeckt hatte. Sie nahm es in beide Hände und seufzte gedankenverloren. Wie so oft in letzter Zeit quälte sie sich mit der Frage, was sie eigentlich wollte. Ein eigenartiges Stechen ging durch ihr Herz. Hätte sie im Mittelalter gelebt, wären sie bestimmt verheiratet und hätten sich Tag und Nacht gesehen, oder wäre er auch zu beschäftigt gewesen, so wie Maximilian? Unwillkürlich huschte ein Lächeln über ihr Gesicht. Vermutlich nicht. Aber was nützte es? Der Mann, der ihr so sehr ans Herz gewachsen war und den sie einfach nicht vergessen konnte, lebte längst nicht mehr. Dafür steckte ein Teil von ihm in Maximilian. Der Stammbaum bewies es eindeutig. Er war einer seiner Nachfahren. Sie liebte ihn. Das wusste sie, denn ansonsten wäre ihr das geplatzte Abendessen völlig egal gewesen – und die fehlende Nachricht ebenfalls. Doch warum konnte Maximilian diese tiefe Sehnsucht in ihr nicht stillen? Warum verzehrte sie sich weiterhin nach Bastian Mühlenberg? Einem Mann aus dem Mittelalter. Schon der Gedanke war absurd, aber bei aller Logik, sie konnte ihre Gefühle einfach nicht abstellen. Gab es etwas zwischen Himmel und Erde, das sie mit ihm verband? Eine leise Stimme aus ihrem Herzen bestätigte, dass es so war – auch wenn es nicht sein konnte. Ihr Telefon piepste und sie fuhr hoch. Maximilian lächelte sie von ihrem Handydisplay aus an. Sie hatte sein Profilbild hinterlegt, sodass es immer aufblinkte, sobald er ihr eine Nachricht schrieb.

Hastig tippte sie ihren Code ein und las:

Tut mir leid. Es war sehr spät gestern, fast zwei Uhr nachts, und ich wollte dich nicht wecken. Holen wir unser Abendessen heute nach? Du fehlst mir.

Ihr Herz machte einen Sprung und ihre Lippen wurden zu einem breiten Lächeln.

Dann tippte sie eine Antwort in ihr Handy:

Freue mich.

Sie setzte einen Smiley mit Kussmund dahinter. Mit neuem Schwung sprang sie aus dem Bett und ging ins Bad. Als sie zurück in den Flur kam, fiel ihr etwas Helles ins Auge. Abrupt blieb sie stehen und wunderte sich. Ein Briefumschlag lag mitten auf dem Boden. Anna nahm ihn hoch. Ihr Name stand in Druckbuchstaben daraufgeschrieben. Ob Maximilian ihr einen Brief geschrieben hatte? Sie lächelte erneut. Er konnte so romantisch sein. Neugierig schob sie eine Fingerspitze in den kleinen Spalt an der Seite und riss den Umschlag auf.

Komisch. Sie kannte Maximilians krakelige Arztschrift. Diese hier war jedoch ganz ordentlich, die Buchstaben schwungvoll und harmonisch. Irgendwie altmodisch. Und was war das für ein Symbol? Anna runzelte die Stirn. Ein Dreieck und darin ein Auge, von dem sie das Gefühl hatte, dass es sie anstarrte.

Verdammt!

Sie drehte den Umschlag, doch sie fand keinen Absender. Stattdessen fielen ein paar helle kurze Haare heraus. Annas Magen verkrampfte sich. Sie überflog die Nachricht, und augenblicklich wurde ihr schwindlig. Nein, diese Botschaft kam definitiv nicht von Maximilian. Blanke Angst erfasste sie und ungläubig las sie abermals die eine Zeile:

Ich sehe dich im Feuer steh'n, du wirst ihn niemals wiederseh'n.

XI

VOR FÜNFHUNDERT JAHREN

Bastian hielt das dünne Blatt in den Händen und las die Botschaft der geheimnisvollen Frau erneut:

»Triff mich in der Vollmondnacht an der alten Kastanie vor den Klostermauern. Deine Dich liebende M.«

Er kannte nicht viele Frauen, die des Schreibens mächtig waren. Ihm fiel nur ein Ort ein, an dem er sie fand. Er pochte gegen das schwere Tor und wartete, bis ihn jemand einließ.

»Ich muss dringend mit Katharina von Weinfels sprechen«, erklärte er der jungen Nonne, die ihm geöffnet hatte.

»Folgt mir«, flüsterte sie und brachte Bastian in den Raum, in dem die Oberin üblicherweise ihren Besuch empfing.

Geduldig betrachtete er die kahlen Mauern, lediglich eine Wand war mit einem schlichten Kreuz geschmückt. Ansonsten standen in dem Raum ein grober Holztisch und ein paar Stühle, durch ein schmales Fenster fielen ein paar Sonnenstrahlen.

»Bastian Mühlenberg, seid gegrüßt. Es ist fast ein Jahr her, als wir uns das letzte Mal sahen. Umso mehr freue ich mich, Euch heute wieder begrüßen zu dürfen. Ich hoffe, es führt Euch nicht wieder ein Mordfall in unser ehrwürdiges Kloster.«

Bastian senkte das Haupt zum Gruß. »Es tut mir sehr leid, aber im Kloster der Franziskaner sind zwei Novizen vergiftet worden, und ich brauche Eure Hilfe.«

»Du lieber Himmel«, stieß Katharina von Weinfels aus und schlug die Hand vor den Mund. »Gleich nebenan also. Ich bete zu Gott, dass wir von solch einer Tragödie verschont bleiben.« Sie bekreuzigte sich. »Womit kann ich Euch denn dienen?«

»Ihr solltet weiterhin ein Auge auf die Ausgänge Eures Klosters haben und niemanden alleine hinausschicken.«

Die Oberin nickte emsig und faltete die Hände vor der Brust. Bastian holte die Nachricht aus seinem Wams.

»Beherbergt Ihr eine Schwester, deren Name mit einem M beginnt? Bruder Augustin hat einen der getöteten Novizen vor den Klostermauern in inniger Umarmung mit ebendieser Frau gesehen.«

»Mit M?« Katharina von Weinfels schloss für einen Augenblick die Augen und schien nachzudenken.

»Es sind drei Schwestern«, erwiderte sie anschließend. »Maria, Mathilda und Margaretha. Aber ich kann nicht glauben, dass sich auch nur eine von ihnen mit einem Novizen treffen sollte. Vor allem nicht in inniger Umarmung. Nach den jüngsten Vorfällen in unserem

Kloster hat jede Einzelne ihr Gelübde erneuert. Ich kann mir einfach nicht vorstellen, dass eine von ihnen unseren Herrn hintergeht.« Das Gesicht der Oberin versteinerte sich. »Und wenn doch, so wird ihre Strafe mehr als hart sein. Wartet hier.«

Katharina von Weinfels marschierte eiligen Schrittes von dannen. Bastian hörte, wie sie Anweisungen erteilte. Es dauerte nicht lange, und sie kehrte mit drei Nonnen zurück. Sie traten zögerlich und mit gesenktem Haupt ein.

»Bastian Mühlenberg wird euch ein paar Fragen stellen. Beantwortet sie wahrheitsgemäß!« Die Oberin warf ihnen einen strengen Blick zu und ließ sie mit ihm allein.

Bastian betrachtete die Frauen. Mathilda war bereits vom Alter gezeichnet. Ihr faltiges Gesicht wirkte grau, ihre Augen halb erblindet.

»So setzt Euch doch«, bat Bastian die Nonnen und musterte derweil Margaretha. Er kannte sie von früher. Sie war jung und hübsch, und Bastian erinnerte sich nur allzu gut an Oswald, dem sie im letzten Jahr den Kopf verdreht hatte. Sie wusste, wie man das Kloster ungesehen verlassen konnte. Die dritte Nonne, Maria, strahlte eine jugendliche Schönheit aus, die auch die Haube auf ihrem Kopf und das Nonnengewand nicht verschleiern konnten. Beide Frauen wären mit Leichtigkeit dazu in der Lage, einen Mann zu betören. Mathilda schloss Bastian aufgrund ihres Alters erst einmal aus.

»Margaretha, es ist schön, Euch wiederzusehen. Könnt Ihr mir sagen, wo Ihr die letzte Vollmondnacht verbracht habt?« Bastian betrachtete sie genau. Ihr überraschter Blick war unverstellt. Schnell sah er zu

Maria hinüber, die mit versteinerter Miene einen Punkt auf dem Fußboden anstarrte.

»Hier im Kloster. Warum stellt Ihr so merkwürdige Fragen?«

»Ich fürchte, ich habe schlechte Nachrichten für eine von Euch«, fuhr Bastian fort. Dabei blickte er nur Maria an. »Ein Novize aus dem Franziskanerkloster ist gestorben. Sein Name war Gabriel. Jemand hat ihn und einen weiteren Novizen vergiftet.«

Seine Worte trafen Maria wie eine Kanonenkugel. Die junge Nonne sah auf. Tränen schossen ihr in die Augen. Entsetzt schlug sie die Hände vors Gesicht und schluchzte haltlos.

»Ihr seid also das geheimnisvolle Mädchen, das sich in der letzten Vollmondnacht mit Gabriel verabredet hatte«, sagte Bastian, obwohl er wusste, dass seine Worte im Grunde überflüssig waren. Etwas Besseres fiel ihm nicht ein. Der Kummer des Mädchens berührte sein Herz. Aber er durfte sie nicht trösten. Jede Berührung wäre Gotteslästerung gewesen.

Also redete er.

»Ihr habt ihn wohl sehr geliebt?«

Maria nickte, dann sank sie auf die Knie und schrie ihren Schmerz hinaus.

»Warum? Warum, Herr im Himmel? Habe ich nicht alles getan? Gebetet, Euch gedient? Warum konntet Ihr ihn nicht beschützen?«

Katharina von Weinfels, die offenbar die ganze Zeit vor der Tür gestanden hatte, trat ein und scheuchte Margaretha und Mathilda hinaus.

Drinnen ergriff sie Marias Hände.

»Maria, bitte sagt mir nicht, dass Ihr Euch heimlich

mit einem Mann getroffen habt. Sagt, dass das nicht wahr ist.«

Maria kauerte auf dem Boden. Sie war nicht mehr als ein Häufchen Unglück.

»Ich liebe Gabriel aus tiefstem Herzen«, schluchzte sie und richtete sich plötzlich auf. »Ich habe unseren lieben Herrn nicht betrogen, Oberin. Gabriel ist mein Bruder. Wir wollten einfach nur kurz beieinander sein. Es ist keine fleischliche Sünde gewesen, die uns verbindet. Es ist die Liebe, die aus ein und demselben Blut entsteht.«

»Mein armes Kind«, erwiderte die Oberin erleichtert und nahm Maria in die Arme. »Es tut mir sehr leid. Jetzt, wo Ihr es sagt, erinnere ich mich. Ihr habt mir selbst berichtet, dass Euer Bruder im Franziskanerkloster zugegen ist.«

Bastian holte tief Luft und schüttelte den Kopf. Gabriel war einer Sünde bezichtigt worden, die er nie begangen hatte.

»Es tut mir leid, dass ich Euch in Eurem Schmerz behellige, aber sagt Euch der Name Ludger etwas? Hat Gabriel je über ihn gesprochen?«

Maria sah ihn aus roten, verweinten Augen an und schüttelte den Kopf. »Nein, diesen Namen hat er nie erwähnt. Er hat mir jedoch erzählt, dass ein gewisser Bruder Augustin ihm ständig nachstellt.«

Schon wieder dieser Name, dachte Bastian und unterstrich ihn in Gedanken erneut. Er würde noch einmal mit dem Abt sprechen müssen.

Er bedankte sich bei den Nonnen und machte sich auf den Weg.

* * *

Balthasar stand regungslos da und beobachtete Bruder Nicolas. Der Mönch hatte ihn nicht bemerkt. Er hockte vor einem hölzernen Mörser und zerrieb darin ein paar Kräuter mit einem schweren Eisenstößel. Das Kraut knirschte laut. Es war ein unangenehmes Geräusch. Das war jedoch nicht der Grund, warum Balthasar sich noch nicht bemerkbar gemacht hatte. Er schämte sich. Von den Dingen, die er im Buch *Über die menschliche Natur* gesehen hatte, wollte er nicht sprechen. Aber er wusste, dass Bruder Nicolas ihn früher oder später darauf ansprechen würde. Also war er von sich aus zu ihm in den Kräutergarten gegangen. Doch jetzt, wo er Bruder Nicolas ansah, hatte es ihm die Sprache verschlagen. Was sollte er sagen? Dass er noch nie zuvor eine solche Lust zwischen seinen Lenden empfunden hatte? Dass jede dieser Zeichnungen, egal ob Mann mit Frau oder Mann mit Mann oder mit anderen Dingen, ihm hitziges Blut durch seine Adern gejagt hatte? Dass er seitdem fast an nichts anderes mehr denken konnte? Dass er danach lechzte, sich selbst zu berühren? Er seufzte tiefer als beabsichtigt und in diesem Moment drehte Bruder Nicolas sich um.

»Balthasar? Geht es dir gut? Du wirkst blass um die Nase.«

Balthasar wehrte ab. »Nein. Also ich meine ja. Es ist alles in Ordnung.« Er stotterte und biss sich auf die Unterlippe.

Bruder Nicolas erhob sich und musterte ihn prüfend. Dann grinste er plötzlich.

»Du hast das Kapitel über die stumme Sünde gelesen. Richtig?«

Balthasar spürte, dass er feuerrot wurde. »Ja, Bruder Nicolas. Das habe ich.«

»Was hast du daraus gelernt?«

»Ich weiß nicht«, erwiderte Balthasar unsicher. »Vielleicht kann ich jetzt besser verstehen, was diese Art von Sünde ausmacht.«

Bruder Nicolas lachte lauthals auf. »Du lieber Himmel. Ich hätte es mir gleich denken können. Du trägst Schamesröte im Gesicht. Die Bilder gehen dir nicht aus dem Kopf. Stimmt es?«

Balthasar trat einen Schritt zurück. Seine Kehle war wie ausgetrocknet. Er brachte kein einziges Wort mehr heraus. Dass Bruder Nicolas über ihn lachte, machte alles nur noch schlimmer. Am liebsten wäre er auf der Stelle im Erdboden versunken.

»Mein braver Balthasar. Ich sehe dir an der Nasenspitze an, dass du noch nicht bereit bist, über die stumme Sünde zu sprechen. Ich muss dich außerdem rügen, denn ich habe dir das ganze Buch empfohlen und nicht nur die Hälfte. Bei dem Gesicht, was du jetzt machst, bin ich recht sicher, dass du nicht zu Ende gelesen hast. Ich schlage deshalb vor, dass du dich noch einmal in die Bibliothek begibst und aufmerksam bis zur letzten Seite liest. Dann komm aufs Neue zu mir.« Bruder Nicolas tätschelte ihm fürsorglich die Schulter und widmete sich wieder seinen Kräutern.

Balthasar starrte ihn sprachlos an. Doch Bruder Nicolas hatte ihm bereits den Rücken zugewandt. Er zog sich Handschuhe über und grub die Knollen eines blau blühenden Krautes aus der Erde. Er wischte sie sauber und zermalmte sie in seinem Mörser. Nach einer Weile erwachte Balthasar aus seiner Erstarrung und huschte leise davon.

* * *

»He, Wernhart, komm. Ich brauche deine Hilfe.« Bastian hatte seinen Freund am Feldtor abgepasst.

»Bastian. Wo hast du den ganzen Tag gesteckt? Marie war vorhin hier. Sie hat dich gesucht.« Wernhart sprang eine Treppenstufe hinunter und schlug Bastian schwungvoll auf die Schulter.

»Was wollte sie? Hat sie es gesagt?« Bastian überwältigte auf der Stelle ein schlechtes Gewissen. Immer wieder nahm er sich vor, mehr Zeit mit seinem Weib und den beiden Kindern zu verbringen, aber ständig kam irgendetwas dazwischen. Sein Sohn Georg war noch nicht einmal ganz ein Jahr alt, und er brauchte ihn, genauso wie seine Tochter Irene, die ihm wie aus dem Gesicht geschnitten war. Er liebte seine Familie. Er würde für sie sterben. Doch er befürchtete, davon merkten sie nichts. Sie sahen ihn einfach viel zu selten. Bastian ging seiner Aufgabe in der Stadtwache mit übertriebenem Ehrgeiz an. Darüber war er sich im Klaren. Andererseits war er für die Sicherheit der Bürger verantwortlich. Das erforderte seine gesamte Aufmerksamkeit.

»Sie wollte dich nur erinnern, dass Irene morgen Geburtstag hat. Du wolltest ihr eine Puppe besorgen.«

Bastian starrte Wernhart wie vom Donner gerührt an. »Verdammt. Daran habe ich überhaupt nicht mehr gedacht. Marie wird tagelang kein Wort mit mir sprechen. Ich muss los, Wernhart. Wenn ich ohne eine

Puppe nach Hause komme, droht mir im wahrsten Sinne des Wortes die Hölle. Selbst Pfarrer Johannes würde mir ein solches Missgeschick übel nehmen.«

Wernhart grinste breit. Bastian stutzte. Zeigte nicht einmal mehr sein bester Freund Mitleid mit ihm? Er müsste es doch eigentlich besser wissen, sein Eheweib war eine Furie im Vergleich zu Marie.

»Beruhige dich, mein Freund.« Wernhart griff in sein Wams und zog etwas daraus hervor. »Hier. Ich denke, deine kleine Irene wird dir dafür sehr dankbar sein.«

Bastian schnappte überrascht nach Luft. Wernhart hielt ihm eine Holzpuppe hin. Sie war hübsch und hervorragend gearbeitet.

»Die muss ein Vermögen gekostet haben«, stieß er aus und fiel Wernhart um den Hals. »Du hast mir das Leben gerettet. Du bist ein wahrhaftiger Freund.«

Wernhart lachte lauthals. »Ich kenne dich so gut wie niemand sonst. Ich könnte nicht zusehen, wie du in deinem eigenen Haus zum Sündenbock wirst. Ich habe sie auf dem Markt erstanden, gleich nachdem Marie gegangen ist.«

»Ich danke dir von Herzen.« Bastian lächelte und drückte Wernhart ein paar Münzen in die Hand. Dann wurde er wieder ernst. »Wir müssen uns das Franziskanerkloster genauer ansehen. Irgendetwas stimmt dort nicht. Du musst mir helfen, die Mönche zu befragen. Was ich bisher gehört habe, ist in Teilen sehr widersprüchlich. Von Ludger, dem ersten toten Novizen, scheint es überhaupt keine Spur zu geben, und der zweite, dieser Gabriel, wurde einer Sünde bezichtigt, die er offenbar gar nicht begangen hat. Doch wer immer ihm das tödliche Pulver auf sein Kopfkissen streute, wollte ihn dafür bestrafen. Nur einen Tag später hätte Gabriel das Kloster als freier Mann verlassen. Sein Mörder hat das verhindert.«

Wernhart machte ein nachdenkliches Gesicht. »Ich denke, dann reden wir zuerst mit allen Mönchen, die Zugriff zu diesem Gift haben.«

Bastian wiegte zweifelnd den Kopf. »Bruder Nicolas führt den Kräutergarten. Es gibt da allerdings auch noch einen Mönch, der ständig um die jungen Novizen herumscharwenzelt. Ich kann es zwar nicht beweisen, aber ich glaube, dass er die jungen Männer einschüchtert. Mein Bauch sagt mir, dass sie etwas über Gabriels Tod wissen.« Er schlug sich gegen die Stirn. »Weißt du was, Wernhart? Ich habe eine Idee. Wir lassen uns heute Nacht im Kloster einschließen. Wir gehen vor dem Novizenhaus in Position, und ich wette, wir werden herausfinden, wer des Nachts in den Mauern herumschleicht. Vielleicht finden wir auch heraus, was die beiden Novizen auf dem Kirchhof wollten.«

* * *

Balthasar machte es genauso wie beim letzten Mal. Er ließ sich in der Bibliothek einschließen und wartete noch eine Weile, bis alles still war und er auch aus dem Leseraum nichts mehr hörte. Dann ging er mit der Kerze in der Hand los und folgte demselben Weg zum roten Bereich, den er zuvor benutzt hatte. Er ignorierte den Gang zum schwarzen Bereich und schritt zielstrebig weiter. Das Buch befand sich an der gleichen Stelle, als er ankam. Fast. Es war ein Stück nach hinten gerutscht. Ob er in seiner Aufregung das Buch so tief ins Regal geschoben oder vielleicht jemand anderes in der Zwischenzeit darin gelesen hatte? Er führte es auf sich zurück. Dieses Mal würde er seine Gefühle unter Kontrolle halten. Das hatte er sich fest vorgenommen. Er dachte an Gabriel und daran, dass dieser sich mit einer Frau getroffen haben soll. So durfte er nicht enden. Niemals würde er sich noch einmal von teuflischen Gelüsten überwältigen lassen. Den gesamten Tag lang hatte er versucht, mit Thomas über diese Frau zu sprechen. Doch sein Freund war ihm ein ums andere Mal ausgewichen. Thomas war mit Gabriel viel enger befreundet gewesen als er. Balthasar spürte es ganz tief in seinem Herzen: Thomas wusste etwas.

Er schlug das Buch auf und blätterte bis zu der Stelle, an der er in der letzten Nacht aufgehört hatte. Er tat es schnell, ohne die Bilder genauer anzusehen. An einer Stelle war eine Seite herausgerissen. Balthasar ignorierte es. Erst als er die Abbildung eines brennenden Scheiterhaufens erblickte, hielt er inne und begann zu lesen. Die stumme oder unaussprechliche Sünde wurde von mehreren Geistlichen beleuchtet. Balthasar blieb an den Ausführungen von Thomas von Aquin im 13. Jahrhundert hängen. Er teilte die Sünde wider der Natur in vier Arten ein. Schon bei der Beschreibung der ersten wallte Hitze in Balthasar auf. Selbstbefleckung stand da, und er wiederholte das Wort ungläubig. Natürlich wusste er, dass es Sünde war, sich selbst zu berühren. Ihm war bisher allerdings nicht bewusst gewesen, dass auch diese Sünde zu den unaussprechlichen zählte, genauso wie der Verkehr mit einem Wesen der anderen Art, mit dem gleichen Geschlecht und der unnatürliche Vollzug des Beischlafs, zum

Beispiel durch die Benutzung ungehöriger Instrumente. Dass als schwerste der genannten Sünden die Unzucht mit einem Tier galt, tröstete Balthasar wenig. Nach Thomas von Aquin war die Ordnung der Natur von Gott gegeben, wer dagegen verstieß, richtete sich gegen Gott selbst. Und diese Auflehnung gegen Gott gehörte zu den schlimmsten Sünden überhaupt, denn sie war das Verbrechen, weshalb die Menschheit aus dem Paradies vertrieben worden war. Als Bestrafung darauf stand der Tod, meist vollzogen auf dem Scheiterhaufen. Balthasar atmete schwer. Er fühlte sich, als wäre er von einem wuchtigen Felsbrocken getroffen und darunter begraben worden. Er klappte das Buch zu.

Im gleichen Augenblick hörte er Schritte. Wie von Sinnen löschte er die Kerze, sprang auf und versteckte sich in der hintersten Regalreihe. Wer um Himmels willen konnte das sein? Der Bibliothekar? Wenn er ihn erwischte, fand er sich ganz sicher bald im selben Verlies wieder, in das Gabriel geworfen wurde. Die Schritte kamen näher. Balthasar lauschte angestrengt und stellte entsetzt fest, dass es sich um mehr als eine Person handelte. Er verkroch sich noch tiefer. Er kniete auf dem Boden und schielte durch einen Spalt zwischen den Büchern. Es war zu dunkel, um irgendetwas zu sehen, aber er hörte, dass sich die Schritte unaufhörlich näherten. Was sollte er gegen zwei oder vielleicht auch drei Mönche ausrichten? Sie mussten ihn zwangsläufig finden. Er würde sterben!

O Gott, bitte hilf mir, auch wenn ich gesündigt habe. Er faltete die Hände stumm zum Gebet. Unglücklicherweise verlor er für einen Wimpernschlag das Gleichgewicht und fing sich am Regal ab. Seine Bewegung fiel zu heftig aus, denn mehrere Bücher krachten zu Boden. Der Lärm war ohrenbetäubend. Balthasar zitterte wie Espenlaub. Im nächsten Moment nahm er die plötzliche Stille wahr. Die Ruhe vor dem Sturm. Die Mönche waren wohl stehen geblieben. Höchstwahrscheinlich wussten sie jetzt genau, wo er sich versteckte. Er konnte hier nicht bleiben. Also richtete er sich auf, mit dem Buch in der Hand, und schlich auf Zehenspitzen in die andere Ecke. Er spitzte die Ohren. Die Stille war grauenvoll. Dazu die undurchdringliche Dunkelheit. Er hatte Angst, wieder gegen ein Regal zu stoßen. Auf wackligen Beinen pirschte er sich an den Eingang zum roten Bereich heran. Hoffentlich waren die Mönche noch ein Stückchen entfernt.

Die Regale glichen einem Labyrinth, das ihm im Dunkeln einen ausreichenden Schutz bot. Wenn er es in den Hauptbereich der Bibliothek schaffte, standen seine Chancen gut, dass er unerkannt hinaushuschen konnte.

Ein leichter Schwindel erfasste ihn, dennoch setzte Balthasar mutig einen Fuß vor den anderen, bis er den roten Bereich verlassen hatte. Schwer atmend lehnte er sich an eine Wand und lauschte. Aber da war nichts. Oder doch? Balthasar hielt den Atem an. Er hörte nicht das Geringste, allerdings streifte unvermittelt ein warmer Luftzug seine Wange. Er beugte sich leicht vor – und stieß gegen etwas. Nein. Gegen jemanden! *Gütiger Gott!* Er öffnete den Mund zu einem Schrei, doch noch bevor er einen Laut herausbrachte, legte sich eine große Hand auf seine Lippen und drückte fest zu.

Balthasar ließ das Buch fallen und schlug mit den Armen panisch um sich. Vergeblich. Sein Gegner war viel zu stark.

XII

GEGENWART

Anna hielt den Brief noch in der Hand, als es an ihrer Wohnungstür klingelte. Sie zuckte zusammen. Dann fiel ihr Emily wieder ein. Sie wollten gemeinsam frühstücken.

»Wer ist da?«, fragte sie durch die Sprechanlage.

»Jetzt mach schon auf. Ich brauche Kaffee«, erwiderte Emily ungeduldig.

Anna atmete auf und drückte erleichtert den Türöffner. Emily kam die Treppe heraufgestürmt und strahlte sie an.

»Guten Morgen. Wie geht es dir?«

Anna brachte kein Wort heraus, sondern gab Emily die Nachricht.

»Was ist das?« Emily kam herein, nahm ihr das Blatt ab und murmelte: »Ich sehe dich im Feuer steh'n, du wirst ihn niemals wiederseh'n.« Sie sah auf und starrte Anna an. »Du liebe Güte. Das ist ja eine Drohung. Warum solltest du Maximilian nicht wiedersehen?«

Anna schwieg immer noch. Sie zeigte Emily den

Briefumschlag und die kurzen hellen Haare, die sie darin vorgefunden hatte. Endlich kehrte auch ihre Sprache zurück.

»Das macht mir echt Angst. Diese komischen Haare, dann die Zeichnung mit dem Auge und die merkwürdige Nachricht. Was hat das zu bedeuten? Der Umschlag lag in meinem Flur. Jemand hat ihn durch den Türspalt geschoben.«

Emily schob Anna in die Küche und stellte die Kaffeemaschine an. Ihre Hände zitterten. »Wir setzen uns jetzt erst einmal und überlegen anschließend in aller Ruhe«, beschloss sie.

Anna plumpste auf einen Stuhl und sah zu, wie Emily den Kaffee zubereitete. Als er fertig war, nahm sie dankbar eine Tasse und trank vorsichtig einen Schluck.

»Ob das ein schlechter Scherz von einem Nachbarn ist?«, fragte Anna. Sie genoss für einen Moment das heiße Getränk auf der Zunge und sprach weiter: »Aber wer sollte das gewesen sein? Die alte Mayer aus dem Erdgeschoss? Die ist ständig am Schimpfen. Oder die Hoffmanns? Nein, die sind eigentlich ganz nett.«

»Und was ist mit Karl?«, fragte Emily und fischte sich ein Knäckebrot aus dem Brotkasten. »Der ist dir doch schon mal auf den Keks gegangen. Vielleicht ist das seine Rache, weil du nicht mehr so oft mit ihm sprichst.«

»Ich weiß nicht«, murmelte Anna. »Ich dachte, er hätte es verstanden. Außerdem unterhalten wir uns hie und da. Er ist alt und einsam. Schade, dass er die Mayer nicht ausstehen kann. Die beiden könnten gut gemeinsam die Zeit totschlagen.« Sie seufzte und stellte die Tasse ab. »Ich frage mich jedenfalls, wie der Überbringer dieses Briefes in den Hausflur kam. Er kann doch unmöglich einen Schlüssel für die Haustür haben.«

Emily sah sie sorgenvoll an und nickte. »Ich denke, dieser Jemand hat sich entweder in den Hausflur hineingeschlichen oder das Schloss geknackt.«

Anna zuckte mit der Schulter. »Was hältst du von dieser Nachricht? Was soll das mit dem Auge?«

Emily legte das Blatt auf den Tisch und betrachtete es lange. Dann nahm sie ein paar der hellen Haare zwischen die Fingerspitzen und schnüffelte daran. »Ich bin mir ziemlich sicher, dass das Ziegenhaare sind.«

»Ziegenhaare? Wie ekelhaft!« Anna verzog angewidert das Gesicht.

»Ja. Ziegenhaare wurden im Mittelalter häufig verwendet. Insbesondere von Hexen. Das gezeichnete Auge im Dreieck passt dazu, genauso wie der blöde Spruch. Das Ganze sieht wie ein billiger Beschwörungszauber aus.«

Anna lachte verzweifelt auf. »Na toll. Ich bin also ins Visier von irgendeiner übergeschnappten Hexe geraten, die sich an meinen Freund ranmachen will.« Unwillkürlich dachte sie an Bastian und erschrak. Im Grunde genommen war es gar nicht so abwegig. Wenn Bastian sich in ihre Träume schleichen konnte und eine Verbindung in die Gegenwart hatte, dann war das seiner Ehefrau vielleicht ebenfalls möglich. Hatte sie etwa eine Hexe beauftragt, um sie loszuwerden? Anna trank schnell einen großen Schluck Kaffee. So ein Quatsch! Sie durfte jetzt auf keinen Fall durchdrehen.

»Weißt du was? Ich finde das alles total unheimlich. Ich nehme den Brief mit und gebe ihn Oliver. Vielleicht kann er ihn auf Fingerabdrücke überprüfen. Und du rufst trotzdem sofort die Polizei an.«

»Und wenn es am Ende nur die alte Mayer aus dem Erdgeschoss war? Dann machen wir uns nur lächerlich«, gab Anna zu bedenken. Doch Emily schüttelte den Kopf.

»Das Risiko gehe ich ein, denn was, wenn sie es nicht war? Was, wenn diese Nachricht alles andere als harmlos ist?«

* * *

Oliver hatte diesen Wichtigtuer satt. Tobias Färber, der Zeuge, der den silbernen Kombi in der Nacht des ersten Mordes gesehen haben wollte, plusterte sich auf, als hätte er die Weisheit mit Löffeln gefressen. Oliver hatte einen anstrengenden und belastenden Tag hinter sich. Er hatte die Eltern des zweiten Opfers Paula Winkler über den Tod ihrer Tochter informieren müssen. Der Schmerz in ihren Gesichtern verfolgte ihn noch immer. Ein Arzt hatte Paulas Mutter ein starkes Beruhigungsmittel verschrieben. Trotzdem weinte die arme Frau die ganze Zeit über. Sie stellten Paulas Wohnung auf den Kopf und beschlagnahmten ihren Computer. Ein Experte wertete gerade sämtliche Daten aus. Immerhin konnten sie aus den Zeugenaussagen von Wolfgang Kleinhausen und Melanie Schubert schließen, dass es sich vermutlich um einen männlichen Einzeltäter handelte. Vielleicht fanden sie einen Hinweis auf ihn in Paulas E-Mails oder ihrem Smartphone, das neben dem Portemonnaie in ihrer Handtasche gelegen hatte. Vieles deutete darauf hin, dass die junge Frau aus ihrer Wohnung entführt worden war.

Sie hatten mit Damian Keller und Marc Drechsler geredet. Die beiden waren ebenso wenig kooperativ wie ihr angeblicher Anführer Patrick Grunert. Paula Winkler schien keine Verbindung zur *Schwarzen Freiheit* oder zum ersten Opfer zu haben. Dieser Club ging Oliver mächtig auf die Nerven. Er rieb sich müde die Schläfen und sah Tobias Färber an.

»Was ist Ihnen außerdem noch eingefallen?«, fragte er und bemühte sich, die Ungeduld in seiner Stimme zu unterdrücken.

»Ich habe lange darüber nachgedacht und mich nun an die Automarke erinnert. An dem Abend, als die Frau auf dem Scheiterhaufen verbrannt wurde, fuhr der silberne Kombi an meiner Wohnung vorbei. Es war ein Ford Focus.«

»Aber in Ihrer ersten Aussage haben Sie wiederholt erklärt, dass Sie den Wagen nicht erkennen konnten, weil es zu dunkel war. Woran machen Sie denn Ihre neuen Erkenntnisse fest?« Oliver konnte sich einen tiefen Seufzer nicht verkneifen. Es gab Zeugen, die sich immer und immer wieder in den Mittelpunkt bringen mussten, um die Aufmerksamkeit der Polizei zu bekommen. Allerdings werden die klarsten Erinnerungen unmittelbar nach einem Ereignis im Gedächtnis gespeichert. Je mehr Zeit verstreicht, desto weniger Erinnerungen bleiben erhalten. Sie werden schlicht und einfach gestrichen. Der menschliche Geist arbeitet erstaunlich effizient.

»Ja, wissen Sie: Ich habe es wie gesagt mehrfach durchgespielt. Habe mich beinahe in Hypnose versetzt, um mich erinnern zu können, und plötzlich sah ich den Wagen ganz deutlich vor mir.« Tobias Färber lächelte selbstgefällig. »Ich möchte helfen.«

Oliver nickte. Klar, dachte er. Viel besser fände dieser Zeuge es sicherlich, wenn er zusätzlich ein paar Interviews geben könnte. Dann hätte er Gelegenheit, sich auch noch in der Öffentlichkeit zu brüsten.

»Also gut«, erwiderte er. »Erinnern Sie sich denn jetzt auch an den Fahrer?«

Tobias Färber lief auf der Stelle rot an und schüttelte missmutig den Kopf. »Leider nein. Aber wissen Sie was? Ich verspreche Ihnen, daran zu arbeiten. Wie ist das so mit der Polizeiarbeit? Sie führen doch mit wichtigen Zeugen bestimmt Hypnosebehandlungen durch, oder? Schließlich habe ich das Auto ja *gesehen*. Das Bild des Fahrers ist einfach nur dunkel und unscharf, doch ein Experte könnte mich sicherlich dazu bringen, ein Phantombild zu zeichnen.« Der Mann sah Oliver erwartungsvoll an.

»Das muss mein Chef entscheiden, Herr Färber. Trotzdem vielen Dank für Ihren Hinweis. Ich werde das umgehend weitergeben. Falls Ihnen noch etwas einfällt, melden Sie sich gerne im Revier.« Oliver erhob sich und verabschiedete den Mann eilig. Im Nebenraum wartete Klaus auf ihn.

»Das ist ja eine Nervensäge«, murrte sein Partner und sprang auf. »Lass uns losfahren. Die Kollegen haben einen Treffpunkt der *Schwarzen Freiheit* ausgemacht. Du erinnerst dich doch, dass Damian Keller im Verhör heute Morgen diese Internetseite der *Schwarzen Freiheit* erwähnte. Tatsächlich stehen auf dieser Seite Ort und Zeitpunkt des nächsten Gruppentreffens.« Er sah auf die Uhr. »Es beginnt in einer halben Stunde.«

»Was ist mit Paula Winkler? Sollten wir uns nicht auf ihr Umfeld konzentrieren? Vielleicht haben unsere Computerexperten schon etwas herausgefunden.« Oliver wollte sich nicht in eine Sackgasse begeben. Er spürte, dass sie schnell handeln mussten. Aus seiner Erfahrung heraus würde der Täter mit hoher Wahrscheinlichkeit erneut zuschlagen und bisher hatten die Mitglieder dieses selbst ernannten Hexenclubs sie sowieso bloß in die Irre geführt. Eine neue Spur, die sich durch die Ermittlungen im Umfeld des zweiten Opfers ergäbe, könnte wesentlich zielführender sein.

Klaus grinste und zog die Augenbrauen in die Höhe. »Ich habe die Kollegen gebeten, mich sofort auf dem Handy anzurufen, falls sie etwas auf Paula Winklers Computer entdecken. Während du dich mit unserem Zeugen abgemüht hast, war ich ein wenig aktiv und habe das Internet nach Paula Winkler durchsucht. In unseren Akten ist ja nichts über sie zu finden. Stell dir vor, was ich im Netz gefunden habe. Es ist unglaublich, aber es gibt eine Verbindung zwischen Patrick Grunert und dem zweiten Opfer.«

Oliver ertrug die Spannung kaum und boxte Klaus in die Seite. »Welche denn? Nun sag schon!«

Klaus' Grinsen verbreiterte sich. »Sie sind zusammen auf eine Schule gegangen.«

Oliver pfiff leise durch die Zähne. »Wow. Sie kannten sich also schon länger. Wenn wir jetzt noch einen Kontakt aus jüngster Zeit zwischen den beiden entdecken, dann steckt Patrick Grunert ganz schön in Erklärungsnot.«

Klaus warf Oliver den Autoschlüssel zu. »Du fährst.«

* * *

Er zündete die Kerzen an und schlug sein Buch auf. Der alte Ledereinband war rissig und auch die Pergamentseiten wiesen starke Gebrauchsspuren auf. Er liebte dieses Buch. Nicht nur weil es etliche Jahrhunderte überstanden hatte, sondern weil es außer ihm schon viele andere Menschen auf den rechten Pfad geführt hatte. Wie lange war er durchs Leben geirrt, ohne Ziel, ohne Halt und ohne einen Sinn? Wie oft hatte er den Schmerz der Zurückweisung ertragen müssen? Sein ganzes Dasein war zerrissen gewesen, bis er auf dieses Buch gestoßen war. Manchmal dachte er sogar, dass nicht er das Buch gefunden hatte, sondern das Buch ihn. Er grinste. Als er jung war, da hatte es eine Zeit gegeben, in der er an Gott geglaubt hatte. Und an das Schicksal. Und dann, nachdem er immer wieder enttäuscht worden war, hatte er diesen Glauben abgelegt.

Jetzt gab es keine Enttäuschungen mehr und auch keine Einsamkeit. Nun gehorchten sie ihm, diese verruchten Seelen. Diese Hexen. Endlich konnte er wieder glauben. Er hatte sein Leben im Griff. Aufmerksam las er ein paar Zeilen, denn er musste sich vorbereiten. Eine neue Aufgabe wartete auf ihn. Er studierte den nächsten Absatz, der mit schön geschwungener Handschrift geschrieben war. Er liebte die lateinische Sprache. Sie war universell. Obwohl sie im Alltag nicht mehr gesprochen wurde, würde sie dennoch niemals untergehen. Es gefiel ihm, dass nur Menschen sie verstanden, die sich intensiv mit ihr beschäftigten. Die Sünde steckte in jedem, von Anfang an. Frauen sollten den Männern gehorchen, und wenn sie es nicht taten, so musste man sie züchtigen. Ein Fehler, den er zuvor ständig begangen hatte: Er war viel zu weich gewesen. Deshalb hatten sie ihm auf dem Kopf herumgetanzt, ihn ausgenutzt und obendrein auch noch verlassen. Schnell wischte er diese Erinnerungen beiseite und stellte sich stattdessen die nächste Büßerin vor. Er würde die Frau mit ihren Sünden konfrontieren und anschließend würde er sie bestrafen und erlösen.

Vorher hatte er jedoch noch etwas anderes zu tun. Er begann zu singen und die Hüften rhythmisch im Kreis zu bewegen. Dann drehte er sich um.

* * *

Oliver hatte bereits einiges über die schwarze Szene gehört. Eine Zeit lang, das war allerdings schon ein paar Jahre her, tauchte eine Gruppe dieses Milieus immer wieder in den internen Polizeiberichten auf. Mitglieder waren systematisch unter Drogen gesetzt und auf diese Weise nahezu entmündigt worden. Die Polizei hatte versucht, die sektenartige Organisation zu zerschlagen. Doch zu verzweigt waren die Verbindungen der führenden Mitglieder gewesen. Es gab praktisch keine Zeugen, und am Ende zerbrach die Gruppierung nur durch den Tod des Sektenführers, der an einer Überdosis Heroin verstarb. Die *Schwarze Freiheit* hingegen war polizeilich bisher unauffällig. Dass Natalie Hissinger Hilfe benötigte, lag auf der Hand. Warum sie diese nicht annahm, ebenfalls. Selbst wenn sie für eine

Übergangszeit in einem Frauenhaus unterkäme, wäre diese Zeit irgendwann vorbei. Früher oder später liefe sie Patrick Grunert oder einem seiner Freunde wieder über den Weg. Trotzdem hatte Oliver bei dieser Frau gemischte Gefühle, insbesondere jetzt, wo er sie höchstwahrscheinlich wiedersah.

Die *Schwarze Freiheit* hatte sich in einer Kleingartensiedlung verabredet. Oliver und Klaus lugten durch einen Spalt zwischen den Brettern vor dem Fenster einer schäbigen Gartenlaube. Sämtliche Fenster waren vernagelt, an diesem hatte sich eine Holzlatte ein wenig gelöst. Im Inneren der Laube war es dunkel. Draußen schien noch die Sonne. Sie mussten darauf achtgeben, nicht im Garten oder an der Hütte gesehen zu werden.

Klaus fluchte leise und rieb sich den Handrücken.

»Dieses verdammte Brombeergestrüpp«, zischte er.

Oliver sah ihn kurz an und blickte wieder durch den Spalt. Drinnen brannten Kerzen. Elf Personen und ihr Anführer Patrick Grunert drängten sich auf engstem Raum. Grunert stand an einer Art Altar. Oliver nahm an, dass es sich bei dem Mann in der schwarzen Kutte um ihn handelte. Grunert blätterte in einem Buch und sprach etwas auf Lateinisch. Die anderen Mitglieder der *Schwarzen Freiheit* saßen im Schneidersitz auf dem Boden. Sie bildeten einen Kreis um eine Frau, die nackt in der Mitte auf einer Liege lag. Ihre Arme und Beine waren festgebunden. Die Frau sah plötzlich zum Fenster, sodass Oliver ihr Gesicht erkannte. Dort lag Natalie Hissinger. Ihre Augen funkelten kalt. Sie wirkte benebelt. Vermutlich hatte sie irgendwelche Drogen oder Alkohol zu sich genommen. Der Mann in der schwarzen Kutte verstummte und drehte sich um. Die im Halbkreis Sitzenden stimmten einen düsteren Gesang an. Oliver verstand kein Wort. Grunert schob die Kapuze vom Kopf, beugte sich über Natalie Hissinger und küsste sie heftig. Hissingers Körper bog sich unter seinen Berührungen. Seine Hände wanderten über ihre Haut, zwischen ihre Schenkel. Es schien keine Tabus zu geben. Oliver hatte nicht den Eindruck, dass die Frau zu etwas gezwungen wurde. Ganz im Gegenteil. Sie leckte sich gierig über die Lippen, streckte sich ihrem Meister entgegen. Zur Krönung begann sie laut zu stöhnen. Oliver blickte weg und atmete tief durch. Was er sah, widerte ihn an. Wie durchgeknallt waren diese Leute? Trauerte denn niemand von ihnen um Mia Messner? Sie war schließlich bis vor wenigen Tagen ein Mitglied ihrer Gemeinschaft gewesen.

»Wollen wir jetzt mal anklopfen? Ich finde, es reicht«, flüsterte Klaus, doch Oliver schüttelte mit dem Kopf.

»Lass uns noch kurz abwarten. Vielleicht tut der Kerl etwas Verbotenes, und wir können ihn festnehmen.«

Klaus zog die Augenbrauen hoch. »Für eine Vergewaltigung wird es jedenfalls nicht reichen. Ekelhaft, wie diese Frau sich ihm an den Hals wirft.«

Oliver nickte. Es fehlte nur noch, dass Grunert einen Dildo hervorzauberte. Widerwillig spähte er abermals nach drinnen. Die selbst ernannten Hexen und Hexer hatten sich erhoben und drängten sich so dicht um Natalie Hissinger, dass er sie nicht mehr sehen konnte. Ihm fiel ein leerer Drahtkäfig auf, der neben einem Kerzenständer stand. Mit zusammengekniffenen Augen musterte Oliver die ineinander verflochtenen Körper, die wie eine schwarze Welle über Natalie Hissinger hinwegschwappten. Der düstere Gesang war zu einem unheilvollen Gejaule angeschwollen. Jemand stieß einen spitzen Schrei aus. Die Lage war komplett unübersichtlich. Mitten aus der Menge tauchte ein weißer Hahn auf. Das Tier flatterte hektisch mit den Flügeln. Patrick Grunert löste sich aus dem Wirrwarr. Er hielt ein riesiges Schlachtmesser in den Händen. Noch ehe Oliver entscheiden konnte, einzugreifen, hatte er dem armen Tier den Kopf abgeschnitten. Die Flügel schlugen weiter, obwohl das Blut in hohem Bogen aus dem toten Vogel herausschoss. Oliver wurde übel. Am liebsten würde er jeden der Anwesenden auf der Stelle festnehmen und somit unschädlich machen. Er konnte sich bildlich vorstellen, wie diese Verrückten um einen Scheiterhaufen herumtanzten und zusahen, wie ein Mensch in den Flammen verbrannte. Wie gelähmt beobachtete Oliver, wie eine der Frauen in der Laube die rote Flüssigkeit in einer Schüssel auffing. Als kaum noch Blut floss, ließ Grunert den Hahn achtlos fallen. Das Tier klatschte zuckend auf den Boden. Oliver reichte es, das war Tierquälerei. Er sprang zur Tür und riss sie auf.

»Polizei«, brüllte er und hielt seinen Dienstausweis in die Höhe. »Sofort raus hier!« Er griff Patrick Grunert am Arm und zog ihn ins Freie. Natalie Hissinger folgte ihm nackt, wie sie war.

»Lassen Sie das Messer los«, forderte Oliver und baute sich vor Grunert auf. Der sah ihn aus kalten Augen an und gehorchte aufs Wort. Die Klinge landete senkrecht genau zwischen Olivers Füßen in der Erde.

Aus dem Augenwinkel registrierte er, wie Klaus die anderen Mitglieder der *Schwarzen Freiheit* aus der Hütte trieb. Er bückte sich rasch, um nach dem Messer zu greifen.

Grunert nutzte diesen kurzen Augenblick und rammte ihm unversehens das Knie in die Magengrube. Oliver krümmte sich, schnappte jedoch geistesgegenwärtig nach Grunert. Doch der entwischte ihm. Grunert nahm das Messer und rannte los.

»Stehen bleiben«, brüllte Oliver ihm hinterher und stöhnte vor Schmerzen auf. Er biss die Zähne zusammen und verfolgte den Mann. Klaus blieb zurück. Er musste sich um die restlichen Mitglieder dieses verdammten Hexenklubs kümmern. Grunert hatte schon einen Vorsprung von gut fünfzig Metern. Kurz nachdem er sich über einen Gartenzaun schwang, verlor Oliver ihn aus den Augen.

Er gab Gas und lief, so schnell er konnte. Er durfte diesen Mann nicht verlieren. Patrick Grunert gehörte hinter Schloss und Riegel. Oliver erreichte den Zaun und zog sich mit den Armen hoch. Als er auf der anderen Seite landete, fuhr ein höllischer Schmerz durch seinen rechten Knöchel. Auch das noch, verflucht! Hinter einem Baum sah er für einen winzigen Moment Grunerts Kutte. Oliver holte tief Luft und humpelte weiter, so gut es ging. Nach ein paar Schritten spürte er den Schmerz nicht mehr und erhöhte das Tempo. Der Abstand zu Grunert schrumpfte ein wenig, aber der schien über Ausdauer zu verfügen. Er wurde einfach nicht langsamer. Er rannte in ein angrenzendes Feld und verschwand zwischen den wogenden Halmen. Oliver hielt die Armbeuge vors Gesicht und stürmte hinterher. Doch bereits nach ein paar Metern hatte er Grunert verloren. Er blieb atemlos stehen und sah sich um. Zum Glück konnte er ein Stück weit über die Halme hinwegsehen. In einiger Entfernung nahm er eine Bewegung wahr und stürzte sich sofort in diese Richtung. Jetzt war er im Vorteil, denn Grunert war kleiner als er und konnte sich nicht so gut orientieren. Oliver kam bis auf zwanzig Meter an ihn heran, dann endete das Feld, und Grunert wurde wieder schneller.

»Stehen bleiben«, brüllte Oliver erneut. Das Jagdfieber hatte ihn fest im Griff, verlieh ihm unerwartete Kräfte. Er rannte und rannte. Er flog fast über die Wiese. Grunert stolperte und Oliver holte auf. Als der Abstand zwischen ihnen nur noch drei oder zwei Meter betrug, machte er einen Satz und riss Grunert zu Boden. Der Hexenmeister drehte sich mit einem Ruck herum und hielt Oliver das Messer an die Kehle.

»Hau ab, du Scheißbulle!«, schrie er und presste ihm die Klinge fest in die Haut.

Oliver dachte keine Sekunde lang nach. Er handelte so, wie er es in Hunderten Trainingseinheiten gelernt hatte. Blitzschnell schlug er Grunert das Messer aus der Hand und drückte dann die Arme des Mannes auf den Boden.

»Sie sind verhaftet«, erklärte er und legte Grunert Handschellen an.

»Verdammt noch mal, was habe ich denn verbrochen? Sie tun mir weh!«

Oliver zerrte den Mann auf die Beine und blickte ihn wütend an.

»Was Sie getan haben? Mal abgesehen davon, dass Sie sich strafbar machen, indem Sie ein Tier quälen und ungerechtfertigt töten? Sie haben mich verletzt und bedroht und uns angelogen, was den Mord an Mia Messner betrifft. Sie haben für den fraglichen Zeitraum kein Alibi. Das haben wir überprüft. Außerdem kennen Sie auch das zweite Opfer, Paula Winkler.«

Patrick Grunert riss die Augen auf. »Paula wer? Wer zum Teufel ist Paula Winkler?«

* * *

Anna konnte nicht aufhören, an den Brief zu denken. Noch nicht einmal Maximilian hatte es geschafft, sie abzulenken. In regelmäßigen Abständen sah sie diese abscheuliche Nachricht vor sich und fragte sich immer wieder, von wem sie stammte. Sie hatte sämtliche Nachbarn abgeklappert. Niemand hatte jedoch etwas gehört oder gesehen. Die verrückte Frau Mayer aus dem Erdgeschoss hatte sie sogar in den Arm genommen, als sie ihr den Grund für ihren Besuch anvertraute. Es kam ihr beinahe so vor, als hätte ein Geist diesen Brief in ihren Flur befördert. Emily hatte Oliver am Mittag den Brief gegeben, und er hatte sich kurz bei Anna gemeldet, um sie zu bitten, die Haustür am Abend abzuschließen. Seitdem wartete sie auf eine Rückmeldung. Oliver hatte ihr versprochen, den Brief analysieren zu lassen. Sie hatte sich auch bei der örtlichen Polizei gemeldet. Da nahm sie jedoch keiner für voll. Es sei keine ernst zu nehmende Drohung, hatte eine junge Polizistin ihr zu verstehen gegeben. Wenn das keine echte Drohung war, was musste dann eigentlich geschehen, bevor die Polizei eingriff? Hätten die nicht wenigstens Fingerabdrücke nehmen können? Sie war froh, dass sie Oliver Bergmann kannte. Der würde diesen Brief nicht auf die leichte Schulter nehmen, genauso wenig wie Emily. Maximilian hatte sie noch nichts von dem Brief erzählt. Sie wollte nicht als Angsthase dastehen. Doch nun, wo sie allein in ihrem Bett lag, weil er wieder Bereitschaftsdienst hatte, hörte sie ihr Herz laut klopfen. Seit zwei Stunden versuchte sie einzuschlafen, aber es wollte nicht gelingen. Abermals stand sie auf und ging in die Küche, weil sie Durst hatte. Am besten machte sie sich einen Kamillentee. Während der Wasserkocher leise blubberte, überlegte Anna, ob sie vielleicht einen Schnaps trinken sollte. Alkohol beruhigte, dachte sie und schrak auf einmal zusammen. Etwas war gegen ihr Fenster geflogen. Ein großes Insekt oder ein Vogel womöglich? Sie löschte das Licht und sah hinaus. Dort unten vor der Laterne hatte einst Bastian Mühlenberg gestanden, zumindest in ihrer Fantasie. Jetzt herrschte auf dem Bürgersteig gähnende Leere. Kein Wunder. Es war kurz nach Mitternacht. Der Mond erhellte die Dunkelheit mit kaltem blauem Licht. Kugelige Wolken flogen zügig an ihm vorbei.

Wums!

Sie fuhr erneut zusammen. Ein Stein war gegen ihr Küchenfenster geknallt. Ohne die Scheibe hätte er genau ihr Auge getroffen. Wieder sah sie hinaus, und dieses Mal stand jemand unter der Laterne. Ein Mann. Ihr Herz machte einen Satz. Träumte sie oder war das Bastian Mühlenberg? Sie öffnete das Fenster.

»Hallo?«, fragte sie in die Stille der Nacht hinein.

Der Mann unter der Laterne schaute zu ihr hoch. Er wirkte recht klein, nicht annähernd so groß wie Bastian Mühlenberg. Unvermittelt tauchten rechts und links von ihm weitere Personen auf. Düstere Gestalten in schwarzen Kutten, die sich zu einem Kreis formierten und die Arme hochwarfen.

Anna hatte das Gefühl, sie zeigten auf sie.

»Was wollen Sie?«, fragte sie mit fester Stimme, denn ihre Angst wollte sie sich auf keinen Fall anmerken lassen. Ein Vogel kreischte hoch über ihrem Kopf. Der Mond erhellte die Gesichter der Fremden für einen Moment, und Anna erkannte eine rothaarige Frau unter der Laterne, die sie unverwandt anstarrte. Es war unheimlich. Schlimmer als in einem Horrorfilm. Sie schlug das Fenster zu. Hektisch tastete sie nach ihrem Handy, das auf dem Küchentisch lag.

XIII

VOR FÜNFHUNDERT JAHREN

Balthasar hatte keine Chance. Er wurde durch die Gänge der Bibliothek gezerrt. Auf seinem Mund lag die unbekannte Hand. Er konnte nicht schreien und auch nicht zappeln. Sie waren zu zweit. Einer von ihnen umklammerte seinen Oberkörper und die Arme und der andere seine Beine. Er steckte fest zwischen Muskelbergen, die scheinbar aus Eisen bestanden.

Er gab auf – zumindest für den Moment – und beschloss, seine Kräfte zu sammeln. Vielleicht konnte er in einem unachtsamen Augenblick entkommen. Verzweifelt fragte er sich, wo sie ihn hinbrachten. In das Gefängnis, in dem auch Gabriel gefangen gehalten worden war? Wollten sie ihn ebenfalls umbringen? Doch warum? Weil er in einem Buch aus dem roten Bereich gelesen hatte? Weil er die unaussprechliche Sünde begangen hatte, als er sich selbst berührte?

Die Tür nach draußen wurde aufgestoßen. Plötzlich

ließen ihn die beiden Männer los, und er krachte zu Boden.

Er war den Tränen nahe und es war dunkel. »Was wollt Ihr von mir?« Balthasar konnte noch immer nichts sehen und erstickte fast vor Angst.

Die eiserne Hand umfasste seine Kehle.

»Ich will wissen, warum Ihr Euch des Nachts in der Bibliothek herumtreibt, anstatt wie alle anderen Novizen im Schlafsaal zu liegen.«

Balthasar blinzelte. »Bastian Mühlenberg?« Verstört griff er in der Dunkelheit nach dem starken Arm des Stadtsoldaten, dessen Hand nach wie vor unerbittlich seinen Hals umklammerte.

»Ich ... ich habe gelesen«, stotterte er und bemerkte im selben Augenblick, dass er das Buch noch unter seinem Wams trug. Bastian Mühlenberg schien es ebenfalls zu merken. Er lockerte den Griff um seinen Hals und tastete ihn ab.

»Ihr seid mir schon während unseres Gespräches aufgefallen. Außerdem seid Ihr der einzige Novize, der in letzter Zeit im Kräutergarten war. Deshalb gehört Ihr zum Kreis der Verdächtigen. Und jetzt schleicht Ihr auch noch im Dunkeln hier herum und wollt nicht sagen, warum.«

Mühlenbergs Finger landeten auf dem Buch. Balthasar hielt die Luft an. Was sollte er denn bloß erzählen? Mühlenberg würde nicht so einfach lockerlassen. Verflucht. Wie hatte es bloß so weit kommen können? Weshalb nur hatte Bruder Nicolas ihm aufgetragen, dieses verteufelte Buch zu lesen? Es wäre besser gewesen, er hätte all die sündigen Bilder nie gesehen. Wie sollte er je damit leben?

»Was ist das?«, fragte Mühlenberg mit tiefer Stimme und zog das Buch aus seinem Wams hervor. »Wernhart, bring die Fackel zum Brennen. Ich will sehen, was dieser Bursche hier mit sich herumträgt.«

»Es ist nicht so ... so, wie Ihr denkt«, stotterte Balthasar und versuchte vergebens, Bastian Mühlenberg das Buch zu entreißen. »Es war nicht meine Idee. Ihr dürft nicht schlecht von mir denken wegen dieser ...« Er brach ab. Ihm fehlten die Worte. Er ließ das Buch los und starrte betrübt zu Boden.

»Weswegen?«, fragte Bastian Mühlenberg barsch. »Was zum Teufel habt Ihr Mönche eigentlich zu verbergen?«

Balthasar hörte, wie der Mann, den Mühlenberg Wernhart genannt hatte, die Fackel anzündete. Als der flackernde Lichtschein die Umgebung ein wenig erhellte, begann Bastian Mühlenberg in seinem Buch zu blättern. Er zog den Kopf ein und wartete. Sein Herz pochte wie verrückt gegen die Rippen und drohte, seinen Brustkorb zu sprengen. Selbst wenn Mühlenberg ihn gehen ließe – was würden der Abt und der Novizenmeister mit ihm anstellen, sobald sie herausfanden, dass er den roten Bereich der Bibliothek betreten hatte? Würde Bruder Nicolas ihm zur Seite springen? Er musste an Gabriel denken, und sofort verließ ihn der Mut. Nein. Bruder Nicolas war zu weich. Er würde mit eingezogenem Kopf abwarten, bis der Sturm vorübergezogen war.

Bastian Mühlenberg klappte das Buch mit lautem Knall zu, und Balthasar fiel noch ein Stückchen mehr in sich zusammen.

»Wenn Ihr der Lust mit einem Weib frönen wollt,

warum seid Ihr dann ins Kloster gegangen?«, fragte Bastian und gab ihm das Buch zurück.

Balthasar sah ungläubig auf. Er hatte mindestens eine Ohrfeige wegen der ungehörigen Bilder erwartet. Allerdings sah Bastian Mühlenberg ihn nicht wütend, sondern eher nachdenklich an. Dasselbe galt für den anderen Soldaten.

»Ich hatte keine andere Möglichkeit«, flüsterte Balthasar. »Das geht doch jedem so, der nicht als Erstgeborener auf die Welt kommt. Es ist schwierig, ohne alles einen Platz im Leben zu finden. Das Kloster hier ermöglicht mir, meiner Leidenschaft nachzukommen.«

Wernhart prustete los. »Ein Novize, der seiner Leidenschaft nach Weibern im Kloster nachkommt.«

Balthasar errötete. »Nein. Das ist es nicht. Ich bin Illustrator.« Er blickte zu Wernhart, der ihm jedoch offenkundig kein Wort glaubte und sich vor Lachen krümmte.

Bastian Mühlenberg half ihm ganz unerwartet und sagte: »Vermutlich spricht der Knabe sogar die Wahrheit. Ich habe seine Zeichnungen gesehen. Sie sind sehr kunstfertig.« Er musterte Balthasar mit einem gedankenverlorenen Blick. »Ich denke, Ihr solltet jetzt trotzdem verraten, was Ihr die ganze Zeit vor mir verheimlicht. Anderenfalls informiere ich den Abt über Eure heimlichen Begierden. Ich könnte mir vorstellen, dass er nicht erfreut sein wird. Also, Bursche, heraus mit der Sprache. Was wisst Ihr über Gabriel und Ludger und die geheimnisvolle Frau?«

Balthasar wurde es auf der Stelle heiß und kalt. Ihm war, als könne Bastian Mühlenberg direkt in sein Innerstes sehen. Krampfhaft wog er seine Möglichkeiten ab. Wenn er Mühlenberg von der Gefängniszelle erzählte, in der Gabriel vor seinem Tod festgehalten wurde, würde der Abt ihn höchstwahrscheinlich des Klosters verweisen. Aber sobald der Abt von dem Buch erfuhr, geschah ihm womöglich noch viel Schlimmeres. »Ich weiß wirklich nichts von einer Frau. Thomas stand Gabriel viel näher. Er könnte wissen, wer sie ist.« Balthasar spürte Bastian Mühlenbergs Blick auf sich. Er durchbohrte ihn fast. Doch er schwieg, bis er die Stille nicht mehr aushielt.

»Also gut. Ich habe gesehen, dass Gabriel in einer Zelle in den Kellergewölben des Haupthauses eingesperrt war. Ich habe ihn schreien gehört. Er wurde weggebracht und am nächsten Tag war er tot.«

»Zeigt uns, wo das ist«, forderte Bastian Mühlenberg, aber er schüttelte sofort den Kopf.

»Das kann ich nicht. Wenn der Abt oder der Novizenmeister mich dort erwischen, dann bin ich erledigt. Wir hatten Glück, dass uns Bruder Augustin nicht verraten hat.«

Bastian Mühlenberg kam dicht an ihn heran. Er konnte die Wärme des kräftigen Körpers spüren und Mühlenbergs Atem, der ihm über die Haare streifte.

»Der Novize Thomas war dabei? Und Bruder Augustin ebenfalls? Wen habt Ihr noch gesehen?«

Mühlenberg zog sein Notizbuch hervor und blickte ihn ungeduldig an. »Na los schon! Erzählt mir endlich, was Ihr wisst.«

Balthasar berichtete zögernd von den Geschehnissen, von den dunklen Gängen, dem verzweifelten Gabriel und Bruder Augustin, der seit ein paar Tagen hinter Thomas herschaute, als hätte ihm der Teufel persönlich den Kopf verdreht.

»Führt uns zu dieser Kerkerzelle«, wiederholte Bastian Mühlenberg, nachdem Balthasar zu Ende erzählt hatte.

* * *

Wilhelmine traute ihren Sinnen nicht. Ob ihre alten Augen ihr einen Streich spielten? Im Bett neben ihr schnarchte Hans, der alte Säufer, der wieder einmal die Finger nicht vom Met hatte lassen können. Immerhin war er sofort eingeschlafen. Es war gefährlich, wenn Hans die Kontrolle verlor. Seine Schläge waren hart und sie nicht mehr die Jüngste. Eines Tages würde er sie noch umbringen.

Doch im Moment plagten Wilhelmine ganz andere Sorgen. Da draußen flackerte etwas. Sie hatte die Augen nur einen Spaltbreit geöffnet, aber sie sah es durch ihre dünn gewordenen Wimpern. Der Geist des Totengräbers war wieder unterwegs. Schon am Morgen, nachdem sie den toten Knaben auf dem Kirchhof gefunden hatten, waren ihr Zweifel gekommen. Ein Geist bestand nicht aus Fleisch und Blut. Eine tote Seele ließ sich nicht durch einen Lebenden aufhalten. Jedenfalls nicht ohne Weiteres. Sie hatte es nicht geschafft, Hubertus zurück in die Hölle zu verdammen. Das unstet flackernde Licht war der Beweis. Doch Wilhelmine hatte vorgesorgt. Zu seinen Lebzeiten flickte sie des Öfteren Kleidungsstücke des Totengräbers. Als er starb, waren einige Sachen bei ihr liegen geblieben. Niemand hatte sie abgeholt und Wilhelmine hatte sie völlig vergessen. Bis heute. Plötzlich waren sie ihr wieder eingefallen. Die an den Knien durchgescheuerte Hose hatte sie auf dem Hocker neben dem Hauseingang bereitgelegt. Dieses Mal würde sie nicht versagen. Sie schwor sich, den Totengräber loszuwerden, und in dieser Nacht würde sie auch endgültig dafür sorgen.

Leise löste sie sich aus ihren Kissen. Sie zog sich an, vergewisserte sich, dass Hans nach wie vor fest schlief, und schlich aus dem Haus. Sie pirschte sich an den Kirchhof heran, als wäre sie auf der Jagd. Das war sie ja eigentlich auch. Ihre alten Augen fixierten eine Fackel, die zwischen den Gräbern auf und ab wanderte. Es sah aus, als flöge sie durch die Nacht. Nur ganz schwach leuchtete ein helles Gewand darunter.

Dieses Mal kriege ich dich! Wilhelmine kroch bäuchlings über die Erde. Sie wollte den Geist nicht verschrecken. Erst wenn sie dicht vor ihm wäre, wollte sie seine Hose zerschneiden. Das kalte Metall ihrer Schere drückte sich gegen ihren Oberschenkel. Die Spitze pikste sie, aber Wilhelmine achtete nicht weiter darauf. *Heute Nacht oder nie!*

Sie näherte sich geräuschlos und Stück für Stück. Das Licht war inzwischen zu einem anderen Grab gewandert. Einer Gruft, die sich unweit der Ruhestätte des Totengräbers befand. Nun würde sie es zu Ende bringen. Der kalte Wind und der feuchte Boden kühlten sie aus. Zitternd schaffte sie es bis zu der massiven Steinwand der Gruft, hinter der ein kirchlicher Würdenträger seinen Frieden gefunden hatte. Sie kam hoch und lehnte sich an die Steine. Bedächtig schielte sie um die Ecke. Da war es, das Licht, ganz nah. Sie huschte weiter, auf Zehenspitzen, völlig lautlos, bis zum Eingang der Gruft. Ein merkwürdiges Winseln drang zu ihr herauf. Vielleicht war es auch ein Jammern. Jetzt nicht klein beigeben, mahnte sie sich und konzentrierte sich auf das Licht, das durch eine kreisrunde Öffnung über der Tür zur Gruft schien. Sie holte die Schere hervor und machte den ersten Schnitt. Entschlossen und immer schneller zerschnitt sie die Hose des unseligen Hubertus in kleine Streifen. Dabei murmelte sie die Beschwörungsformel, die sie auswendig gelernt hatte. Und tatsächlich. Genau in dem Moment, als sie fertig war, ging das Licht aus. Wilhelmine starrte erleichtert in die Dunkelheit. Sie hatte es geschafft. Hastig bekreuzigte sie sich. Gerade wollte sie sich abwenden, da schwang die Tür der Gruft auf und traf sie mit voller Wucht am Kopf. Blind vor Schmerz umfasste Wilhelmine die Schere und stach so fest zu, wie sie konnte.

* * *

Die Gänge im Keller des Klosters waren mindestens so finster, wie Balthasar sie beschrieben hatte. Der pfiffige Knabe lief mehrere Schrittlängen vor ihnen voraus. Bastian mochte ihn, obwohl er immer noch einen Rest Zweifel gegen ihn hegte. Balthasar hatte Zugang zum Kräutergarten und Kenntnis von Kräutern und ihren Wirkungen. Bastian würde bis zur Aufklärung der Morde auf der Hut sein müssen, was Balthasar betraf.

Die Luft hier unten stank nach einer Mischung aus Rattendreck, Urin und Met. Wernhart folgte ihnen dicht auf den Fersen und hielt eine Fackel hoch über seinen Kopf. Der Novize hatte sie im Zickzack über das verwinkelte Klostergelände zum Hauptgebäude geführt, ohne dass sie jemandem in die Arme gelaufen waren.

Balthasar führte sie immer tiefer in die nicht enden wollenden Gewölbe hinein. Ob diese Keller etwa eine Verbindung zum Labyrinth unterhalb Zons hatten?

»Hier ist es«, flüsterte Balthasar unvermittelt und zeigte auf ein paar rostige Gitterstäbe, hinter denen sich eine schmale Kammer befand. »Ich habe aber keinen Schlüssel.«

»Das macht nichts«, sagte Bastian und zog die Gittertür auf. »Es ist nicht abgeschlossen«, fügte er hinzu, als Balthasar ihn mit großen Augen anstarrte.

»Aber als Gabriel ...«

Bastian winkte ab. »Ich weiß, als man Gabriel dort gefangen hielt, war die Tür verschlossen. Ich glaube Euch.«

Bastian duckte sich und betrat die niedrige Zelle. Sie war nicht mehr als eine Nische, die in das massive Felsgestein gehauen worden war. An der Wand sah er eingelassene Eisenringe mit Ketten. Darunter stand ein Hocker. Auch im Boden waren Ringe und Ketten verankert. Dreckiges Stroh füllte eine Ecke aus. Ein paar Kleidungsstücke lagen daneben und ein zerbrochener Krug. Bastian hob mit spitzen Fingern den Stoff an.

»Das ist ja ein Büßerhemd«, stellte er überrascht fest und zeigte es Wernhart, der ebenfalls den Kopf einziehen musste, als er in die Zelle kam. »Hier liegt noch ein zweites und eine Kutte.«

»Es ist dieselbe Qualität«, murmelte sein Freund, der sich sogleich zu Balthasar umdrehte. »Wer näht diese Kleidung in Eurem Kloster?«

»Gabriel hat dies getan, und Bruder Magnus. Sie

versorgen uns mit Kutten und Wäsche. Sie besserten gemeinsam die Kleidung aus. Ich weiß nicht, welcher Novize Gabriel ersetzen soll.«

»Gibt es von diesem Keller aus einen Weg zum Kirchhof?«, fragte Bastian und untersuchte das Hemd.

Balthasar schüttelte den Kopf. »Ich habe keine Ahnung. Thomas hat mich hierhergeführt. Er wusste, dass Gabriel hier festgehalten wurde.«

»Und was ist mit Ludger? Wurde er auch hier unten gefangen gehalten?«

Balthasar zuckte mit den Achseln. »Ich weiß es nicht. Er war von einem Tag auf den anderen fort. Niemand hat uns darüber unterrichtet. Wir glaubten, er wolle nicht mehr im Kloster leben.«

»Und wie kamt Ihr zu dieser Ansicht? Hat Ludger sich vor seinem Verschwinden merkwürdig benommen? Hatte er zum Beispiel Angst oder erwähnte er, dass er fortwollte?«

»Nein. Alles war ganz normal. Nachdem er weg war, haben die Mönche sich so gegeben, als wäre es nichts Besonderes. Deshalb habe ich angenommen, dass er das Klosterleben freiwillig hinter sich gelassen hat. Ich dachte, die Brüder ziehen es vor, zu schweigen, weil er sich mit seinem Fortgang gegen sie entschieden hat.«

Bastian durchsuchte die Kleidungsstücke und stieß auf ein Stück Pergament in der Kutte.

»Was haben wir denn hier?«, fragte er, zog es heraus und hielt es dicht an die Fackel.

»Wenn dich dein Auge zur Sünde verführt, dann reiß es aus und wirf es weg. Es ist besser für dich, mit nur einem Auge ewig bei Gott zu leben, als mit beiden Augen in das Feuer der Hölle geworfen zu werden.« Die

Worte waren in Latein verfasst. Bastian wusste auf Anhieb, dass sie aus der Bibel stammen. Der linke Rand des Pergaments war zerfleddert. Gabriel, oder wer auch immer sonst diese Kutte getragen hatte, musste die Seite aus einem Buch herausgerissen haben. Doch das Format passte nicht zu einer Bibel. Zudem schien das Pergament viel fester zu sein. Bastian bemerkte eine Seitenzahl in der rechten oberen Ecke.

»Einhundertdreizehn«, murmelte er.

»Was?«, wollte Balthasar wissen. »Welche Zahl habt Ihr da gerade genannt?«

Bastian wiederholte die Seitenzahl und drehte das Blatt um. Auf der Rückseite war eine Darstellung der Hölle zu sehen. Überall züngelten Flammen aus dem Boden, darin wälzten sich Menschen mit schmerzverzerrten Gesichtern.

»Ich glaube, ich weiß, woher diese Seite stammt. Gabriel kann dieses Buch nicht gelesen haben.«

»Warum?«. Bastian begriff nicht, worauf Balthasar hinauswollte.

»Weil es aus dem roten Bereich der Klosterbibliothek kommt und weil dieser für Novizen verboten ist.«

»Und weshalb kennt Ihr es dann?«, fragte Wernhart stirnrunzelnd. »Ich habe mich hineingeschlichen, um im Buch *Über die menschliche Natur* zu lesen«, gestand Balthasar. »Bruder Nicolas hat es mir aufgetragen, als ich ihn über Gabriel ausgefragt habe.«

Bastian horchte auf. »Bruder Nicolas? Und warum habt Ihr mit ihm über Gabriel gesprochen?«

»Weil Thomas mir erzählt hat, dass er Gabriel geheilt hätte, nachdem Bruder Augustin ihm zu nahegetreten war.«

Bastians Verstand arbeitete. Zum wiederholten Male fielen die Namen dieser beiden Mönche. Das konnte kein Zufall sein. Plötzlich war er sich sicher, die Mordfälle bald lösen zu können.

»Ich danke Euch, Balthasar«, sagte er und nickte Wernhart zu. Sie wanderten zurück durch die düsteren Kellergewölbe, bis sie wieder oben angekommen waren.

»Ihr geht jetzt sofort in Euer Schlafgemach. Ich möchte, dass Ihr mit niemandem über unseren nächtlichen Ausflug sprecht. Auch nicht mit Bruder Nicolas. Das Buch nehme ich so lange an mich.« Bastian wartete, bis Balthasar in der Nacht verschwunden war.

»Lasst uns die Kellergewölbe weiter durchsuchen, Wernhart. Vielleicht stoßen wir dort unten noch auf mehr Interessantes.« Bastian wusste genau, wo er hinwollte. Er stieg erneut die Treppe hinunter in den dunklen Kellergang. Wernhart leuchtete mit der Fackel.

»Ich habe vorhin eine Tür gesehen, nicht weit von der Gefängniszelle. Ein Kreuz war darauf geschlagen, und ich habe mich gewundert, warum.« Bastian beeilte sich. Dieses Kreuz hatte seine Neugier geweckt. Doch er wollte nicht, dass Balthasar dabei war, wenn sie diesen Raum betraten. Er hastete zu der Stelle zurück und blieb vor der Tür mit dem Kreuz stehen.

»Hier«, murmelte Bastian und drückte gegen das Türblatt. Knarrend gab es nach. Der Raum dahinter wirkte recht groß. Das Erste, was ihm auffiel, war ein Spruch an der Wand: *Führet uns nicht in Versuchung.* Ansonsten gab es bis auf zahlreiche Kerzen fast gar nichts zu sehen. Ein Schemel, kahle Wände, ein abgewetzter Holzboden, ein nahezu leerer Raum. Bastian wollte sich gerade wieder umdrehen, als sein Blick auf eine dicke weiße Kerze fiel, die auf einem Teller unter dem Spruch an der Wand stand. Er atmete die verbrauchte Luft ein, die noch ein wenig rauchgeschwängert war, und steckte die Fingerspitze in das weiche Wachs am oberen Ende der Kerze.

»Die ist noch nicht lange aus«, stellte er fest und überprüfte die anderen Kerzen. »Diese hier auch nicht.« Er schnüffelte in der Luft und rieb das weiche Wachs zwischen seinen Fingerkuppen.

»Du hast recht, Bastian. Ob hier irgendwer war, während wir mit Balthasar die Kerkerzelle durchsucht haben?« Wernhart betrachtete einen beinahe mannshohen Kerzenständer.

»Das habe ich auch gerade überlegt«, erwiderte Bastian. »Zumindest war jemand bis kurz vorher hier, zu einer Zeit, in der eigentlich bereits Nachtruhe herrschte.«

»Aber wer? Wer sollte hier gewesen sein?« Wernhart zuckte mit den Achseln. »Meinst du, es war falsch, sich auf Balthasar zu konzentrieren? Wären wir auf unseren Posten geblieben, hätten wir diejenigen, die hier unten waren, vielleicht erwischt.«

»Vielleicht«, murmelte Bastian nachdenklich und wischte sich den Zeigefinger am Ärmel ab. »Wenn sie jedoch das Haus gar nicht verlassen haben, dann nicht.«

»Schlafen denn alle Mönche in diesem Haus?«

Bastian nickte. »Ja. Mir fällt da gerade etwas ein. Komm mit.«

Sie huschten über mehrere dunkle Innenhöfe des Klosters zurück zur Bibliothek. Der Nachtwind pfiff unheimlich um die Ecken und die hellen Sterne ließen die Schatten der Nacht in kaltem bläulich-schwarzem

Licht tanzen. Zum Glück begegneten sie keiner Menschenseele.

»Jeder von uns zieht ein Stöckchen«, schlug Bastian vor, als sie vor dem Eingang standen, und brach einen kurzen und einen langen Zweig von einem Baum. Er versteckte die ungleichen Enden in seiner Hand. »Wer den kürzen zieht, muss Wache halten.«

Wernhart runzelte die Stirn und zog den linken Stock aus Bastians Hand.

»Ich bin dran«, murmelte er ein wenig missmutig. »Mein Weib wird mir in den Ohren liegen, wenn ich heute Nacht nicht heimkomme.« Er seufzte tief. »Egal. Deine Tochter hat morgen Geburtstag. Das Los musste so oder so mich treffen.«

* * *

Der helle Mond schien durch einen Spalt im Vorhang und katapultierte Bastian in eine Traumwelt jenseits des Lebens, das er kannte. Er hatte mit sich gehadert, weil er nicht sicher war, ob er nicht an Wernharts Stelle in der Bibliothek ausharren sollte. Es war keine nette Geste von ihm, ihn von seinem Weib fernzuhalten. Bestimmt würde jemand das Buch suchen, in dem Balthasar gelesen hatte. Er hoffte es zumindest. Schlaftrunken tastete er nach dem Ledereinband unter seinem Kopfkissen. Welcher Mönch auch immer in diesen Seiten blättern wollte, er bekam es erst mit ihm zu tun. Alles hing miteinander zusammen. Die herausgerissene Seite. Das Schweigen der Mönche. Die Kammer mit dem Kreuz. Das Gift. Die Sünde. Die Fäden lagen wie ein Wollknäuel vor ihm, er musste sie nur entwirren. Doch sein Traum riss ihn fort, hinauf in den Himmel. Bastian verwandelte sich in einen Vogel. Mit weit ausgebreiteten Schwingen schwebte er über Zons. Einem Zons, in dem die Nacht durch flackerndes Licht erhellt wurde. Merkwürdiges Licht aus übergroßen Fackeln. Er sah hinab auf den Zollturm und auf das Haus direkt daneben. Dunkle Kuttenträger krochen aus den Schatten der Nacht und bildeten einen Kreis. Sie starrten nach oben zu einem Fenster. Bastian sah eine Frau dahinter. Eine Frau, die Angst hatte und die er kannte. Anna. Wie ein Pfeil ließ Bastian sich vom Nachthimmel fallen, er stieß einen lauten Schrei aus. Anna sah zu ihm empor. Ihre Blicke trafen sich. Mit einem einzigen Schlag seiner Riesenschwingen fegte er die Meute hinfort. Sein Herz pochte in der Brust. Kraft floss durch seine Blutbahnen. Er schoss wieder in den Himmel und blickte sich noch einmal um. Anna stand dort am Fenster und sah ihm nach. Sie winkte und lächelte. Sie war in Sicherheit. Das war alles, was er wissen musste.

XIV

GEGENWART

Anna wählte Emilys Nummer, ohne dass sie auch nur auf ihr Smartphone sehen musste. Sie befand sich ganz oben links. Zitternd hockte sie unter dem Fenster in ihrer Küche.

Plötzlich klingelte das Festnetztelefon. Sie rührte sich nicht. Der Anrufbeantworter sprang an.

»Wir sehen dich im Feuer steh'n, du wirst ihn niemals wiederseh'n«, murmelten dunkle Stimmen. Sofort schoss Anna hoch und spähte erneut aus dem Fenster. Eine rothaarige Frau löste sich aus der Gruppe und sah direkt zu ihr herauf. Sie hielt ein Handy in der Hand und sprach etwas hinein.

Ihre Stimme dröhnte aus Annas Anrufbeantworter.

»Halte deinen Freund zurück!«

Sie legte auf, drehte sich um und verschwand aus dem Lichtkegel der Straßenlaterne. Auf einmal löste sich die ganze Gruppe auf. Die Dunkelheit verschlang sie, als wären sie nie da gewesen. Anna starrte weiter ängstlich nach draußen. Hoch oben kreischte wieder

der Vogel. Sie sah zu ihm hinauf. Er kreiste ein paarmal in der Luft und flog davon.

»Hallo? Anna?«

Die Stimme kam aus ihrem Handy.

Perplex führte sie es ans Ohr. Für einen Augenblick wusste sie nicht mehr, ob sie sich die Menschen in den schwarzen Kutten und die rothaarige Frau nur eingebildet hatte.

»Emily?«, sprach sie in ihr Telefon. »Eine Menge an merkwürdigen Leuten war hier. Die haben den Spruch aus dem Brief aufgesagt und mich aufgefordert, Maximilian zurückzuhalten. Ich habe überhaupt keine Ahnung, wovon. Was wollen die bloß von mir?«

»Was sagst du da? Jetzt? Nach Mitternacht? Hast du die Polizei gerufen?«

»Nein. Die haben mir doch heute Vormittag schon nicht zugehört. Die halten mich für übergeschnappt.«

»Weißt du was?«, erwiderte Emily. »Du schläfst heute Nacht am besten hier. Setz dich in dein Auto. Nein, besser ruf ein Taxi und komm auf der Stelle her.«

Als Anna nicht sofort reagierte, fügte Emily hinzu: »Keine Widerrede, Anna. Ich weiß, dass Maximilian Dienst hat. Ich will nicht, dass du alleine in deiner Wohnung bleibst. Nur heute Nacht, okay?«

»Also gut. Dann sehen wir uns gleich.« Anna legte auf und packte ein paar Sachen zusammen. Zwischendurch wählte sie Maximilians Nummer, doch es ging nur die Mailbox ran. Sie seufzte und betrachtete gedankenverloren sein Foto, das sie in ihrem Handy gespeichert hatte.

Darauf zog sie den Reißverschluss ihrer Tasche zu und öffnete die Wohnungstür.

* * *

Oliver war auf einen Schlag hellwach.

»Was? Das kann doch nicht wahr sein. Verdammt. Der Brief liegt noch im Labor. Ich hatte keine Ahnung, dass die Lage so eskaliert. Soll ich eine Streife vorbeischicken?«

Emily schüttelte den Kopf. »Nein. Sie sitzt schon im Taxi und ist auf dem Weg hierher.«

»Das ist gut«, murmelte Oliver und schob seine Sorgen für eine Sekunde weg. Er zog Emily an sich und küsste sie. Obwohl er gerade aus dem Tiefschlaf kam, konnte er die Gedanken an ihren nackten Körper nicht verdrängen. Seine Hand schlüpfte unter Emilys Nachthemd und berührte ihre linke Brustwarze, die sofort auf ihn reagierte.

»Du solltest mich nachts öfter wecken«, flüsterte er ihr ins Ohr und musste grinsen. »Es ist echt schade, dass Anna jetzt vorbeikommt. Wo soll sie überhaupt schlafen?«

In Emilys Augen stand eine Antwort, die ihm nicht gefiel, die sich jedoch nicht abwenden ließ. Schließlich sah er sich als Gentleman.

»Schon gut«, seufzte er. »Ich gehe auf die Couch.«

Oliver erhob sich und schnappte sich seinen Laptop. Es dauerte eine Weile, bis er sich in das Polizeinetzwerk eingeloggt hatte. Im selben Moment, als es an der Haustür klingelte, öffnete er die Akte, die er zur *Schwarzen Freiheit* angelegt hatte. Die roten Haare von Natalie Hissinger sprengten vor Farbkraft fast seinen Bildschirm. Er würde dieser Frau das Leben zur Hölle machen, sollte sich herausstellen, dass sie hinter dem

Drohbrief an Anna steckte. Er mochte Anna. Sie war Emilys beste Freundin. Also gehörte sie praktisch zur Familie. Außerdem hatte sie in den letzten Jahren genug durchgemacht.

Emily ging zur Tür und holte Anna ins Wohnzimmer.

»Anna. Gut, dass du hergekommen bist.« Oliver sprang auf und nahm sie in den Arm. »Erzähl mir bitte ganz genau, was passiert ist.« Er drehte den Laptop zu ihr. »War das die rothaarige Frau vor deinem Haus?«

Annas Mund öffnete sich erstaunt. Sie nickte. »Wo hast du so schnell das Foto her?«

»Sie ist es also?« Oliver spürte kalte Wut in sich aufsteigen. Was fiel dieser Frau bloß ein? Sie bat ihn um Hilfe und dann besaß sie die Frechheit, Anna zu drohen? Er hätte sie gleich mit verhaften sollen. Wenigstens saß Patrick Grunert erst einmal hinter Gittern. Die Vorgehensweise passte zur *Schwarzen Freiheit*. Auf seinem Laptop klickte er das nächste Bild an. Marc Drechsler erschien auf einem Foto, doch dieses Mal zuckte Anna mit der Schulter.

»Es war dunkel. Ich habe eigentlich nur das Gesicht dieser Frau gesehen, weil sie direkt unter der Laterne stand und ihre Kapuze vom Kopf geschoben hat. Die anderen sahen aus wie Mönche oder irgendwelche düsteren Gestalten. Verhüllt von Kopf bis Fuß.«

»Was haben sie gesagt?«

Anna deutete auf den Brief und wiederholte den Spruch. »Sie wollen, dass ich Maximilian nicht mehr sehe. Offen gestanden, habe ich keinen blassen Schimmer, was das soll.«

Oliver rieb sich die Schläfen und überlegte. »Hat

Maximilian denn irgendetwas mit der *Schwarzen Freiheit* zu tun?«

»*Schwarze Freiheit*? Was soll das sein?«

»So nennt sich die Gruppe, die dir wahrscheinlich den Brief zugeschoben hat und vorhin vor deinem Fenster stand.«

Anna schüttelte den Kopf. »Von denen habe ich noch nie gehört, und ich kann mir nicht vorstellen, was Maximilian mit denen zu schaffen haben sollte.«

»Ich glaube das auch nicht«, stimmte Emily mit ein. »Ich habe mir das mit den Ziegenhaaren einmal genauer angeschaut. Wusstet ihr, dass der Teufel in vielen Darstellungen als Mann gezeigt wird, der über und über mit Ziegenhaaren bewachsen ist? Alles an ihm ist ansonsten menschlich, bis auf die Haare und die Hörner auf dem Kopf. Hattest du nicht heute Morgen von Ziegenhaaren gesprochen? Bei der Toten auf dem Scheiterhaufen habt ihr doch auch welche gefunden?«

»Ja, das ist richtig«, erwiderte Oliver. »Wir haben den Kopf der *Schwarzen Freiheit* letzte Nacht sogar verhaftet. Allerdings wegen Verstoß gegen das Tierschutzgesetz und den Angriff auf einen Polizeibeamten. Bisher gibt es keine ausreichenden Beweise, dass der Anführer etwas mit den Mordfällen zu tun hat.« Oliver klickte in der Akte herum und stieß auf den Text, der im Paket mit dem Dildo gelegen hatte. Er druckte ihn aus und gab ihn Emily.

»Du brauchst doch eine neue Story? Diese Nachricht hat uns der vermeintliche Täter geschickt. Kannst du sie vielleicht mit diesem Spruch aus Annas Brief übereinbringen? Womöglich gehört das alles zusammen zu diesem Hexenkult. Und bitte erzähl niemandem davon.«

Emily nahm den Ausdruck. »Das ist ja lateinisch«, stellte sie fest und spitzte die Lippen. »Annas Brief ist auf Deutsch geschrieben. Ich werde das recherchieren.«

»Aber was könnte denn nun Maximilian mit dieser Sache zu tun haben? Warum soll ich ihn nicht mehr wiedersehen?«, fragte Anna verzweifelt.

Oliver legte ihr die Hand auf die Schulter. »Mach dir mal keine Sorgen. Du schläfst heute erst einmal hier, und ich nehme mir Patrick Grunert erneut vor.« Er war jetzt viel zu aufgedreht und würde momentan auf der Couch sowieso kein Auge zubekommen. Oliver griff seine Jacke und den Autoschlüssel und verabschiedete sich.

Auf der Fahrt zum Revier überlegte er kurz, Klaus anzurufen. Er entschied sich jedoch dagegen. Sollte sein Partner ruhig schlafen. Es nützte niemandem, wenn sie am nächsten Morgen beide übernächtigt wären. Er brauchte knapp fünfzehn Minuten und parkte direkt vor dem Haupteingang. Es war erstaunlich kühl in dieser sternklaren Nacht. Der Wind sauste ihm um die Ohren und durch die Haare. Unwillkürlich schlug er die Arme um den Oberkörper und hastete ins Gebäude.

»Eine gute Nacht oder einen frühen Morgen«, wünschte er dem wachhabenden Polizisten. »Ich muss dringend zu Patrick Grunert. Der ist seit gestern Abend bei uns in Gewahrsam.«

Der Polizist nahm eine Liste von seinem Schreibtisch und durchsuchte die einzelnen Einträge. Nach einer Weile schüttelte er den Kopf. »Tut mir leid. Patrick

Grunert wurde gegen dreiundzwanzig Uhr von seinem Anwalt abgeholt. Wir konnten nichts tun.«

»Was? Das darf nicht wahr sein.« Oliver riss dem Polizisten die Liste aus der Hand und las den Eintrag. »Verdammt«, zischte er und gab sie zurück. »Wie hat der Anwalt das denn so schnell hingekriegt?«

Der Wachhabende zuckte mit der Schulter. »Keine Ahnung. Hans Steuermark persönlich hat angewiesen, den Mann rauszulassen.«

Oliver war stocksauer. Er stürmte die Treppen hinauf in sein Büro und wählte Steuermarks Handynummer. Er rechnete eigentlich damit, dass sein Chef das Handy ausgeschaltet hatte, doch bereits nach dem ersten Klingelton hob er ab.

»Bergmann. Ich dachte mir schon, dass Sie sich melden. Hören Sie, es besteht keine Fluchtgefahr. Grunert hat einen festen Wohnsitz. Seine Personalien wurden einwandfrei bestätigt und er ist bisher nicht mit dem Gesetz in Konflikt geraten. Wir können ihn nicht hier festhalten. Also sparen Sie sich Ihre Kräfte und schaffen Sie Beweise heran.«

»Verflucht. Diese Bande bedroht eine Freundin von Emily. Das muss doch ausreichen. Und dann ist dieser Typ noch mit dem zweiten Opfer in dieselbe Schulklasse gegangen. Er kennt beide Opfer.« Seine Stimme versagte. Er wusste selbst, dass das alles trotzdem nicht ausreichte. »Schon gut«, fügte er deshalb zerknirscht hinzu. »Sie hätten mir wenigstens Bescheid sagen können.«

Steuermark lachte. »Ich hatte gehofft, Sie würden einfach mal schlafen. Ihr Einsatz gestern war schließlich lang genug. Ruhen Sie sich aus, Bergmann. Sie lösen diesen Fall, da hege ich keinerlei Zweifel.« Es knackte in der Leitung. Steuermark hatte aufgelegt.

Oliver spürte seinen Puls, der in die Höhe geschossen war. Er konnte nicht einfach wieder nach Hause fahren. Nein. Er hatte etwas anderes vor. Ohne langes Überlegen stürmte er die Treppen wieder hinunter und rannte zu seinem Auto. Er wusste, wo dieser Mistkerl wohnte. Genau dort würde er jetzt hinfahren und ihn zur Rede stellen.

* * *

»Du lügst! Ich glaube dir kein Wort!«, schrie Natalie außer sich und versuchte, sich aus seinem schmerzhaften Griff zu wenden.

»Ich sage dir doch, ich habe der Schlampe kein Haar gekrümmt.«

Patrick drückte noch fester zu. Natalie sah grelle Blitze am Rand ihres Sehfeldes aufflackern. Wenn er so weitermachte, dann brach er ihr das Handgelenk.

»Du tust mir weh!«, jammerte sie. Aber von Patrick erntete sie nur ein grimmiges Lächeln.

»Du hast es verdient!«, stieß er aus und bog ihren Arm so nach hinten, dass sie vor Schmerz aufschrie. »Hast du seiner Freundin die Nachricht richtig überbracht?«

Natalie nickte eifrig. Wenigstens lockerte Patrick daraufhin seinen Griff ein wenig.

»Bisher warst du nicht sonderlich erfolgreich. Du solltest dir wünschen, dass es dieses Mal geklappt hat«, knurrte er und ließ von ihr ab.

»Warum hast du Mia getötet?«, schrie sie und ignorierte ihre Angst vor Patrick, der ihr bestimmt gleich wieder wehtun würde. Ja, es stimmte: Natalie hatte immer nur die zweite Geige gespielt, aber trotzdem war Mia ihre beste Freundin gewesen. Sie fühlte sich schuldig, weil sie in ihrem Bett gelegen hatte, als Mia längst tot gewesen war. Was für ein widerlicher Kerl war Patrick denn bloß? Wie konnte er so etwas tun?

Patrick starrte ihr in die Augen und verpasste ihr eine schallende Ohrfeige.

»Wenn du nicht sofort damit aufhörst, dann passiert dir genau das Gleiche. Verstanden? Ich will den Namen dieser Schlampe nicht mehr hören!«

Natalie sank kraftlos zusammen und krümmte sich auf dem Boden. Sie schmeckte Blut. Er hatte ihre Nase erwischt. Sie dachte an den Kriminalkommissar, der ihnen auf den Fersen war und mit dem sie sich nur getroffen hatte, weil Patrick es wollte. Sie sollte ihn anbaggern und austesten, ob er korrupt war. Natürlich war er es nicht. Männer wie Oliver Bergmann würden auch noch gegen das Böse kämpfen, wenn sie ihr letztes Hemd verloren hatten. Ja, bis zum letzten Atemzug. Sie hatte es in seinen Augen gesehen. Er hatte sich mit Leib und Seele dem Guten verschrieben. Sie stammten sozusagen aus zwei verschiedenen Welten, denn sie gehörte zur anderen Seite. Zur schwarzen. Sie hatte den Tod gewählt und er das Leben.

»Steh auf und mach sauber. Ich muss jetzt schlafen. Morgen früh will ich hier keinen einzigen Blutfleck mehr sehen. Verstanden?« Patrick zerrte sie hoch und stieß sie ins Badezimmer, wo die Reinigungsmittel standen.

Sie hatten in Patricks Wohnung am Abend ein

weiteres Ritual durchgeführt und noch ein Huhn enthauptet. Wie immer war es an ihr, sich um die Beseitigung der Spuren zu kümmern. Sie stützte sich am Waschbecken ab und holte tief Luft. Im selben Moment klingelte es. Vor lauter Angst blieb ihr beinahe das Herz stehen.

* * *

Patrick Grunert öffnete umgehend die Tür, obwohl es fast halb zwei mitten in der Nacht war. Als er Oliver erblickte, verfinsterte sich seine Miene.

»Was wollen Sie?«, brummte er und starrte ihn feindselig an. »Reden Sie mit meinem Anwalt.« Grunert wollte die Tür zuknallen, aber Oliver stellte rasch den Fuß in den Spalt.

»Nicht so schnell. Zuerst will ich wissen, was Sie und Ihre sogenannten Jünger bei Anna Winterfeld zu suchen hatten.«

Grunert zog die Tür wieder auf. Oliver blickte auf seine schwarz lackierten Fingernägel, die sich um das Türblatt krümmten. Er grinste teuflisch.

»Können Sie sich das nicht denken?«

»Wäre ich sonst hier?«, entgegnete Oliver.

Patrick Grunert verengte die Lider. »Sie sollten auf Ihre hübsche kleine Freundin hören. Lassen Sie mich in Ruhe, und ich rühre sie nicht an. Ist doch eigentlich ganz einfach, oder sind Sie so schwer von Begriff?«

Oliver machte den Mund auf und klappte ihn sofort wieder zu. Erst allmählich wurde ihm die Bedeutung von Grunerts Worten klar. Dieser Mann glaubte, er wäre mit Anna zusammen. Wie kam er denn darauf? Plötzlich ging ihm ein Licht auf. Er sah Natalie Hissinger am Abend im *Örringer* vor sich, während er gerade mit Anna am Tisch saß. Vermutlich hatte Natalie Hissinger die Situation falsch eingeschätzt. Deshalb wollte sie auf einmal zur Toilette und kam erst zehn Minuten später zurück. Nicht weil sie zur Toilette musste, sondern weil sie wahrscheinlich Anna hinterhergelaufen war. Möglicherweise hatte sie ihr Fahrzeugkennzeichen notiert und war so an ihre Adresse gekommen.

»Okay«, erwiderte er ruhig und sah Grunert fest in die Augen. »Ich gehe, und Sie lassen Anna in Ruhe! Einverstanden?«

Grunert nickte überrascht, starrte ihn ein oder zwei Sekunden lang an und schlug dann die Tür zu. Oliver holte tief Luft und ging die Treppen hinunter zu seinem Wagen. Die Gedanken in seinem Kopf rasten wild durcheinander. Es war zu schade, dass sie an keinem Tatort DNS-Spuren des Täters gefunden hatten. Zwar fuhr weder Grunert noch ein anderes Mitglied der *Schwarzen Freiheit* einen silbernen Kombi, trotzdem traute Oliver Grunert die Morde zu. Er besaß für beide Tatzeiträume kein Alibi, und heute hatten sie gesehen, wie brutal er dem Federvieh den Kopf abgetrennt hatte.

Oliver setzte sich in den Dienstwagen. Da kam ihm plötzlich eine Idee. Im Kofferraum fand er Pulver und Klebestreifen. Er steckte beides ein und schlich noch einmal hinauf zu Grunerts Wohnung. Genau an der Stelle, wo Grunert das Türblatt mit seinen schwarz glänzenden Fingerspitzen umfasst hatte, pinselte er das Pulver auf und nahm dessen Fingerabdrücke. Spätestens in vierundzwanzig Stunden hätte er Gewissheit, ob sich diese auch auf dem Drohbrief an Anna befanden.

Dann hätte er einen handfesten Beweis, und wer wusste schon, welche Übereinstimmungen sich außerdem fanden.

* * *

Die Sonne entwickelte gerade erst richtig Kraft und Oliver gähnte inzwischen schon zum dritten Mal. Müde rieb er sich die Augen. Noch fast in der Nacht hatte er die Fingerabdrücke von Patrick Grunerts Wohnungstür ins kriminaltechnische Labor gegeben. Die zwei, drei Stunden Schlaf auf der Couch hatten ihm einen steifen Nacken und Rückenschmerzen eingebracht. Oliver machte sich zunehmend Sorgen um Anna und Emily. Was, wenn Grunert herausfand, dass Anna gar nicht seine Freundin war? Würde er dann bei ihnen zu Hause vor der Tür stehen und Emily bedrohen? Oliver ballte die Hände zu Fäusten. Er musste diesen Mistkerl drankriegen. Eine andere Möglichkeit gab es nicht.

Seit Punkt sechs Uhr saß Oliver vor seinem Computer und sichtete die Aufnahmen der Überwachungskameras vom Hauptbahnhof Köln. Dort war das Paket mit dem Dildo und der Nachricht vom Täter aufgegeben worden. Er suchte nach Auffälligkeiten, einem bekannten Gesicht. Grunert oder jemand anderen von der *Schwarzen Freiheit*, mit einem Paket unter dem Arm. Leider gab es keine Kamera, die den Eingang der Postfiliale überwachte. Oliver musste sich mit dem Bereich davor zufriedengeben. Er konnte nur mutmaßen, welcher der Tausenden Passagiere auf seinem Weg zu den Gleisen zur Post abbog. Er achtete auf alle Menschen mit Paketen oder großen Taschen.

Ein Mann auf dem Bildschirm hatte es ziemlich eilig. Fast rammte er eine Frau, die intensiv in ihr Handy sprach und sich unbewusst in seinen Weg gestellt hatte. Oliver stöhnte leise. Es musste doch eine Spur geben. Inzwischen kam es ihm so vor, als jagten sie ein Phantom. Selbst die Zeugen, die den Täter gesehen hatten, konnten ihnen mit ihren vagen Beschreibungen nicht weiterhelfen. Er starrte verzweifelt auf seinen Monitor. Langsam sahen alle Männer gleich aus. Sie hasteten in großen Schritten durch den Bahnhof, blickten vielleicht einmal auf ihre Armbanduhr und schleppten in der Regel eine Aktentasche oder einen Rucksack mit sich. Olivers Augen scannten einen jungen Mann, ungefähr fünfundzwanzig, der unschlüssig stehen blieb. Oliver musterte prüfend seinen Rucksack, der groß genug war, um ein entsprechendes Paket zu transportieren. Er ließ die Szene langsamer laufen. Der Mann sprach eine Frau an, die sich darauf umdrehte und in Richtung Ausgang zeigte. Sie lächelte und lief weiter. Der Mann machte kehrt und verschwand vom Bildschirm. Fehlanzeige. Die Tausendste. Stundenlang studierte er nun schon die Aufnahmen. Es gab einfach keine Auffälligkeiten, und langsam wusste Oliver selbst nicht mehr, wonach er eigentlich suchte.

Es klopfte an der Bürotür und ein älterer Kollege trat ein.

»Hier ist ein Paket für Sie angekommen«, sagte er und stellte ihm einen grauen Pappkarton auf den Schreibtisch.

Sofort gingen sämtliche Alarmglocken in Olivers Kopf an. Sein Blick huschte zur Uhr: kurz vor acht. Klaus war noch nicht da, aber Ingrid Scholten ganz bestimmt. Er wählte ihre Nummer, und es dauerte keine fünf Minuten, bis sie im Türrahmen auftauchte. Sie hatte bereits Handschuhe übergestreift und öffnete ihren Koffer.

»Guten Morgen, Herr Kollege. Sie bekommen in letzter Zeit wohl häufiger Post.«

Oliver seufzte. »Hoffentlich ist eine DNS-Spur vom Täter mit dabei. Ich habe eine Ahnung, wer es sein könnte.«

»Schauen wir mal«, murmelte Scholten und überprüfte die Sendung auf Fingerabdrücke. »Vielleicht finde ich Abdrücke, die zu diesem Drohbrief an Ihre Freundin passen.« Sie sah kurz auf. »Woher auch immer die Fingerabdrücke von Ihrer Folie stammen – sie sind in keiner Datenbank erfasst, stimmen aber mit denen von diesem Brief überein. Zudem haben wir einen Abdruck auf dem Umschlag gefunden, der jedoch ebenfalls nicht registriert ist. Er ist recht klein. Ich kann aber daraus nicht auf das Geschlecht schließen. Es wäre durchaus denkbar, dass er von einer Frau stammt.«

»Der ist bestimmt von Natalie Hissinger«, sagte Oliver und spürte, wie sein Magen sich in einen Felsbrocken verwandelte. Er zählte sich zu den loyalen Polizisten, die das Gesetz achteten. Doch nach dem Gesetz war Anna nichts passiert. Solch ein Brief wurde nach der gängigen Auslegung tatsächlich nicht als ernsthafte Drohung angesehen, genauso wenig wie der Anruf oder die Versammlung vor Annas Haus. Das reichte alles nicht aus, um Patrick Grunert aus dem Verkehr zu ziehen.

Olivers ganze Hoffnung lag auf dem neuen Paket, das Ingrid Scholten gerade öffnete. Einen Absender fanden sie auch hier nicht. Und dieses Mal lag kein Dildo darin, sondern eine DVD mit pornografischem Inhalt. Weder Cover noch Titel ließen daran zweifeln. Oliver runzelte die Stirn und klappte die Hülle auf. Ein Zettel mit einer Nachricht fiel heraus.

»Das ist wieder lateinisch«, sagte er und gab Ingrid Scholten den Zettel.

Sie nahm sofort ihr Smartphone zu Hilfe und las Wort für Wort vor:

»Wenn dich dein Auge zur Sünde verführt, dann reiß es aus und wirf es weg. Es ist besser für dich, mit nur einem Auge ewig bei Gott zu leben, als mit beiden Augen in das Feuer der Hölle geworfen zu werden.«

Sie drehte den Zettel um, auf der Rückseite war ein Bild von Menschen, die in einem Meer aus Flammen verbrannten.

»Das ist eine typische Darstellung der Hölle. Fragen Sie doch einmal Ihre Freundin, was sie davon hält.« Scholten griff nach der DVD und schob sie in Olivers Computer. »Wohl oder übel müssen wir einen Blick darauf werfen. Ich hasse Pornos.« Sie verzog den Mund, als sofort in der ersten Szene ein nackter und über und über tätowierter Mann auf dem Bildschirm erschien.

»Du meine Güte«, stieß sie aus und spulte vor.

»Ist denn noch etwas anderes auf der DVD?«, fragte Oliver, um vom Thema abzulenken.

»Sieht nicht so aus.« Scholten ließ den Film mit dreißigfacher Geschwindigkeit laufen.

Oliver begutachtete unterdessen die Hülle. »Leider ist kein Aufkleber drauf. Das heißt, wir wissen nicht, wo die DVD gekauft wurde.« Er legte die Hülle weg und fotografierte die Nachricht und das Bild auf der Rückseite mit seinem Smartphone. Anschließend schickte er die Fotos an Emily. Sie hatte in der Vergangenheit mehrfach mit ihrem historischen Wissen helfen können. Seit vielen Jahren beschäftigte sie sich mit der mittelalterlichen Lebensweise, insbesondere im Rheinland. Sie hatte nicht nur Geschichte studiert, sondern als Journalistin bereits mehrere Reportagen zu historischen Themen geschrieben. Vielleicht hatten diese Bibelsprüche ja eine bestimmte Bedeutung, die ihm bisher entgangen war. Im Gegensatz zur Presse legte Oliver sich nicht darauf fest, dass die beiden Frauen als Hexen verbrannt wurden. Für einen Tod auf dem Scheiterhaufen gab es eine ganze Reihe anderer Gründe, so wurden beispielsweise auch schwere Münz- und Urkundenfälschungen auf diese Weise geahndet. Er dachte an die Gruppierung der *Schwarzen Freiheit* und betrachtete die Darstellung des Fegefeuers auf der Nachricht. Was wollte ihm der Täter damit sagen? Dass Sünder am Ende ihres Lebens in der Hölle landeten? Für die Mitglieder der *Schwarzen Freiheit* war der Einzug in die Hölle vermutlich mehr als erstrebenswert, sie hingen schließlich dem Teufel an. Doch wie passte der Tod von Paula Winkler in dieses Bild? War sie verbrannt worden, weil sie Pornos schaute? Oliver ging jedenfalls davon aus, dass ihr der Pornofilm gehörte. Sie würden bald wissen, ob sie ihn gekauft hatte und ob sich ihre DNS an der Hülle befand. Hatten also ihre Augen sie zur Sünde verführt, und sie musste deshalb sterben? Das aber wäre absurd. Trotzdem, an dem blauen Dildo wurden DNS-Spuren des ersten Opfers Mia Messner festgestellt. Vielleicht hatte Paula sogar in irgendeinem Pornostreifen mitgespielt? Er machte eine Notiz für das Rechercheteam. Doch was hatte das alles mit dem Satanskult zu tun?

Er blickte nachdenklich zu Ingrid Scholten, die immer noch auf das Video starrte.

»Das hübsche Filmchen ist gleich zu Ende.« Sie kräuselte die Nase und schüttelte den Kopf. »Dass ich mir einen Porno ansehen würde, hätte ich heute Morgen auch noch nicht gedacht.«

Im nächsten Moment flog die Tür auf und Klaus kam mit rotem Kopf hereingestürmt.

»Porno?« Er sah verdattert von Oliver zu Scholten. Dann wanderte sein Blick über das Päckchen und blieb anschließend auf dem Bildschirm hängen.

»Ein neues Paket vom Täter?«

Oliver nickte. »Aller Wahrscheinlichkeit nach.«

»Verdammt. Ich fürchte, ich habe eine noch schlimmere Nachricht. Hans Steuermark hat mich auf dem Flur abgefangen. Ein Jogger ist auf ein weiteres verbranntes Todesopfer in einem Waldstück bei Zons gestoßen.«

XV

VOR FÜNFHUNDERT JAHREN

Kaum dass die Strahlen der Morgensonne auf die Erde trafen, pochte es an der Tür. Müde versuchte Bastian das Geräusch zu ignorieren.

»Jetzt steh schon auf«, murmelte Marie und drehte sich auf die andere Seite.

Bastian gähnte. Wer um Himmels willen wollte etwas von ihm schon vor dem ersten Hahnenschrei? Er streckte die Arme über den Kopf und berührte dabei das Buch. Sogleich fiel ihm Wernhart ein, der in der Nacht im roten Bereich der Bibliothek Wache gehalten hatte. Bestimmt war er es. Bastian sprang neugierig aus dem Bett, schlüpfte in sein Wams und stürmte die Treppe hinunter. Doch als er die Tür öffnete, stand nicht Wernhart davor.

»Ich habe es nicht mit Absicht getan«, jammerte die alte Wilhelmine, die kreidebleich war.

Bastian musterte sie und sah sofort das Blut an ihren Händen. »Was habt Ihr getan?«

»Ich ... ich war wieder auf dem Kirchhof. Da war immer noch der Geist von Hubertus zugegen. Ich wollte ihn doch nur zurück in die Hölle verbannen oder dorthin, wo immer er herkam. Und plötzlich ist mir dieser Knabe in die Spitze meiner Schneiderschere gelaufen. Er ist tot, und ich bin schuld daran.« Wilhelmine schlug die Hände vors Gesicht und heulte Rotz und Wasser.

Bastian ging zurück ins Haus und griff ein Leinentuch, das er kurz ins Wasser tauchte. »Hier, säubert Euch die Hände und dann zeigt mir diesen Knaben.«

Er ließ sie stehen und holte die Puppe für seine Tochter aus ihrem Versteck. Leise schlich er an Irenes Bettchen und legte die Puppe neben sie auf das Kopfkissen.

»Alles Liebe zum Geburtstag, mein Herz«, murmelte er und strich ihr sanft über das Haar. Anschließend begleitete er Wilhelmine zum Kirchhof. Auf dem Weg dorthin betrachtete er sie von der Seite. War es bloßer Zufall, dass Wilhelmine ständig mit toten Knaben in Berührung kam? Hatte sie etwas mit den Mordfällen zu tun?

»Wo ist der Tote?«, fragte Bastian, als sie auf dem Kirchhof ankamen.

»Ich habe ihn in die Gruft zurückgestoßen. Er war so schwer. Ich wusste nicht, wohin mit ihm.« Wilhelmine schritt an dem Grab des Totengräbers vorbei und stoppte vor einer Gruft nicht weit davon entfernt.

Das kreisrunde Symbol eines Sonnenrads zierte den grauen Stein in der Mitte unter dem schmalen Dach. *Familie Flam* hatte der Steinmetz in zierlicher Schrift darunter eingeritzt. Bastian zog die Tür auf und sah einen reglosen Körper auf den Stufen liegen, die tief ins Erdreich führten. Hastig tastete er den Hals des Novizen ab. Die Haut fühlte sich kalt an. Das Herz schlug längst nicht mehr.

»Er ist tot«, seufzte er und erkannte im selben Augenblick, dass es sich um den Novizen Thomas handelte, mit dem er am Tag zuvor noch gesprochen hatte. Er zog ihn vorsichtig die Stufen herauf und drehte ihn um. Er trug ein Büßerhemd, ähnlich dem der anderen Toten. Sein Gesicht wirkte verzerrt. Erbrochenes hatte sich überall verteilt. Es stank nach Kot.

Bastian suchte nach Blut und fand eine Wunde am Oberarm.

»Wo, sagt Ihr, habt Ihr ihn verletzt?«, wollte er von Wilhelmine wissen, die trotz der bereits wärmenden Sonne erbärmlich zitterte.

»In der Brust«, stotterte sie. »Am ganzen Körper. Ich weiß nicht genau. Ich dachte, es wäre der Teufel und er will mich unter die Erde, hinab in die Hölle ziehen.«

»Pst«, machte Bastian, und Wilhelmine schwieg auf der Stelle.

»Helft mir«, forderte Bastian sie leise auf und schob das Büßerhemd nach oben. Wilhelmine zog es dem Toten über den Kopf, sodass er mit entblößtem Oberkörper dalag.

»In die Brust habt Ihr ihn jedenfalls nicht getroffen«, stellte Bastian fest und drehte ihn mit einem kräftigen Ruck auf den Bauch. Auch am Rücken fand er keine einzige Stichwunde. Er richtete sich auf und sah Wilhelmine an.

»Ihr habt ihn nicht mit Eurer Schere getötet.«

»Aber wie denn sonst? Ich stach auf ihn ein, und dann war er tot.«

Bastian zuckte mit den Achseln. »Sieht so aus, als hättet Ihr ihn am Oberarm erwischt. Das war auf jeden Fall nicht tödlich. Vielleicht ist er vor Schreck umgefallen oder er wurde wie die beiden anderen vergiftet. Das muss der Arzt Josef Hesemann herausfinden.« Er hob Thomas' rechte Hand an und stutzte. Da war er wieder, dieser kleine schwarze Punkt, den er bereits beim toten Ludger gesehen hatte. Merkwürdigerweise lag er an haargenau derselben Stelle auf der Fingerkuppe. Thomas musste sich diese Wunde also auf dieselbe Art und Weise zugezogen haben. Doch wie? Weder Ludger noch Thomas waren für die Kleidung im Kloster verantwortlich gewesen. Sie kamen demnach vermutlich nie mit Spindeln oder Nadeln in Berührung. Bastians Verstand suchte nach einem anderen spitzen Gegenstand, der infrage kam, ihm wollte jedoch nichts einfallen.

»Ich danke Euch, Wilhelmine. Habt weiterhin ein Auge auf den Kirchhof. Ich muss diesen Novizen jetzt zu Josef und anschließend ins Kloster bringen.«

* * *

Balthasar hatte in der Nacht nur wenig geschlafen. Beim Morgengebet fühlte er sich wie ein alter Mann. Seine Glieder waren steif und seine Augen so müde, dass er die Lider kaum offen halten konnte. Er nahm keine Notiz vom Gebet oder den anderen Novizen. Verschlafen kniete er auf dem kühlen Boden und ertappte sich das eine oder andere Mal dabei, wie er nach vorn kippte.

»Du kommst sofort mit raus«, zischte der Novizenmeister und packte ihn am Kragen.

»Es tut mir leid, Bruder Wolfram«, sagte Balthasar, als sie draußen im Hof ankamen und er ihn zum Hauptgebäude zerrte.

Aber der Novizenmeister ließ sich nicht erbarmen. »Wir schlafen nicht, wenn wir beten. Das gilt für dich und auch für alle anderen. Knie dich hin und zeig die Handflächen«, befahl er unwirsch.

»Bitte nicht«, jammerte Balthasar in Erwartung von Schlägen, doch stattdessen ergoss sich ein Eimer kaltes Wasser über ihn.

»Was hast du heute Nacht gemacht? Etwa nicht geschlafen?«

Balthasar lief rot an. Bruder Wolfram durchlöcherte ihn mit seinem Blick. Auf keinen Fall durfte er von Bastian Mühlenberg erzählen. Das würde ihn um Kopf und Kragen bringen. Also fasste er sich schnell an den Bauch.

»Ich leide an zahlreichen Winden in den Gedärmen. Es drückt und rumort so sehr, dass ich einfach keinen Schlaf finden konnte.« Er setzte eine demütige Miene auf und starrte angsterfüllt auf Bruder Wolframs Stiefelspitzen.

Ein weiterer Schwall eiskaltes Wasser traf ihn. »Geh zu Bruder Nicolas, und zwar auf der Stelle. Du bist in Kürze mit deiner Prüfung dran. Ich möchte nicht, dass du dann krank bist.« Der Novizenmeister machte auf dem Absatz kehrt und Balthasar blieb allein zurück. Seine Kleidung triefte vor Nässe. Müde und erschöpft, wie er war, fing er heftig an zu zittern. Bebend rannte er zum Novizenhaus. Er brauchte trockene Kleider, ansonsten würde er tatsächlich krank werden. Immerhin war er einigermaßen glimpflich davongekommen. Er zog seine Kutte aus und holte aus einer Truhe eine neue hervor. Jeder Novize besaß lediglich ein solches Gewand. Aber für Notfälle gab es in der Truhe drei oder vier weitere Kutten. Mit trockener Kleidung fühlte er sich auf der Stelle besser. Balthasar hüpfte die Treppe hinunter und ging zum Kräutergarten.

»Habt Ihr schon gebetet?«, fragte Balthasar, als er Bruder Nicolas hinter einem üppigen Busch entdeckte.

»Ja, bereits mit dem ersten Sonnenstrahl. Was ist mit dir? Sind nicht alle Novizen gerade in der Kapelle?«

Balthasar zuckte mit den Achseln. »Bruder Wolfram hat mich erwischt, als ich beinahe eingenickt bin. Ich habe ihm erzählt, dass ich krank sei, und er hat mich sofort zu Euch geschickt.«

Bruder Nicolas grinste. »Du bist ein Schelm. Hocke dich zu mir, und hilf mir, den neuen Samen zu setzen. Es ist jetzt warm genug. In wenigen Wochen schon können wir ernten.«

Balthasar gehorchte und grub mit den Fingern eine lange, tiefe Rille in den Boden. Bruder Nicolas streute Samenkörner hinein. Eine Weile arbeiteten sie schweigend nebeneinander. Irgendwann hielt Balthasar die Spannung nicht mehr aus.

»Ich habe das Buch zu Ende gelesen.«

Bruder Nicolas sah auf und blickte ihn durchdringend an. »Und?«, fragte er. »Welche Lehren hast du daraus gezogen?«

Balthasar knetete unruhig die Finger. »Ich weiß nicht so recht. Ich habe viel über die unaussprechliche

Sünde erfahren. Jemand begeht sie, wenn der Akt der Liebe nicht dem alleinigen Zweck der Fortpflanzung dient.« Er sah mit glühendem Kopf an sich hinunter. Die Scham verbrannte ihn schier von innen heraus.

»Das ist die unaussprechliche Sünde«, murmelte Bruder Nicolas. »Wer sie begeht, stellt sich gegen Gott. Er verdient den Tod.«

Balthasar dachte daran, wie er sich selbst berührt hatte, und erstarrte bei Bruder Nicolas' Worten. »Ich ... ich bin nicht frei von dieser ...«

Bruder Nicolas hob nachdrücklich die Hand, und Balthasar verstummte. »Es geht mir nicht darum, dich in Verlegenheit zu bringen«, sprach Bruder Nicolas. »Ich möchte indes, dass du verstehst, dass es diese Art von Sünde gibt. Wer in unser Kloster aufgenommen werden will, darf sie nicht begehen. Ansonsten zieht er den Zorn Gottes auf sich. So wie Gabriel.«

Balthasar starrte ihn an. Er verstand nicht. »Aber er trägt doch keine Schuld.«

Bruder Nicolas warf ihm ein warmes Lächeln zu. »Er war bei mir und ich habe ihm eine Salbe mitgegeben. Ich habe ihn befragt, weil ich wissen wollte, ob er unter Zwang gehandelt hätte. Das hat er nicht.«

In Balthasars Kopf arbeitete es. Er konnte jedoch keinen klaren Gedanken fassen. Bruder Nicolas legte ihm eine Hand auf die Schulter. »Denke in Ruhe über meine Worte nach und über das, was du gelesen hast. Eines solltest du außerdem noch bedenken: Es gibt eine Reihenfolge bei der Schwere dieser Sünde.« Er hielt einen Augenblick inne und sprach dann mit tiefer Stimme weiter: »Sich selbst zu berühren ist die am wenigsten schlimmste unter allen.«

Balthasar konnte Bruder Nicolas nicht ansehen. Seine Zunge war schwer wie ein Lehmklumpen.

»Du solltest aber jene Berührungen so oft es geht vermeiden«, fuhr Bruder Nicolas unbeirrt fort. »Unsere Gemeinschaft zählt auf dich, also stehe wie ein Fels zu Gott. Und jetzt lauf und beende deine Illustration der Jungfrau Maria.«

Balthasar tat, wie ihm geheißen, er sprang auf und rannte, als ginge es um sein Leben.

* * *

Wernhart dachte an sein Weib. An Adelheits Wärme und ihren Zorn. Den würde er abbekommen, wenn er nach Hause kam. Das wäre für sich genommen zu ertragen. Wernhart hatte sich inzwischen an die raue Art seiner Gattin gewöhnt. Er wusste, dass ihr das Mundwerk einfach so gewachsen war und unter dem harten Kern etwas Weiches und Liebevolles steckte. Doch die Tatsache, dass er die Nacht völlig umsonst auf dem kalten Boden der Bibliothek ausgeharrt hatte, frustrierte ihn. All die Mühe war vergebens. Er streckte sich und starrte hinauf zu der Lücke in der Bücherreihe. Balthasars Buch fehlte. Bastian hatte es an sich genommen. Er sah die abgegriffenen Seiten vor sich. Wie viele Mönche sich wohl heimlich am Buch *Über die menschliche Natur* ergötzt hatten? Es war offensichtlich auch für die gottesfürchtigen Klosterbewohner nicht immer leicht, den Sünden des Fleisches zu widerstehen. Ansonsten wäre dieses Buch nahezu unberührt, so wie die vielen anderen Bücher in den Regalen. Durch ein winziges Fenster fiel Licht in die Bibliothek. Draußen war es bereits taghell. Ihm knurrte der Magen. Er vermutete, dass die Mönche am Morgen und im weiteren Verlauf des Tages zunächst ihren praktischen Arbeiten nachgingen. Allerhöchstens der Bibliothekar würde sich zu dieser Tageszeit hier blicken lassen. Wernhart erhob sich langsam und beschloss, seine Wache zu beenden. Vielleicht hatte er in der kommenden Nacht mehr Glück, er würde Bastian zumindest erneut seine Dienste anbieten.

Er sperrte die Ohren auf und verließ auf Zehenspitzen den roten Bereich. Es war besser, wenn ihn niemand bemerkte. Er wollte den Täter keineswegs vorwarnen, denn Bastian hatte recht. Wer auch immer Gabriel auf dem Gewissen hatte, war womöglich auch derjenige, der die Seite aus dem Buch herausgerissen und in der Kerkerzelle liegen lassen hatte. Früher oder später würde er bestimmt hinter diesem Buch her sein. Wernhart schlich am schwarzen Bereich der Bibliothek vorbei, in den er freiwillig niemals vordringen würde. Getrocknetes Johanniskraut baumelte von der Decke herab und strömte einen merkwürdigen Geruch aus. Wernhart wollte sich gar nicht erst ausmalen, welch teuflische Schriften sich am Ende des dunklen Ganges verbargen. Vorsichtshalber bekreuzigte er sich und huschte Richtung Ausgang. Er konnte ihn schon fast sehen, da knallte plötzlich eine Tür. Sofort duckte er sich hinter ein Regal. Der Holzboden knarrte irgendwo. Wernhart vernahm schwere Schritte, er hielt den Atem an und schielte durch die Regalreihen. Ein Mönch, dessen Silhouette ihn an ein großes Weinfass erinnerte, kam in der Reihe direkt neben ihm vorbei, ohne ihn jedoch zu bemerken. Wernhart erkannte ihn auf Anhieb. Es war Bruder Augustin.

Er wartete ab, bis er sich ein wenig entfernt hatte. Dann schlich er hinterher. Bruder Augustin steuerte zielstrebig auf den roten Bereich zu. Ab und an hielt er inne und drehte sich unruhig um. Wernharts Jagdinstinkt war geweckt. Dieser Mann verheimlichte etwas. Er sah es in seinen Augen und der Art, wie er sich bewegte. Der dicke Mönch schien es sehr eilig zu haben. Je näher er dem roten Bereich kam, desto öfter sah er sich um. Wernhart folgte ihm lautlos und hatte Mühe, den nervösen Blicken des Mönches zu entgehen. Er stürzte sich jedes Mal in Windeseile hinter ein Regal und wäre um ein Haar entdeckt worden. Er beschloss, den Abstand etwas größer werden zu lassen. Bruder Augustins schwerer Gang war auch aus der Entfernung nicht zu überhören. Wernhart duckte sich, schielte um eine Ecke und eilte zum nächsten Regal. Er lauschte. Es war still. Schnell huschte er an den weiteren Regalreihen vorbei und hielt nach der schwarzen Kutte Ausschau. Bruder Augustin quetschte sich durch den schmalen Gang zum roten Bereich. Wernhart wartete ein paar Augenblicke ab und schlich hinterher.

»Wo ist es. Wo ist es. Ich kann es nicht finden«, nuschelte Bruder Augustin leise und mit zittriger Stimme. Wernhart pirschte sich ganz nah heran und beobachtete, wie der Mönch die Bücher rechts und links der Lücke in Augenschein nahm.

»Das ist es nicht. Wo ist es denn.« Bruder Augustins Stimme klang immer verzweifelter. Der dicke Mönch musste sich ziemlich strecken, um an das oberste Regalbrett heranzureichen. Er tastete mit den Fingern, sprang mehrmals hoch, reckte den Kopf und blieb schließlich schwer atmend stehen. Er sah sich um und griff einen Schemel, der am Ende der Regalreihe stand. Das Holz ächzte unter seinem beträchtlichen Gewicht, als er auf den Schemel stieg.

»Oh«, stieß er spitz aus. »Es muss nach hinten gerutscht sein.« Er zog sich an einem Brett hoch und reckte abermals den Hals. Sein Gewicht brachte das Regal zum Wackeln. Bruder Augustin berührte kaum noch den Schemel mit den Zehenspitzen. Es knackte bedrohlich im Regal. Das Holz gab krachend nach und Bruder Augustin landete polternd auf dem Boden. Unzählige dicke Bücher purzelten hinterher und donnerten auf den Schädel des Mönches.

Wernhart sprang erschrocken aus seinem Versteck. Bruder Augustin gab keinen Laut mehr von sich. Wernhart stürmte zu ihm und befreite ihn von der Last der schweren Bücher. Blut strömte aus zwei, drei Platzwunden an seinem Kopf. Der Mönch hatte die Augen geschlossen, er war ohnmächtig, atmete jedoch noch.

»Bruder Augustin, kommt zu Euch«, rief Wernhart und tätschelte ihm die Wangen. Als der Mönch nicht reagierte, schlug er härter zu. Ohne Erfolg. Er hievte den massigen Mann hoch und lehnte ihn gegen das Regal. Anschließend rannte er los, um Hilfe zu holen.

* * *

»Hier muss irgendwo etwas sein«, sagte Bastian und blickte sich in dem kargen Zimmer um.

»Wenn der Abt wüsste, dass Bruder Augustin etwas zu verbergen hat, dann wären wir jetzt nicht hier.«

Bastian sah Wernhart nachdenklich an. »Glaubst du, er will uns in die Irre führen?«

»Ich bin mir dessen sicher. Hast du gesehen, wie oft er blinzeln musste, als wir ihm von Bruder Augustin und dem Buch berichteten?«

Bastian rieb sich den Nacken. »Mir ist es aufgefallen. Seine Nervosität könnte jedoch verschiedene Gründe haben. Schließlich ist es sein Kloster, und er kann sich keinen Skandal erlauben. Schon gar nicht darf das Gerücht aufkommen, dass die Brüder sich ihre Zeit mit Zeichnungen von nackten Weibern versüßten.« Er lüftete eine Decke und schüttelte sie. Bruder Augustin war schuldig, das spürte er. Warum sonst hatte er nach dem Buch gesucht? Der Abt hatte sie sofort in seine Kammer gelassen, damit sie nach Beweisen suchen konnten. Bruder Augustin war immer noch ohnmächtig. Bruder Nicolas kümmerte sich um ihn. Vielleicht steckten die beiden Mönche ja sogar unter einer Decke. Bastian hatte den Abt über den Tod des Novizen Thomas informiert und ihn vorerst um Stillschweigen gebeten. Er wollte den Täter verunsichern. Normalerweise hätte der Fund der Leiche einen riesigen Wirbel verursacht, dem konnten sie auf diese Weise entgehen. Bastian hoffte, dass der Mörder nervös wurde und einen Fehler beging. Womöglich begab er sich zum Kirchhof, um nach dem toten Thomas zu suchen. Für diesen Fall hatte er vorgesorgt. Vier seiner Männer hielten sich hinter den Mauern und zwischen den Grabsteinen versteckt.

Bastian sah sich weiter um. Wo würde Augustin etwas verbergen, das niemand finden durfte? Die Bibel auf der Fensterbank hatte er bereits durchgeblättert.

Wernhart machte sich am Schrank zu schaffen. Bastian beschloss, sich die Wände genauer anzuschauen. Er suchte nach Ritzen und Hohlräumen. Doch da war nichts. Er probierte es als Nächstes mit den alten, unebenen Holzdielen, hüpfte auf jeder einzelnen auf und ab und überprüfte den Widerstand. Auf Anhieb fand sich zwar nichts, dennoch wollte er nicht vorschnell aufgeben. Bruder Augustin war schließlich nicht zufällig in der Bibliothek gewesen. Bei einer Diele unter dem Fenster wurde er stutzig. Sie knarrte und bog sich stärker unter seinen Füßen als die anderen.

»Wernhart, ich glaube, ich habe etwas gefunden«, stieß Bastian hervor und ging in die Knie. Mit den Fingerspitzen tastete er das Brett ab und löste es problemlos vom Boden. Ein Hohlraum wurde sichtbar. Darin lag ein hölzernes Kästchen. Neugierig hob Bastian es heraus und öffnete den Deckel.

»Das ist ein Brief«, murmelte er und entrollte das Pergament, welches jemand in dem Kästchen aufbewahrt hatte.

»Und was steht dort?«, wollte Wernhart wissen und spähte ihm über die Schulter.

»Es ist ein Liebesbrief von Bruder Augustin an Gabriel. Doch er hat ihn wohl nicht übergeben.«

»Da unten steht ein Datum«, bemerkte Wernhart. »Das war erst letzte Woche.«

»Stimmt.« Bastian nickte. »Genau einen Tag bevor Bruder Augustin den Novizen mit seiner Schwester gesehen hat.«

»Warte mal. Da liegt noch etwas zwischen den Dielen.« Wernhart bückte sich, doch Bastian stieß ihn hastig zur Seite.

»Rühr das nicht an, das könnte eine giftige Knolle sein.«

»Vom Blauen Eisenhut?« Wernhart zog augenblicklich die Hand zurück. »Da liegt auch eine Feile und die Knolle ist zur Hälfte abgerieben.« Wernhart sprang auf. »Jetzt haben wir unseren Mörder.«

»Möglicherweise«, erwiderte Bastian nicht ganz so überzeugt. »Sehen wir nach, ob Bruder Augustin inzwischen wieder aufgewacht ist.« Bastian holte die Knolle und die Feile mithilfe eines Leinentuches aus dem Hohlraum und schlug beides sorgfältig in das Tuch ein. Josef Hesemann hatte ihm eingebläut, dass bereits die kleinste Berührung zur Vergiftung führen konnte. Sie verließen Augustins Wohnzelle und stiegen zu dem Gemach hinab, in dem er sich erholen sollte.

»Seid gegrüßt, Bruder Nicolas«, sagte Bastian und betrachtete den Mönch misstrauisch. Ob der Kräuterkundige womöglich mit Bruder Augustin unter einer Decke steckte? Schließlich hatte er täglich Zugang zu der giftigen Knolle.

Bruder Nicolas nickte ihnen freundlich zu. »Er ist wieder bei Sinnen und kann mit Euch sprechen.« Der Mönch schwebte beinahe lautlos zur Tür hinaus. Bastian sah ihm kurz hinterher und wandte sich dann Bruder Augustin zu, der auf einer gut gepolsterten Bettstatt lag.

»Gesteht Ihr die Morde an den Novizen Ludger, Gabriel und Thomas ein?«, fragte er unverhohlen, denn er wollte die unmittelbare Reaktion des Mönches sehen.

Sofort fuhr der dicke Mann aus seinen Kissen hoch. »Ich töte doch nicht drei Novizen, und schon gar nicht auf einen Schlag. Wie kommt Ihr darauf, mir so etwas vorzuwerfen?« Er hievte seinen massigen Körper aus dem Bett und baute sich vor Bastian auf. »Gabriel hat mir sehr viel bedeutet, aber er hat Schande über sich gebracht.« Bruder Augustin schoss die Röte ins Gesicht. Bastian zweifelte an seinen Worten.

»Und was ist mit Ludger und Thomas? Haben die auch gesündigt?«, fragte er, ohne seinen Blick abzuwenden.

»Ich habe sie nicht getötet. So glaubt mir doch.«

Wernhart legte das Buch und die herausgerissene Seite aufs Bett. »Habt Ihr vielleicht das hier in der Bibliothek gesucht?«

Augustin erstarrte. »Woher? ... Wie seid Ihr an dieses Buch gekommen?« Er nahm die lose Seite an sich und las vor: »Wenn dich dein Auge zur Sünde verführt, dann reiß es aus und wirf es weg. Es ist besser für dich, mit nur einem Auge ewig bei Gott zu leben, als mit beiden Augen in das Feuer der Hölle geworfen zu werden.« Er fing an zu schluchzen. »Gabriel hat gesündigt. Er hielt diese Frau in seinen Armen, als wäre sie die andere Hälfte von ihm. Sein Gegenstück. Die Liebe stand in ihren Gesichtern geschrieben.«

»Ihr habt ihn also beim Abt angekreidet, weil er sich mit dieser Frau getroffen hat?«

Bruder Augustin nickte so heftig, dass sein Doppelkinn schwabbelte. »Er hat sich sehr verändert in den letzten Wochen. Dabei haben wir uns früher immer gut verstanden.«

»Ist er vielleicht Eurer Zuneigung ausgewichen?« Bastian holte den Liebesbrief hervor und Bruder Augustin brach auf der Stelle in Tränen aus. »Ich wollte ihm nichts tun. Aber wie er diese Frau angesehen hat.

Ich werde seinen Blick nie vergessen.« Er schluchzte erneut auf und wischte sich die Tränen aus dem Gesicht. »Es war eindeutig, dass sein Herz für sie schlägt, da habe ich ...«

Er sprach nicht weiter, und Bastian beendete den Satz für ihn: »Da habt Ihr ihn beim Abt angeschwärzt, und als Theodor von Grünwald ihn für diese Sünde des Klosters verwies, habt Ihr ihn vergiftet, weil Ihr um alles in der Welt verhindern wolltet, dass er diese Frau jemals wiedersieht.«

Bruder Augustin blickte Bastian aus listigen Augen an. »Ihr wisst gar nichts«, flüsterte er heiser und plumpste zurück auf das Bett.

»Hat Euch der Abt denn nicht darüber informiert, dass diese Frau, auf die Ihr so eifersüchtig seid, Gabriels leibliche Schwester ist? Es gab überhaupt keinen Grund, ihn der Sünde zu bezichtigen und in die Kerkerzelle zu sperren. Warum habt Ihr ihn nicht einmal zu Wort kommen lassen? Vielleicht hätte er es Euch selbst erzählt. Eure Eifersucht hat Euch geblendet und zur Raserei getrieben. Ihr habt den armen Jungen gefesselt und gedemütigt für etwas, was er nicht getan hat. Und dann ließet Ihr ihn zurück ins Schlafgemach bringen und habt gewartet, bis er sich auf das giftige Kopfkissen legte.«

Bruder Augustin riss entsetzt die Augen auf. »Ihr lügt. Das ist nicht wahr!«, brüllte er aus vollem Herzen und mit einem Schmerz in der Stimme, der Bastian durch Mark und Bein ging.

XVI

GEGENWART

Hans Steuermark benahm sich wie in seinem Büro. Vielleicht sogar schlimmer. Er lief unaufhörlich auf und ab. Im Waldboden waren seine Trittspuren bereits als schmaler Pfad zu erkennen, genau wie im Teppich vor seinem Schreibtisch. Der einzige Unterschied war, dass er seit geraumer Zeit nach oben blickte und den Himmel absuchte.

»Wenn hier auch nur eine Drohne auftaucht, mache ich kurzen Prozess«, drohte er und richtete die Faust gen Himmel. Dann senkte er den Blick und sah Oliver durchdringend an. »Haben Sie etwas?«

»Wir können mit ziemlicher Sicherheit vom selben Täter ausgehen. Der Brand wurde nach Aussage des Experten gegen drei Uhr nachts gelegt und zwei Stunden später wieder gelöscht. Wenn wir dieses Zeitfenster annehmen, hätte Patrick Grunert genügend Zeit gehabt. Die Kollegen der Streifenpolizei wollten bereits mit ihm wegen seines Alibis in der Nacht sprechen. Sie haben aber nur seinen Anwalt erreicht. Angeblich war er zu Hause. Natürlich hat er keine Zeugen benannt. Ich schlage vor, wir überwachen ihn ab sofort.«

Steuermark nickte. »Okay. Schicken Sie noch mal einen Streifenwagen hin. Die sollen jede seiner verdammten Bewegungen verfolgen. Wir müssen diesen Irren endlich stoppen! Außerdem ist die Bevölkerung langsam beunruhigt. Wir brauchen dringend einen Erfolg, den wir der Öffentlichkeit präsentieren können.« Wieder blickte er nach oben und begann erneut, hin und her zu laufen.

Oliver wandte sich dem dritten Brandopfer zu, das vollständig verkohlt war. Dieses Mal hatte der Täter gründlich gearbeitet. Es war nicht viel übrig für die Spurensicherung. Weder Kleidung noch Haare. Nicht einmal Fleisch. An dem in die Erde gerammten Pfahl in der Mitte des Scheiterhaufens hing ein einziger schwarzer Klumpen, dem man kaum noch ansah, dass es sich einmal um einen Menschen gehandelt hatte. Ingrid Scholten kniete mit Klaus und ein paar Mitarbeitern vor den Überresten des Scheiterhaufens. Sein Partner winkte ihn heran.

»Hast du mal deine Nachrichten überprüft?«, raunte er ihm zu. »Unsere Technikexperten haben auf Paula Winklers Computer einen Chat zwischen ihr und Patrick Grunert entdeckt. Die wollten sich verabreden. Zu einem Klassentreffen.«

»Was? Nein.« Oliver zog sein Smartphone aus der Hosentasche und scrollte durch die Nachrichten. »Tatsächlich«, murmelte er. »Das kann doch kein Zufall sein. Ich hoffe, wir können das neue Opfer schnell identifizieren. Wenn es ebenfalls eine Verbindung zu Patrick Grunert gibt, müssten wir ihn doch endlich festnageln können. Egal, ob er seinen Anwalt mitschleppt oder nicht.«

Klaus nickte. »Wenn er in jüngster Zeit zu allen drei Opfern Kontakt hatte, sollte es zumindest für einen Durchsuchungsbeschluss reichen. Vielleicht finden wir in seiner Wohnung Hinweise auf die Pakete oder diese lateinischen Botschaften. Dann wäre er fällig.«

»Apropos Pakete«, erwiderte Oliver, »ich habe heute Morgen die Konten von Mia Messner und Paula Winkler einsehen können. Außerdem liegt der Bericht der Spurensicherung zu Paula Winklers Wohnung vor. Mia Messner hat den Dildo in einem Online-Shop erworben. Er kam an dem Tag an, an dem sie wahrscheinlich entführt wurde, und auch Paula Winkler erhielt ihre Onlinebestellung am Tag der Entführung. Der einzige Unterschied ist, dass sie den Pornofilm woanders gekauft hat. Lieferschein und Rechnung lagen noch im Paket bei ihr zu Hause. Der Killer nimmt die Sachen also höchstwahrscheinlich aus der Wohnung des Opfers mit. Er kauft sie nicht selbst. Normalerweise würde ich denken, dass es für ihn Trophäen sind. In unserem Fall passt es jedoch nicht, denn sonst wären sie nicht auf meinem Schreibtisch gelandet.«

»Kommen Sie mal her«, rief Ingrid Scholten, die inzwischen etwas weiter entfernt das Dickicht untersuchte. »Ich habe hier ein paar helle Haare gefunden.« Sie musterte ihren Fund durch eine dicke Lupe. »Wenn Sie mich fragen, ist das wieder Ziegenhaar.« Scholten erhob sich und schritt den Dornenbusch ab. »Er hat sie hier entlang zum Scheiterhaufen geschleppt, und dabei muss die Kleidung an den Dornen hängen geblieben sein.« Sie kniff die Augen zusammen und verfolgte die

Spur. »Ich sehe hier nur die Schuhabdrücke von einer Person. Sie sind zwar sehr undeutlich, der Größe nach zu urteilen, stammen sie jedoch von einem Mann. Er hat sein Opfer also getragen. Die Frage ist, wie weit? Auch für einen kräftigen Mann ist es nicht leicht, eine erwachsene Frau über eine größere Strecke zu transportieren. Schon gar nicht, wenn sie sich möglicherweise dazu noch wehrt.« Scholten ging in die Knie und bewegte sich geduckt weiter. Oliver bewunderte die Leiterin der Spurensicherung, die scheinbar ohne jegliche Anstrengung und trotz ihres baldigen Rentenalters mit diesem sportlichen Einsatz nicht das geringste Problem zu haben schien. Im Gegenteil, sie schlich wie ein Indianerhäuptling durch den Wald.

»Stopp!«, schrie sie plötzlich und richtete sich auf. »Ein dunkles Stück Stoff.« Sie griff es mit ihrer Pinzette und hielt es Oliver triumphierend vor die Nase. »Haben die letzten beiden Zeugen nicht von einem Mann in einem dunklen Mantel erzählt? Der könnte jetzt ein Loch haben.« Scholten ließ das Beweisstück in eine Plastiktüte fallen, gab sie einem ihrer Mitarbeiter und marschierte um das Dickicht herum.

»Hier ist ein Weg und ein paar Reifenspuren, leider nicht besonders tief. Es ist zu trocken.« Scholten maß mit den Augen die Entfernung bis zum Scheiterhaufen ab. »Das sind keine hundert Meter. Wenn der Täter durchtrainiert ist, konnte er die Strecke schaffen.«

»Wo hat er dieses Mal das Holz für den Scheiterhaufen her?«, fragte Oliver und blickte sich um.

»Ich kann mir einfach nicht vorstellen, dass er Stunden damit verbracht hat, hier im Wald einzelne Äste und Zweige zu sammeln und einen Scheiterhaufen zu bauen. Möglicherweise gab es hier irgendwo im Wald abgeholzte Baumstämme. Die dürften für seine Zwecke jedoch zu groß sein. Demnach müsste er das Holz mit dem Wagen zum Tatort transportiert haben.«

»Das schafft man aber nicht mit einer Fahrt in einem Kombi«, erklärte Klaus und inspizierte die Reifenspuren. »Entweder der Kerl ist mehrmals gefahren oder er hatte einen Anhänger.«

»Ich tippe auf einen Anhänger«, erwiderte Scholten und deutete auf mehrere Reifenspuren am Wegesrand. Sie schnippte mit den Fingern. Sofort war ein Mitarbeiter an ihrer Seite und schoss Fotos.

»Ein Wagen mit Anhänger«, murmelte Oliver. »Dafür könnte es doch Zeugen geben.« Lagerte in dem Gartenhaus, in dem sich die *Schwarze Freiheit* zum Ritual getroffen hatte, Feuerholz? Er konnte sich nicht entsinnen.

»Ich werde Patrick Grunert samt Anwalt zur Vernehmung ins Revier einbestellen, und ich bitte die Kollegen, in der Umgebung nach einem silbernen Kombi mit Anhänger zu fahnden.« Oliver warf einen letzten Blick auf den Tatort.

»Wir sollten uns aufteilen und die Anwohner an der Zufahrtsstraße befragen.«

Er verabschiedete sich von Ingrid Scholten und ging, begleitet von Klaus, zum Wagen. Von unterwegs aus rief er Anna an. Er wollte, dass sie vorerst nicht in ihre Wohnung zurückkehrte, jedenfalls nicht allein. Wenn er Grunert jetzt erneut unter Druck setzte, würde er Anna möglicherweise eine weitere Drohung zukommen lassen oder sogar Schlimmeres. Anna sollte übergangsweise weiter bei ihnen oder ihrem Freund Maximilian wohnen.

»Weißt du was?« Oliver fiel plötzlich etwas ein. »Die beiden Pakete an mich wurden in der Post im Hauptbahnhof aufgegeben. Sicherlich schickt der Täter heute oder morgen das nächste Paket ab. Wir sollten ein paar Leute abstellen, die die Filiale beobachten. Außerdem könnten wir die Postmitarbeiter instruieren. Sobald jemand etwas an die Polizei in Neuss sendet, sollten sie uns informieren. Vielleicht schnappen wir ihn so in flagranti.«

»Guter Einfall«, lobte Klaus. »Ich habe sowieso das Gefühl, wir drehen uns im Kreis. Der Kerl ist uns immer eine Nase lang voraus.«

* * *

Er fühlte sich gut. Sehr gut sogar. Er hatte sie gezüchtigt. Fest und hart. Es hatte sich richtig angefühlt. Endlich hatte er wieder einmal Respekt in ihren Augen gesehen und nicht diese Verdorbenheit. So war es gut. Sünder mussten Buße tun und im Feuer geläutert werden. Frauen waren alle gleich. Er betrachtete die Liebeskugeln und sog gierig ihren Duft ein. Eva hatte Adam verführt. Daran hegte er keinerlei Zweifel. Er konnte es in seinen Lenden spüren. Der Geruch erregte ihn. Es hatte einen kurzen Augenblick gegeben, da wollte er aufhören, sie zu schlagen, und lieber in sie eindringen. Eine Hure war sie so oder so. Es hätte ihr nicht geschadet. Aber ihm vielleicht. Schließlich war er kein Vergewaltiger. Er konnte sich beherrschen. Also hatte er sie weiter geschlagen. Gewissenhaft wickelte er die Liebeskugeln in Seidenpapier ein und legte sie anschließend in einen Karton. Er blickte sich um und grinste. Kommissar Oliver Bergmann würde Augen machen. Eine ganze Armada von Paketen wartete darauf, überbracht zu werden. Große, kleine, leichte, schwere. Liebevoll strich er über die Kartons. Dann klebte er das Paket mit den Liebeskugeln sorgfältig zu. Er entledigte sich seiner Gummihandschuhe und schlug das Buch auf, das er stets bei sich trug. Es verlieh ihm Kraft. Er las ein paar Zeilen, und sofort spürte er ein neues Hochgefühl. Er liebte den Klang dieser lateinischen Wörter. Und noch war es längst nicht zu Ende. Es gab viele Frauen, die es mit der Sünde nicht so ernst nahmen.

* * *

»Ich kann Maximilian doch nicht bedrängen, dass er mich bei sich einziehen lässt. Das wäre total aufdringlich.« Anna lächelte mit Mühe. Sie wollte in ihre eigene Wohnung zurück, aber Emily war mit dieser Idee offensichtlich überhaupt nicht einverstanden.

»Dann bleibst du hier. Wir haben genug Platz«, schlug Emily vor.

Anna schüttelte den Kopf. »Das geht auch nicht. Ich werde bestimmt nicht euer Liebesleben verderben. Hast du dir Oliver heute Morgen mal angesehen? Er sah ehrlich gesagt von der kurzen Nacht auf der Couch ziemlich mitgenommen aus. Noch so eine Nacht, und ihr habt vielleicht die erste Krise. Daran will ich nicht schuld sein.«

»Du hattest fürchterliche Angst, schon vergessen?

Außerdem ist es mir auch lieber, wenn ich weiß, dass du nicht allein bist.«

Wie immer gab Emily nicht auf. Der Begriff *aufgeben* schien in ihrem Wortschatz nicht vorzukommen. Anna seufzte. Sie wünschte sich ganz weit weg. Andauernd lauerten nur Probleme auf sie. Warum konnte ihr Leben nicht einfach mal unkompliziert verlaufen? Maximilian hatte wenig Zeit. Ihr Job in der Bank war momentan ebenfalls stressig. Die Kunden meckerten wegen der Niedrigzinsphase ständig an ihren Anlageempfehlungen herum, und jetzt kam auch noch dieser Drohbrief von der *Schwarzen Freiheit* dazu.

»Also gut«, sagte sie und gab sich geschlagen. »Ich bleibe heute Nacht noch mal hier. Aber auf der Couch.«

Emily grinste. »Einverstanden. Was hältst du davon, mir zu helfen? Du hattest doch in der Schule auch Latein. Dann könnten wir die Texte zusammen analysieren, die Oliver hiergelassen hat. Möglicherweise stoßen wir auf eine Spur.«

* * *

Oliver brummte der Kopf. Sie hatten die gesamte Straße abgeklappert. Niemand wollte etwas gesehen haben. Kein Feuer. Keinen Wagen mit Anhänger und auch keinen silbernen Kombi. Im Grunde gar kein Auto und auch keine Personen. Von einem dunklen Mantel ganz zu schweigen.

»Wir stecken total fest«, sagte er frustriert. Klaus brauchte gar nicht zu antworten. Oliver sah es seiner Miene an, dass es ihm keinen Deut besser ging.

»Vielleicht sollten wir noch einmal bei der Kleidung

aus Ziegenhaaren ansetzen«, schlug Klaus vor. »Das ist keine Stangenware. Irgendwo muss der Täter sie doch herhaben.«

Oliver zuckte mit der Schulter. »Aus dem Internet. Wir können die einzelnen Shops abklappern und herausfinden, ob es in letzter Zeit Lieferungen in unsere Region gegeben hat.«

Klaus seufzte. »Wir sollten nichts unversucht lassen, auch wenn das bestimmt nicht von heute auf morgen geht. Aber ich werde Steuermark bitten, uns einen richterlichen Beschluss zu besorgen. Ich könnte mir vorstellen, dass uns diese Onlinehändler ansonsten mit dem Datenschutz kommen.«

»Mach das. Ich erkundige mich eben mal nach Neuigkeiten aus der Postfiliale am Hauptbahnhof.« Er wählte eine Nummer und legte nach einem kurzen Wortwechsel mit hängenden Mundwinkeln wieder auf.

»Nichts«, knurrte er enttäuscht. »Nicht ein einziges Paket, das an die Neusser Polizei ging.«

»Und was ist mit Patrick Grunert? Sollten wir nicht mal nachfragen, was er gerade so treibt? Vielleicht besorgt er ja in diesem Augenblick neues Holz für einen Scheiterhaufen.«

Oliver sah Klaus an und nickte. »Du hast völlig recht. Seine Wohnung liegt sowieso auf der Strecke. Lass uns kurz vorbeischauen, bevor wir zum Revier fahren.« Er sprang in den Dienstwagen, wartete, bis Klaus ebenfalls eingestiegen war, und gab Gas.

Sie brauchten nicht einmal zehn Minuten, bis sie an Grunerts Wohnhaus ankamen. Ein ziviler Einsatzwagen parkte davor auf der Straße. Die beiden Beamten starrten gelangweilt durch die Windschutzscheibe, wie zwei leblose Schaufensterpuppen, die man vergessen hatte. Erst als sie Oliver und Klaus bemerkten, erwachten ihre starren Mienen zum Leben. Der Beifahrer kurbelte die Scheibe herunter.

»Die Zielperson hat sich den ganzen Tag nicht blicken lassen. Sie war nicht ein einziges Mal draußen. Seit zwei Stunden observieren wir intensiv die Fenster. Nichts. Woher wissen wir eigentlich, dass in der Wohnung überhaupt jemand ist?«

Oliver blickte zu den Fenstern hinauf, in denen sich das Blau des Himmels spiegelte. Besonders gut hineinsehen konnte man von dieser Position aus nicht. Andererseits saßen in dem Wagen zwei erfahrene Profis.

»Ich war letzte Nacht hier und habe mit ihm gesprochen. Die Streife heute Morgen hat ihn aber nicht angetroffen. Wir klingeln einfach mal.«

Oliver überquerte die Straße, drückte auf die Klingel und wartete.

Als nichts geschah, versuchte er es noch einmal.

Wieder regte sich nichts. Kein Summer. Kein Knattern aus dem Lautsprecher. Oliver betrat das Treppenhaus durch die Haustür, die offenbar nie verschlossen war. Er nahm die Stufen mit wenigen Sprüngen und klingelte an der Wohnungstür. Niemand öffnete. Er presste das Ohr gegen die Tür und lauschte.

Stille.

Oliver drehte sich um und klopfte beim Nachbarn, der sofort aufmachte.

»Was gibt es?«, murmelte ein spindeldürrer junger Mann mit langen fettigen Haaren und Holzfällerhemd.

»Wissen Sie, ob Ihr Nachbar da ist?« Oliver zeigte seinen Dienstausweis.

»Der schläft bestimmt noch. Die haben sich die halbe Nacht gestritten.« Er sah Oliver an und tippte sich an die Stirn. »Ich hatte schon überlegt, die Polizei zu rufen.«

»Die?«, fragte Oliver, der davon ausgegangen war, dass Grunert allein in seiner Wohnung gewesen war. Er hatte bei seinem kurzen Besuch sonst niemanden bemerkt.

»Patrick und seine Freundin. Natalie heißt die, glaube ich. Vielleicht war es auch eine andere. Bei dem weiß man nie so genau, wen er gerade abschleppt. Er hält sich für einen Gesandten des Teufels.« Der junge Mann zog bedeutungsvoll die Augenbrauen hoch. »Der tickt nicht ganz sauber.«

Oliver nickte verschwörerisch. »Ich weiß. Er macht nicht auf. Sie haben nicht zufällig einen Schlüssel?«

Grunerts Nachbar grinste. »Na klar.« Er beugte sich vor und flüsterte: »Ich habe den Schlüssel schon seit ein paar Jahren. Hatte mal was mit der Frau, die da vorher gewohnt hat. Als Patrick einzog, wollte er ihn nicht zurück. Die Leute vertrauen mir halt.«

»Das ist prima«, entgegnete Oliver.

Der junge Mann fummelte an einem Schlüsselbrett herum. »Hier ist er. Ich schließe Ihnen am besten mal auf.« Er ging lässig über den Flur und öffnete Grunerts Wohnungstür.

Der scharfe Geruch, der Oliver entgegenschlug, war in der Nacht noch nicht da gewesen. Er hielt die Luft an. Es stank entsetzlich nach Reinigungsmitteln.

»Herr Grunert? Sind Sie da?«, rief er in den dunklen Flur hinein und machte Licht. »Frau Hissinger?«

Keine Antwort.

»Hier stinkt es, als wäre eine ganz Putzkolonne da gewesen.« Der Nachbar verzog angewidert das Gesicht. »Ich gehe mal wieder rüber. Sie können ja klingeln, wenn Sie alles abgecheckt haben.« Er machte auf dem Absatz kehrt und verschwand, während er noch irgendetwas in seinen Bart nuschelte, was Oliver nicht verstehen konnte.

Oliver ging ins Bad und entdeckte die Ursache für den Geruch. Ein Eimer randvoll mit dunkelrotem Wasser. Auf der Oberfläche schwammen Schaumflocken und ein paar Federn. Sofort hatte Oliver den enthaupteten Hahn vor Augen. Überall lagen blutverschmierte Lappen herum. Auf dem Boden der Badewanne hatte sich ein schleimiger grüner Fleck gebildet. Jemand hatte offenbar ein unverdünntes Reinigungsmittel hineingegossen. Ein Schrubber lehnte an der Wand neben der Toilette. In den Borsten hatten sich etliche Federn verfangen. Oliver ging in die Küche und fand im Mülleimer einen toten Hahn. Er wusste nicht, ob es der aus dem Gartenhaus war oder ein anderer.

Die Küche war erstaunlich sauber. Keine Berge von dreckigem Geschirr. Keine leeren Flaschen. Keine verdorbenen Lebensmittel. Er marschierte zurück in den Flur und blickte ins Wohnzimmer. In Sekundenschnelle wanderte seine rechte Hand an das Halfter seiner Pistole. Grunert saß auf dem Sofa. Vor ihm stand eine halb volle Bierflasche. Grunerts Kopf hing in einem unnatürlichen Winkel zur Seite. Seine bleiche Haut glich der eines Vampirs. Oliver trat ungläubig zurück und blinzelte fassungslos. Wie in Trance ging er weiter zum Schlafzimmer, um zu prüfen, ob dort jemand war. Als er niemanden vorfand, rief er Klaus an.

»Ich habe Patrick Grunert gefunden«, sagte er hastig. »Der Mann sitzt tot in seiner Wohnung. Bring gleich die Spurensicherung mit.«

* * *

Oliver konnte es nicht glauben. Er starrte Patrick Grunert an, als könnte er ihn dadurch wieder zum Leben erwecken.

Ingrid Scholten klopfte ihm auf die Schulter und schüttelte den Kopf.

»Ich bin keine Rechtsmedizinerin, aber wenn Sie mich fragen, dann ist dieser Mann seit mehreren Stunden tot. Genauer gesagt seit zwei Uhr nachts.« Sie hielt ein Handy hoch, dessen Display hell leuchtete. »Der Mann trägt eine Smartwatch. Um Punkt zwei hat die dazugehörige Gesundheits-App keinen Puls mehr verzeichnet und die Uhr an seinem Handgelenk funktioniert noch immer einwandfrei.«

»Das gibt es doch nicht«, murmelte Oliver und rieb sich angestrengt den Nacken. »Das bedeutet, dass er bereits tot war, als das dritte Opfer brannte.«

»Sieht so aus«, bestätigte Scholten. »Er ist es nicht gewesen.«

»Verflucht«, schimpfte Klaus, der im Türrahmen stand. »Steuermark wird nicht erfreut sein, wenn er das hört. Wir haben immerhin etliche Beamte auf diesen Mann angesetzt. Was zum Teufel haben wir nur übersehen?«

»Ich weiß es nicht«, erwiderte Oliver. Darüber grübelte er schon die ganze Zeit nach, seit er den toten Grunert entdeckt hatte. Es gab so viele Indizien, doch letztendlich wollten sie sich nicht zu einem Gesamtbild zusammenfügen. Ob jemand anderes von der *Schwarzen Freiheit* dahintersteckte? Aber sie wussten von keinen weiteren persönlichen Kontakten der Gruppe zum zweiten Opfer. Paula Winkler und Patrick Grunert hatten miteinander gechattet. In Paulas kompletter Kommunikation auf ihrem Laptop und ihrem Handy in den letzten Monaten gab es keine weiteren relevanten Kontakte. Keinen fremden Mann, der sie zu einem Date gelockt hätte. Das traf auch auf Mia Messner zu. Sie hatten mittlerweile das Umfeld beider Opfer vollständig durchleuchtet, Verwandte, Bekannte und Arbeitskollegen befragt, ohne jeglichen Erfolg.

Oliver seufzte. Er fühlte sich wie vor den Kopf geschlagen. Sie hatten drei Leichen, und der Hauptverdächtige war tot. Schlimmer konnte es nicht mehr kommen.

»Kennen wir schon die Todesursache?«, fragte er und versuchte, den roten Faden wieder aufzunehmen.

»Sieht nach einer Vergiftung aus. Ich habe das Bier in Verdacht. Das Erbrochene deutet darauf hin und äußerlich sind auf den ersten Blick keine Verletzungen zu erkennen. Durch stumpfe Gewalt ist er jedenfalls nicht ums Leben gekommen«, erwiderte Scholten und verfrachtete die Bierflasche gleichzeitig in einen Plastikbehälter. »Die geht sofort ins Labor.«

»Es ist trotzdem möglich, dass er einen Helfer hatte oder es einen Mittäter gab«, warf Klaus ein, dem der Tatendrang ins Gesicht geschrieben stand. »Ich weiß selbst, dass Zeugen nur einen einzelnen Mann gesehen haben. Aber wir sollten auf Nummer sicher gehen.«

Scholten nickte. »Wir werden diese Wohnung Zentimeter für Zentimeter auseinandernehmen. Ich verspreche, dass wir danach jedes auch noch so kleine Geheimnis von Patrick Grunert kennen.«

»Was ist mit Natalie Hissinger? Der Nachbar kann bezeugen, dass sie heute Nacht in seiner Wohnung war. Sie kommt daher als Täterin in Betracht.« Oliver versuchte, sich auf die wesentlichen Fakten zu konzentrieren.

»Ich kümmere mich darum«, entgegnete Klaus und nahm sein Handy, um zu telefonieren.

Oliver starrte auf Grunerts Leichnam, der soeben abtransportiert wurde. War Natalie Hissinger zu einem Mord fähig? Eine Polizistin kam ins Wohnzimmer und drückte ihm ein paar Blätter in die Hand.

»Gerade ist eine Vermisstenanzeige eingegangen. Ich dachte, das sollten Sie wissen. Eine gewisse Lena Wallau aus Zons wird seit gestern von ihrer Mutter vermisst. Sie hatte Geburtstag, doch Lena ist nicht zur Feier erschienen. Ihr Handy ist ausgeschaltet und die Mutter macht sich riesige Sorgen. Sie hat ein sehr inniges Verhältnis zu ihrer Tochter. Es gab noch nie Funkstille zwischen den beiden.«

Oliver musterte die brünette, attraktive Frau auf dem Foto und blickte dann die Polizistin an. »Sorgen Sie dafür, dass sofort eine DNS-Probe der Vermissten ins Labor geht. Die Mutter soll eine Haarbürste von ihrer Tochter oder etwas in der Art zur Verfügung stellen.«

Die Polizistin nickte und entfernte sich wieder. Oliver blieb zurück und starrte das leere Sofa an. Grunert befand sich auf dem Weg in die Rechtsmedizin. Alles, was von ihm geblieben war, waren ein paar hässliche Flecken von Erbrochenem.

Sein Handy schreckte ihn hoch. Emily. Er hob ab und presste das Telefon ans Ohr.

»Ich habe mich geirrt«, erklärte sie aufgeregt, und Oliver lauschte gespannt. »Zuerst dachte ich, alles passt zu der schwarzen Szene. Die dunklen Kutten und die Ziegenhaare. Aber dann habe ich immer wieder überlegt, warum die Nachrichten an dich in lateinischer Sprache verfasst waren und der Drohbrief an Anna in Deutsch.«

»Und warum?«, fragte Oliver.

»Weil beides möglicherweise nichts miteinander zu tun hat. Der Drohbrief an Anna stammt mit großer Wahrscheinlichkeit von diesem Hexenclub. Das Symbol mit dem Auge deutet darauf hin, und auch die Ziegenhaare, die vom Teufel persönlich stammen sollen. Aber die Ziegenhaare an der Kleidung des Opfers stehen vielleicht in einem ganz anderen Kontext. Die Frau hat ein Büßerhemd auf dem Weg zum Scheiterhaufen angehabt. Das war im Mittelalter durchaus üblich. Du kennst doch den Spruch vom Gang nach Canossa? Nicht nur Mönche und kirchliche Würdenträger haben Büßerhemden zur Selbstzüchtigung getragen, sondern in diesem Fall auch Kaiser Heinrich der Vierte. Ziegenhaare sollen unangenehm auf der Haut kratzen. Im Mittelalter bekamen sogar Sterbende ein Gewand aus Ziegenhaar angelegt. Mit anderen Worten: Jemand kleidet die Frauen vermutlich in ein Büßergewand, weil sie gesündigt haben. Sie sollen Buße tun und von ihren Sünden erlöst werden. Deshalb verbrennt er sie auf einem Scheiterhaufen.« Emily machte eine kurze Pause und fuhr dann langsam fort: »Die Nachrichten, die du bekommen hast, sind tatsächlich Zitate aus der Bibel.

Ich habe aber auch herausgefunden, woher die Zeichnungen auf der Rückseite stammen. Es gibt ein mittelalterliches Buch, das sowohl die Zitate als auch die Zeichnungen enthält. Die Botschaften an dich sind exakte Abschriften aus diesem Buch. Es kursieren nur wenige Kopien in spezialisierten Bibliotheken, die wurden in letzter Zeit jedoch nicht ausgeliehen. Doch es existiert noch ein Original, das die Jahrhunderte überlebt hat. Ich konnte den Antiquitätenhändler ausfindig machen, der es vor Kurzem verkauft hat. Ich weiß nur nicht, wem.«

XVII

VOR FÜNFHUNDERT JAHREN

»Was hattet Ihr so früh am Morgen in der Bibliothek zu suchen?«, brüllte der Abt und ließ die Peitsche auf Bruder Augustins nackten Rücken niedersausen. Der Mönch schrie erbärmlich und Bastian fühlte sich der Ohnmacht nahe. Er hatte Theodor von Grünwald sofort über ihre neuen Erkenntnisse informiert. Er hatte ihm den an Gabriel gerichteten Liebesbrief und die Knolle vom giftigen Eisenhut zusammen mit der Feile übergeben. Doch mit dieser heftigen Reaktion hatte er nicht gerechnet. Er wollte die Wahrheit nicht aus dem Mönch herausprügeln, sondern sie aufdecken, mit handfesten Beweisen. Was nützte ihnen das erzwungene Geständnis eines vor Angst schlotternden Mannes? Wernhart schien ebenso zu empfinden. Er stand kreidebleich neben Bastian, den Blick auf seine Schuhspitzen gesenkt.

»Redet!«, brüllte der Abt. Die Peitsche sauste erneut auf Bruder Augustin nieder. Blut spritzte, und der Mönch hing plötzlich schlaff an den Eisenringen, die seine Handgelenke an die Wand des düsteren Kellergewölbes ketteten.

»Wasser!« Der Abt schnippte mit den Fingern. Der Novizenmeister holte augenblicklich einen gefüllten Eimer und übergoss Bruder Augustin mit einem eiskalten Schwall. Er trat an den Mönch heran und flüsterte ihm etwas ins Ohr.

Bruder Augustin stöhnte.

»Ich wollte die herausgerissene Seite wiederfinden«, jammerte er kaum hörbar. »Ich bin in die Kerkerzelle gegangen und habe sie gesucht. Zuletzt steckte sie in der Kutte, die Gabriel in der Kerkerzelle getragen hatte. Aber ich konnte sie nicht finden. Also habe ich in der Bibliothek nachgesehen. Ich dachte, jemand hätte sie gefunden und ins Buch zurückgelegt.«

»Was wolltet Ihr mit der Buchseite?« Der Abt musste dieses Mal nur den Arm heben und einen erneuten Hieb andeuten. Es genügte, um Bruder Augustin zum Reden zu bringen.

»Ich habe sie aus dem Buch herausgerissen, weil Gabriel sie sehen sollte. Er sollte erkennen, dass er vom Teufel verführt worden ist und in der Hölle landen würde.«

»Gesteht doch endlich die Morde«, zischte Theodor von Grünwald bedrohlich.

Augustin schüttelte den Kopf, und der Abt schlug ein weiteres Mal zu, härter als zuvor. Abermals sackte der Mönch in sich zusammen. Der Novizenmeister holte eilig einen neuen Wassereimer, aber dieses Mal half es nichts. Bruder Augustin war ohnmächtig und nach Bastians Einschätzung würde er so schnell nicht wieder zu Bewusstsein kommen. In dem niedrigen

Kellergewölbe stank es fürchterlich nach Schweiß und Angst. Bastian hielt es nicht länger aus. Er tippte Wernhart an.

»Lass uns herausfinden, woher er das Gift hatte.«

Sie entkamen der stickigen Luft und der Finsternis in den Kellern des Haupthauses. Draußen atmete Bastian erst einmal tief durch. Sein Verstand war ganz benebelt von den Peitschenhieben und den grässlichen Schreien. Zielstrebig schritt er über den Innenhof zum Kräutergarten, wo Bruder Nicolas auf dem Boden hockte und eine Knolle zerrieb.

»Bruder Augustin wird gerade zu einem Geständnis gebracht«, hob er an und sah, wie Nicolas die Knolle hastig mit einem Tuch abdeckte. »Ich frage mich, wo er das Gift wohl herhatte?«

»Woher sollte ich das wissen?«, erwiderte Bruder Nicolas und blickte ihn freundlich, aber mit auffälliger Blässe an. »Der Blaue Eisenhut wächst überall.«

»Was zerreibt Ihr da in Eurem Mörser?« Bastian riss das Tuch weg und deutete auf die Knolle.

»Ich will unsere Vorräte auffüllen. Das ist Blauer Eisenhut.«

Bastian betrachtete die Lederhandschuhe an Bruder Nicolas' Händen. »Wozu braucht Ihr dieses Gift?«

»In der richtigen Dosis entfacht es seine Heilwirkungen. Außerdem nimmt Bruder Martinus es regelmäßig ein, wenn er in die Zukunft sehen will. Natürlich nur in geringen Mengen. Es macht den Geist frei und lässt ihn näher bei Gott sein.«

»Zeigt mir noch einmal Eure Aufzeichnungen«, verlangte Bastian. Bei seinem ersten Gespräch mit Bruder Nicolas hatte er nur oberflächlich das Buch gesehen, in dem Bruder Nicolas jedes Kraut und jedes Heilmittel aufschrieb, das er an die Bewohner des Klosters ausgab. Es war eine Anweisung des Abtes, denn es gab unter den Kräutern auch Rauschmittel, die eine krankhafte Sucht erzeugen konnten. Viele Mönche waren nicht stark genug, um dem rauen Klosterleben standzuhalten. Sie versuchten, sich mit solchen Mitteln zu trösten. Doch Theodor von Grünwald sah darin eine Versuchung des Teufels. Deshalb durfte Bruder Nicolas diese Essenzen nur in den gebotenen Fällen verabreichen.

Bruder Nicolas erhob sich und ging in ein kleines Gebäude am Rande des Kräutergartens. Nach einer Weile kam er mit einem dicken Buch wieder.

»Es hat sich seit Eurer letzten Inaugenscheinnahme nicht viel geändert.« Er schlug das Buch auf und zeigte auf die drei neuen Einträge. »Wir hatten einen Fall von schweren Winden in den Gedärmen, dann die Herzschwäche unseres ältesten Bewohners und schließlich einen Ausschlag, der mit einer Salbe aus Kamille und Thymian behandelt wurde.«

Bastian nahm Bruder Nicolas das Buch aus der Hand und blätterte ein paar Seiten zurück.

»Wie erklärt Ihr Euch diesen Eintrag?«, fragte er und deutete gleichzeitig auf die Knolle im Mörser. »Hier habt Ihr notiert, dass Ihr drei Knollen vom Blauen Eisenhut gerieben und das Pulver sicher in ein Keramikgefäß gefüllt habt. Drei Knollen sollten dem Kloster für ein ganzes Jahr reichen. Warum stellt Ihr jetzt schon wieder diese Menge des giftigen Pulvers her?«

Die Gesichtszüge des Mönches spannten sich an. Er fuhr sich nervös mit den Fingerspitzen über das Kinn.

»Es ist nicht gut für einen einfachen Mann wie Euch, des Lesens und Schreibens mächtig zu sein«, stieß er aus, griff das Buch und klappte es energisch zu. »Falls Ihr versucht, mich zu einem Mörder abzustempeln, so ist es mein gutes Recht, Euch meine Hilfe dabei zu versagen.«

Bruder Nicolas wandte sich ab und wollte sie stehen lassen, doch Bastian versperrte ihm den Weg.

»Halt. Nicht so schnell. Nicht nur ich, sondern auch mein Freund Wernhart kann lesen. Und wenn Ihr mich fragt, sollte jeder Mensch diese Kunst beherrschen. Es sind nämlich nicht nur Wörter, die in einem Buch aneinandergereiht sind. Es ist Wissen. Wissen aus alten Zeiten. Wissen, das weitergegeben wird und das uns klüger macht. Die Zeiten, in denen nur Geistliche oder Adlige dieses Privileg besitzen, sind langsam vorbei. Und jetzt zeigt mir das Gefäß mit dem Eisenhutpulver. Ich will sehen, wie viel überhaupt noch vorrätig ist.«

»Ich werde Euch nicht helfen. Ihr haltet Euch für klug? Dann seht doch einfach nach. Habt Ihr Euch etwa nicht gemerkt, wo ich das Pulver aufbewahre?«

Bastian schüttelte den Kopf. »Hört zu, Bruder Nicolas, ich will nur die Wahrheit herausfinden. Was auch immer Euch abhält, vielleicht wäre es besser, mit mir zu reden.« Er lief in die kleine Hütte, aus der der Mönch seine Aufzeichnungen geholt hatte. Bastian wusste ganz genau, wo das Gift aufbewahrt wurde. Er öffnete ein kleines Schränkchen an der Wand. Bruder Nicolas hatte alle Gefäße fein säuberlich beschriftet. Der Blaue Eisenhut stand in der Mitte. Bastian nahm das Gefäß heraus und lüftete den Deckel, wobei er sicherheitshalber den Atem anhielt. Zu seinem Erstaunen war es vollkommen leer.

»Ich schlage Euch vor, mit der Wahrheit herauszurücken. Euch ist sicherlich bekannt, wie der Abt auf Lügen reagiert.« Er deutete mit einer Kopfbewegung in Richtung Haupthaus, in dessen Kellergewölben gerade Augustin ausgepeitscht wurde.

Bruder Nicolas zog den Kopf ein. Er schwankte und blieb nur stehen, weil Wernhart ihm zur Seite sprang.

»Ich trage die Schuld am Tod dieser Knaben«, flüsterte Nicolas und sank in sich zusammen.

* * *

Balthasar hatte den ganzen Tag verzweifelt nach Thomas gesucht. Doch der war wie vom Erdboden verschluckt. Irgendetwas ging in diesem Kloster vor sich. Mehrfach hatte er beobachtet, wie der Abt mit grauem Gesicht über den Innenhof schlich. Stets dicht gefolgt vom Novizenmeister. Für die üblichen Gebete nahmen sich die beiden heute keine Zeit und auch Bruder Augustin tauchte nicht auf. Balthasar blieb am Fuß des Novizenhauses stehen und wartete auf Thomas. Die anderen Novizen schienen sich für sein Fehlen wenig zu interessieren.

»Hast du Thomas gesehen?«, fragte er den schlanken Henrich, der jedoch nur müde den Kopf schüttelte und dann die Treppe zum Schlafgemach hinaufstieg.

Balthasar stand noch eine Weile unschlüssig da. Thomas kam nicht. Er überlegte. Bestimmt wusste Bruder Nicolas, wo sein Freund abgeblieben war. Er marschierte langsam über den Hof zum Klostergarten. Erstaunt stellte er fest, dass Bruder Nicolas nicht da war. Er suchte ihn im Garten, in dem kleinen Häuschen. Vergeblich. Was war nur los? Hier stimmte doch etwas nicht. Wieso waren plötzlich alle wie vom Erdboden verschluckt? Balthasar beschloss, im Haupthaus nachzusehen. Den möglichen Ärger, weil er noch nicht im Schlafgemach lag, nahm er in Kauf. Er hatte ein mulmiges Gefühl in der Magengegend. Das Kloster schien inzwischen wie leer gefegt. Auf dem gesamten Weg begegnete er keinem einzigen Mönch. Erst als er am Haupthaus ankam, erblickte er den Novizenmeister, der sofort auf ihn zugestürmt kam.

»Balthasar. Ich habe dich gesucht. Wo steckst du denn nur?« Bruder Wolfram musterte ihn kritisch. »Du siehst blass um die Nase aus. Fühlst du dich gesund?«

Balthasar nickte. »Ja. Ich frage mich nur die ganze Zeit, wo Thomas ist. Bruder Nicolas ist auch nicht im Kräutergarten. Geht hier etwas Ungewöhnliches vor sich?«

Der Novizenmeister sah ihn verwirrt an. »Hast du etwa vergessen, dass heute deine Prüfung ist?«

Balthasar schluckte. Er hatte keine Ahnung.

»Die Nachricht liegt auf deinem Kopfkissen. Ich habe mich gewundert, wo du so lange bleibst. Der Weg hierher ist nicht sonderlich weit, oder?«

»Tut mir leid«, stotterte Balthasar. Sein Herz schlug mittlerweile so schnell, dass ihm schwindelte. »Ich habe auf Thomas gewartet und war überhaupt nicht an meinem Lager.« Er sah Bruder Wolfram ehrfürchtig an. Heute war es also so weit? Heute würde er vor Gott treten und sein reines Herz bezeugen müssen? Er lächelte glücklich. Wenn alles gut ging, wäre er schon bald für immer in die Klostergemeinschaft aufgenommen. Er hätte Sicherheit. Die Probezeit wäre überstanden.

»Nun kommt, mein Junge«, sagte Bruder Wolfram und klopfte ihm auf die Schulter. »Ich hoffe, Ihr seid vorbereitet? Ihr habt doch mit Bruder Nicolas gesprochen?«

Balthasar nickte eifrig. »Ja. Ich werde Euch nicht enttäuschen.« Voller Enthusiasmus folgte er dem Novizenmeister ins Haupthaus. Die Bilder aus dem Buch *Über die menschliche Natur* und die stumme Sünde, die er daraufhin begangen hatte, verdrängte er lieber. Er hoffte, dass Gott in sein Herz sah, und merkte, wie ernst es ihm war. Er würde nie wieder teuflischen Gelüsten verfallen. Das schwor er sich im Stillen.

* * *

»Wo bin ich?«, fragte Bruder Nicolas mit zittriger Stimme und erhob sich von seinem Lager.

»In einem der Schlafgemächer der Novizen«, erwiderte Bastian, der den ohnmächtigen Mönch gemeinsam mit Wernhart die Treppen hinauf in das immer noch gesperrte Zimmer getragen hatte. Hier würde sie so schnell niemand suchen, und er hatte Zeit, die Wahrheit aus Nicolas herauszubekommen, ohne dass der Abt ihm die Führung aus der Hand nahm. »Hier hat Gabriel geschlafen«, ergänzte er und drückte Bruder Nicolas zurück auf das Stroh.

»Ich dachte mir, etwas Ruhe könnte Euch guttun«, fuhr er fort und stellte eine Kerze neben das Lager auf den Boden. »Ich habe den Abt noch nicht informiert. Ihr habt jetzt die Gelegenheit, uns zu erklären, warum Ihr die Schuld am Tod der drei Novizen tragt.« Bastian betrachtete den Mönch und versuchte, die Antwort in seinem blassen Gesicht zu lesen.

Wenn Augustin nicht der Mörder war, was für einen Grund hätte Nicolas für die schauerlichen Taten gehabt? Er besaß das Gift und er hatte einen unschuldigen Novizen in den roten Bereich der Bibliothek geschickt. Er kannte die sündige Beziehung zwischen Bruder Augustin und dem Novizen Gabriel. Hatte er vielleicht sämtliche Novizen getötet, denen Augustin jemals schöne Augen gemacht hatte?

»Weshalb also habt Ihr sie vergiftet?«, wiederholte er seine Frage.

»Aber so meinte ich es nicht«, erwiderte Bruder Nicolas laut, und Bastian legte sofort den Zeigefinger auf die Lippen.

»Pst! Sprecht leiser. Ihr weckt mir noch die Novizen auf.« Er warf einen prüfenden Blick zur Tür. Wernhart sah gerade im benachbarten Schlafgemach nach dem Rechten. Er sollte prüfen, ob etwa ein Novize fehlte. Schließlich hatten sie den Novizen Thomas erst heute Morgen tot auf dem Kirchhof gefunden.

»Ich habe niemanden umgebracht. Ich bin ein Heilkundiger. Ich helfe und töte nicht.« Bruder Nicolas fuhr sich fahrig über das Haupt. »Jemand hat etwas von dem giftigen Pulver gestohlen. Schon vor Wochen ist es mir aufgefallen. Ich habe mich nicht getraut, es dem Abt zu sagen. Es war ja nicht viel, was gefehlt hat. Aber an dem Tag, bevor Gabriel gestorben ist, war das Gefäß plötzlich leer.« Er schüttelte ungläubig den Kopf. »Auch die

Knolle, die ich im selben Gefäß aufbewahrte, war verschwunden. Doch was hätte ich tun sollen? Ich wusste ja nicht, wer das Gift entwendet hat. Es hätte jeder sein können. Ich habe mich der irrsinnigen Hoffnung hingegeben, dass schon nichts passieren würde. Das war natürlich falsch, und womöglich wäre Gabriel noch am Leben, wenn ich den Abt rechtzeitig informiert hätte. Ich trage die Schuld. Ihr könnt Euch gar nicht vorstellen, wie schwer sie auf mir lastet.«

»Wurde noch etwas anderes gestohlen?«, fragte Bastian, der nicht recht wusste, ob er Bruder Nicolas Glauben schenken sollte.

»Nein. Ich habe sofort alles überprüft.« Er sah Bastian an und hatte plötzlich Tränen in den Augen. »Es tut mir leid, ich bin nicht mit großem Mut auf diese Welt gekommen.«

Bastian dachte an Bruder Augustin, der vom Abt ausgepeitscht wurde. Vielleicht sprach Nicolas die Wahrheit. Doch irgendwie wollte alles nicht so recht zusammenpassen.

Die Tür wurde aufgestoßen und Wernhart kam hereingestürzt. »Balthasar fehlt. Alle anderen liegen auf ihrem Lager und schlafen. Ich habe das hier auf Balthasars Kopfkissen gefunden.« Er gab Bastian ein Stück beschriebenes Pergament.

»Kommt heute Nacht, sobald alle eingeschlafen sind, in die Sündenkammer«, las er vor und blickte Bruder Nicolas fragend an. »Was hat das zu bedeuten?«

»Nichts Schlimmes. Balthasar soll nunmehr in unsere Gemeinschaft aufgenommen werden und hierzu muss er eine Prüfung bestehen. Das musste jeder von uns.«

»Und was soll diese Sündenkammer sein?«

»Das ist einfach nur ein Kellergewölbe. Dort wird die Befragung durchgeführt. Ich bin mir sicher, dass Balthasar diesen Test meistern wird. Ich habe ihn selbst vorbereitet. Dieses Buch aus dem roten Bereich mit den sündigen Bildern sollte er sich ansehen, damit er während der Prüfung nicht in Versuchung gerät.«

Bastian erinnerte sich an den Spruch an der Wand, den er in dem Kellergewölbe mit dem Kreuz an der Tür gesehen hatte: *Führet uns nicht in Versuchung.*

»Es ist also eine Art Keuschheitstest«, schlussfolgerte er.

Bruder Nicolas nickte. »Unter anderem. Unsere Mitglieder zeichnen sich durch Gehorsamkeit, Enthaltsamkeit, Nächstenliebe und den Verzicht auf jeglichen privaten Besitz aus. All das wird geprüft.«

»Und wer führt diese Prüfung durch?«

»Der Abt.«

Sofort schlichen sich Bruder Augustins Schreie in Bastians Gedanken. Er sollte nach ihm sehen.

»Ich danke Euch«, sagte er zu Bruder Nicolas und wandte sich zum Gehen.

»Wartet. Werdet Ihr dem Abt von dem fehlenden Gift berichten?« In Nicolas' Augen stand echte Angst.

Bastian schüttelte den Kopf. »Erst wenn wir den Mörder zweifelsfrei ausfindig gemacht haben.«

»Danke.«

Bastian eilte mit Wernhart zurück in das Kellergewölbe, in dem Bruder Augustin ausgepeitscht worden war. Der massige Mönch lag nackt im Stroh. Sein Rücken war voller blutiger Striemen. Als er Bastian sah, stöhnte er auf.

»Was wollt Ihr schon wieder hier? Ich habe doch alles gestanden.«

»Habt Ihr die Novizen vergiftet?«, fragte Bastian erneut und ging ganz nah an die Gitterstäbe von Augustins Gefängnis heran.

»Das sagte ich ja«, jammerte der Mönch. »Ich habe sie vergiftet. Ich gebe es zu. Ich war es, der das Pulver auf ihre Kopfkissen gestreut hat. Nur bitte schlagt mich nicht mehr!«

»Ich glaube Euch nicht«, erwiderte Bastian. Er verspürte beinahe Mitleid mit Augustin.

»Aber ich sagte bereits, dass ich es getan habe. Bitte verschafft mir einen schnellen Tod. Habt Ihr oder Euer Freund ein Schwert dabei? Stoßt zu und beendet mein Leid. Bitte.« Er sah sie flehentlich an.

Bastian machte einen Schritt zurück.

»Der Abt muss über Euch entscheiden. Ihr unterliegt nicht dem weltlichen Gericht. Es tut mir leid.«

»Dann gebt mir die Knolle bitte.«

»Das kann ich nicht.«

Bastian drehte sich um. Er konnte Bruder Augustin nicht mehr in die Augen sehen. Der Mönch hatte den Novizen Gabriel aus Eifersucht umgebracht. So viel stand fest. Jedoch passte sein Geständnis keinesfalls zu den Morden an Ludger und Thomas, denn auf ihren Kopfkissen hatten sich keine Spuren von giftigem Pulver gefunden. Augustin hatte keine Ahnung, wie die beiden Novizen vergiftet wurden.

Und auch Bastian nicht. Die Wahrheit lag nach wie vor im Verborgenen.

»Lass uns den Abt aufsuchen«, schlug er Wernhart vor und ging mit ihm zu der Kammer, von der Bruder

Nicolas gesprochen hatte. Er presste das Ohr an die dicke Holztür, da er die Prüfung nicht unterbrechen wollte. Doch er hörte nichts. In der Kammer herrschte absolute Stille. Er öffnete die Tür vorsichtig und wartete, bis Wernhart mit der Fackel leuchtete. Die Kammer war leer. Nichts deutete darauf hin, dass hier eine Prüfung stattgefunden hätte. Aber wo steckte dann Balthasar? Langsam fing Bastian an, sich Sorgen zu machen.

»Wir müssen nach oben«, sagte er und rannte die Treppe hinauf. Wernhart folgte ihm auf dem Fuß.

Vor dem Gemach des Abtes begegnete ihnen Bruder Wolfram, der Novizenmeister. Er sah sie finster an und legte den Zeigefinger auf die Lippen.

»Was wollt Ihr hier? Der Abt schläft. Macht, dass Ihr hier rauskommt.«

»Wir müssen ihn dringend sprechen. Was war es genau, was Bruder Augustin gestanden hat?«

Der Novizenmeister seufzte. »Kommt mit. Wir gehen in mein Gemach. Dort können wir ungestört reden.« Er führte sie den Flur entlang und schloss die Tür seiner Kammer hinter ihnen.

»Ihr habt gute Arbeit geleistet. Bruder Augustin hat alle drei Morde zugegeben. Er wird in den nächsten Tagen der geistlichen Gerichtsbarkeit des Erzbischofs übergeben.« Bruder Wolfram bekreuzigte sich. »Gott mag sich seiner sündigen Seele annehmen.«

»Aber er hat doch beteuert, das Gift auf die Kopfkissen gestreut zu haben. Das trifft allerdings nur auf den Mord an Gabriel zu«, erwiderte Bastian empört. Die Mönche machten sich die Sache wirklich zu einfach.

Der Novizenmeister blickte ihn stirnrunzelnd an.

»Was wollt Ihr, Bastian Mühlenberg? Eure Arbeit ist verrichtet. Gönnt Euch ein wenig Ruhe.«

Bastian sah sich um. Er war unzufrieden, denn die ganze Wahrheit war immer noch nicht ans Licht gekommen.

»Wo ist Balthasar?«

Die Lider des Novizenmeisters zuckten überrascht. »Wie kommt Ihr nun schon wieder auf diese Frage? Was hat dieser Novize überhaupt mit den Morden zu tun?«

»Er ist nicht in seinem Schlafgemach. Er absolviert angeblich eine Prüfung. Doch wenn der Abt bereits Nachtruhe hält, wer testet ihn dann?«

»Unser Herr. Wer sonst?«

* * *

Balthasar kroch durch den engen Gang und hielt die Fackel mit gestrecktem Arm voraus. Wie weit war es noch? Sein Herz pochte so laut, dass er glaubte, es halle von den Steinwänden wider. Er wollte mutig und reinen Herzens sein. Dann würde ihm nichts geschehen, so hatte es ihm der Abt versprochen. Er sollte von der Sündenkammer aus in einen Tunnel hinabsteigen und hindurchkriechen. Wenn er sich nicht beirren ließ, würde er die Prüfung bestehen und wäre in die Klostergemeinschaft aufgenommen. Zunächst hatte es sich ziemlich leicht angehört, aber je länger er durch den Tunnel kroch, desto stärker wurden seine Zweifel. Auch das sei normal, hatte der Abt ihm angedeutet. Es war der letzte Teil seiner Prüfung. Die anderen Teile hatte er bereits bestanden. Der Abt hatte ihm Fragen gestellt und zufrieden zu seinen Antworten genickt. Dennoch, dieser letzte Prüfungsteil verlangte ihm einiges ab. Zumal er auch keine richtige Vorstellung davon hatte, was ihn eigentlich am Ende dieses Tunnels erwartete. Er befand sich unter der Erde. Würde der Teufel ihn mit einer List verführen wollen? Ihm schauderte. Wie sollte er diese List durchschauen? Er war bloß ein einfacher Novize. Mehr nicht.

Es juckte ihn überall. Er musste dieses schreckliche Büßergewand tragen. Es gehörte zur Prüfung, und mittlerweile war ihm auch klar, warum. Er hatte das Gefühl, dass er geläutert wurde für jede einzelne seiner Sünden. Für jede Berührung, mit der er sich Lust verschafft hatte. Für das Brot, das er zu Anfang aus der Küche gestohlen hatte. Für das Anstarren der wunderschönen Nonne, die ihm am Brunnen beim Wasserholen begegnet war. Gütiger Gott im Himmel. Er hatte das Gefühl, es nicht zu schaffen. Alles in ihm schrie danach, umzukehren. Doch die Falltür war donnernd über ihm zugeschlagen. Vermutlich hatte der Abt sie verriegelt. Es gab kein Zurück. Er musste sich seinen inneren Dämonen stellen. Niemand hatte je behauptet, dass die Aufnahmeprüfung einfach sei. Bruder Nicolas hatte ihn mehrfach gewarnt, sie nicht auf die leichte Schulter zu nehmen. Er wollte keinesfalls versagen. Aber der Mut verließ ihn zusehends. Ein Luftzug strich über seine Wangen und die Fackel flackerte. Vielleicht näherte er sich schon dem Ausgang und hatte es geschafft. Irgendwoher kam neue Kraft. Er beeilte sich. Kroch schneller auf nackten Knien, die sicherlich bereits bluteten. Er durfte jetzt nicht aufgeben. Er brauchte einen Platz in dieser Welt.

Balthasar schaute nach oben, der Tunnel weitete

sich. Er konnte sich wieder aufrichten. Das Atmen fiel ihm leichter. Die Luft war immer noch stickig, trotzdem atmete er einmal tief durch und versuchte, seinen Herzschlag zu beruhigen. Bestimmt wartete irgendwo in der Dunkelheit der Teufel auf ihn. Er erkundete den Raum, der sich vor ihm auftat. Ein Totenschädel lag auf dem Boden. Balthasar schreckte zurück. Wo war er hier nur? Hektisch blickte er sich um. An der Wand über sich entdeckte er ein Jesus-Kreuz. Sofort bekreuzigte er sich und flüsterte ein kurzes Gebet. Der Abt hatte ihm aufgetragen, sich mit der Endlichkeit des Lebens auseinanderzusetzen. War er deshalb hier? War diese Kammer eine Gruft? Eine Gänsehaut überzog ihn ganz und gar. Auf einer steinernen Bank erblickte er ein paar Zeichnungen. Er kannte sie. Sie stammten aus dem Buch, das Bruder Nicolas ihm gegeben hatte. Er ignorierte die lüsternen, sündigen Bilder und leuchtete bis ans Ende der Bank. Sein Herz machte einen Satz. Eine junge Frau saß dort neben einem Jüngling und starrte ihn an.

Er hatte nur Augen für die wunderschöne Frau. Er blinzelte und bemerkte entsetzt ihre Nacktheit. Schnell wandte er sich ab. Nur, es gab keinen Weg zurück. Er musste an ihr vorbei. Doch wie? Langsam hob er wieder den Blick. Der schwache Lichtschein seiner Fackel erhellte das Mädchen erneut. Da saß sie wie ein Engel, der direkt aus dem Himmel zu ihm herabgestiegen war. Erst jetzt begriff er, dass sie zwar lebensgroß, jedoch nicht aus Fleisch und Blut geschaffen war. Sie war nur aus Stein, wie der ebenso nackte Jüngling neben ihr. Sie konnte ihm nichts anhaben. Balthasar betrachtete die sanften Rundungen ihrer Brüste. Nie zuvor hatte er solche Schönheit gesehen. Am liebsten hätte er auf der

Stelle ein Portrait von ihr angefertigt. Obwohl er es nicht wollte, spürte er die unbändige Kraft, die ganz plötzlich in seinen Lenden pochte. War das der Teufel, dem er widerstehen musste?

Aber was konnte ihm diese Figur schon groß schaden? Sie war doch nur aus Stein.

* * *

Bastian starrte den Novizenmeister an. Etwas an seinem Blick irritierte ihn.

»Balthasar sollte die Prüfung in der Sündenkammer ablegen. Da kommen wir gerade her. Sie ist leer«, sagte er und bemerkte, wie die Lider des Mönches erneut zuckten.

»Lasst diese Prüfung nicht Eure Sorge sein«, erwiderte der Novizenmeister mit scheinbarer Gelassenheit.

Bastian schaute sich um. Bruder Wolframs Kammer war karg eingerichtet, so wie man es bei einem Mönch erwarten würde. An der Wand hing ein einzelnes, schlichtes Kreuz. In der Ecke befand sich ein Schrank, das Privileg eines höhergestellten Mönchs. Im Gegensatz zu den Novizen schlief Bruder Wolfram in einem Bett und in der Ecke stand ein Eimer mit Wasser. Bastian blickte zu seinem Freund Wernhart, der auf den Boden starrte. Er folgte seinem Blick und hockte sich auf der Stelle hin.

»Wozu braucht Ihr denn diese Handschuhe?«, fragte er, ohne sie anzurühren.

Bruder Wolfram, der bis eben im Türrahmen gestanden hatte, sprang mit einem Riesensatz herbei und schob sie mit dem Fuß unters Bett. »Das geht Euch nichts an, Bastian Mühlenberg. Ihr verlasst jetzt besser mein Gemach und steckt Eure Nase nicht länger in Dinge, die Euch nichts angehen.«

Wernhart zog ein Tuch aus seiner Hose und bückte sich. Er griff unter das Bett und zog die Handschuhe wieder hervor.

»Es haftet helles Pulver daran«, sagte er und hielt sie dem Novizenmeister vor die Nase.

Bruder Wolfram machte einen Schritt rückwärts. »Wollt Ihr mich umbringen?«, zischte er und wandte sich geschwind ab.

»Hatte der Novize Thomas womöglich letzte Nacht seine Keuschheitsprüfung?«, fragte Bastian und packte den Novizenmeister am Kragen. »Und was ist mit Ludger? Ist er auch in der Nacht seiner Prüfung vergiftet worden? Warum?«

Bruder Wolfram sah ihn wütend an. »Wir nehmen keine sündigen Gemüter in unsere Mitte auf. Diesen Fehler habe ich einmal begangen. Ihr seht doch selbst, was Bruder Augustin angerichtet hat. Er kann seine Augen einfach nicht von den jungen Burschen lassen. Er war einer meiner besten Novizen und seine Fähigkeiten haben mich geblendet. Ich hätte sofort bemerken müssen, welch sündige Gedanken in seinem Kopf vorherrschen. Seit ich die Aufnahmeprüfung gemeinsam mit unserem Abt durchführe, können wir mit Gewissheit sagen, dass nur noch reine Herzen den Test bestehen.«

Bastian hatte keine Ahnung, wovon Bruder Wolfram sprach. In seinem Kopf herrschte ein einziges Wirrwarr.

»Wir müssen noch einmal in die Sündenkammer«,

sagte er entschlossen. »Irgendwo dort muss Balthasar sein.«

Der Novizenmeister lachte. »Es ist längst zu spät, Bastian Mühlenberg. Unser Herr hat sein Urteil bereits gefällt.«

Bastian ließ den Mönch los und stürmte abermals die Treppe ins Kellergewölbe hinunter. In der Kammer fiel ihm diesmal gleich der Schemel in der Mitte des Raumes ins Auge. Er schob ihn weg und entdeckte die Falltür, die ihm zuvor entgangen war. Bastian öffnete die Tür und erblickte schmale steinerne Stufen, die tief ins Erdreich hinabführten.

»Gib mir die Fackel«, bat er Wernhart und sprang hinab. Der Gang, der am Ende der Treppe begann, war niedrig. Bastian kroch auf allen vieren. Er ahnte, wo dieser Tunnel endete: auf dem Kirchhof. Deshalb waren alle Novizen dort gelandet. Sie mussten durch diesen Tunnel kriechen und am Ende wurden sie vergiftet.

»Balthasar«, schrie Bastian so laut, wie er konnte. »Rührt nichts an!«

Doch er bekam keine Antwort. Er kroch schneller, obwohl seine Knie und Ellenbogen inzwischen wie Feuer brannten.

»Balthasar«, rief er erneut in die Stille.

»Er kann nicht weit sein«, keuchte Wernhart, der ihm folgte. »Der Kirchhof liegt gleich hinter der Schloßstraße.«

Bastian lächelte trotz der Anstrengung. Wernhart dachte also genauso wie er. Sie erreichten das Ende des Tunnels. Bastian sah sich in Windeseile um und stürzte zu dem Novizen, der im Büßerhemd vor einer steinernen Statue saß und gerade die Hand ausstreckte, um ihre Brust zu berühren.

»Haltet ein!«, brüllte er und stieß Balthasar zur Seite. »Sie ist vergiftet.«

Der Novize landete unsanft auf dem Boden und blickte Bastian aus weit aufgerissenen Augen an.

»Ich wollte sie bloß einmal kurz anfassen. Sie ist doch nur aus Stein«, krächzte er und richtete sich auf.

»Da ist ein Loch«, sagte Wernhart und deutete auf die Brustwarze.

Bastian beugte sich vor. »Tatsächlich«, murmelte er und hob ein Stöckchen vom Boden auf. Er hielt es an die Vertiefung, und im selben Augenblick schoss ein spitzer Dorn heraus. Helles Pulver verteilte sich überall auf dem Stachel. Eine tödliche Menge Gift.

* * *

Eine Woche später

»Ich danke Euch«, murmelte Balthasar, die Augen vor Trauer ganz stumpf und rot geweint. Er hatte seinen besten Freund verloren, während er selbst in allerletzter Sekunde gerettet worden war.

»Nichts zu danken«, erwiderte Bastian und schlug ihm aufmunternd auf die Schulter. »Habt Ihr Euren Platz im Leben denn nun gefunden?«

Balthasar nickte zögerlich. »Ich weiß nur nicht, ob ich mit dieser Lüge leben kann.«

»Mit welcher Lüge?«, fragte Bastian mit schief gelegtem Kopf.

»Ich stehe für immer in Eurer Schuld. Wenn der Abt wüsste, dass ich um ein Haar die Brust dieser Figur berührt hätte, wäre ich hinausgeworfen worden.«

»Es gibt viele Wege im Leben«, sagte Bastian und dachte unwillkürlich an Anna. »Nichts verläuft geradlinig. Das könnt Ihr an jedem Bachlauf erkennen. Auch der dickste Stamm eines Baumes erhebt sich nicht wie eine Kerze in den Himmel. Seine Äste strecken sich dem Licht der Sonne entgegen und sie winden sich dabei sogar manchmal um sich selbst. Das Leben ist eine Suche, und das solltet Ihr immer im Hinterkopf behalten.«

»Was wird nun aus unserem Novizenmeister Bruder Wolfram?«

»Er wird auf dem Scheiterhaufen brennen, genauso wie Bruder Augustin. Ich denke, Theodor von Grünwald wird eine ganze Weile brauchen, bis er die schrecklichen Geschehnisse überwunden hat. Wer hätte gedacht, dass sich zwei Mörder in seinem Kloster verbergen.«

»Ich verstehe immer noch nicht, warum Bruder Wolfram das getan hat«, murmelte Balthasar.

»Er hat im Nachgang alles offengelegt. Die Keuschheitsprüfung führt das Kloster seit Jahren durch. Es ist Tradition. Aber der Test hat sich nicht immer als nachhaltig erwiesen. Bruder Augustin war die größte Enttäuschung für den Novizenmeister. Er gehörte zu seinen besten Schülern, doch sein Fleisch neigte schon seit jeher zur Schwäche. Für Theodor von Grünwald galt der Test als bestanden, sobald der Novize durch den Tunnel auf den Kirchhof gelangte und den Weg zurück ins Kloster fand. Der ein oder andere Kandidat überlegte es sich beim Anblick der nackten Steinfiguren noch einmal und ging anderer Wege. Die meisten und so auch Bruder Augustin kehrten heim ins Kloster. Seine Schwäche für Knaben wurde von Monat zu Monat größer. Das war dem Novizenmeister ein Dorn im Auge. Er wollte sicherstellen, dass fortan nur unbefleckte Novizen die Prüfung bestehen. Deshalb versteckte er einen vergifteten Dorn in der Brust der steinernen Frau und im Gemächt des Jünglings. Ein Schmied entwickelte den Mechanismus. Das Pulver entwendete er aus dem Gefäß in Bruder Nicolas' Schrank, immer nur so viel, dass es nicht weiter auffiel. Die Novizen, die während ihrer Prüfung ihren sündigen Gedanken nachgaben und die nackte Frau an der Brust berührten, vergifteten sich. Ludger fiel als Erster dieser Sünde anheim. Thomas war der Zweite. Der Mord an Gabriel ist ein eigenständiger Fall.« Bastian legte Balthasar die Hand auf die Schulter und seufzte. »Bruder Augustin hat die giftigen Knollen von Bruder Nicolas gestohlen, deshalb war das Gefäß plötzlich leer. Er hat Gabriels Kopfkissen vergiftet und den sterbenden Jungen in den Tunnel unter der Sündenkammer hineingestoßen. Gabriel ist hindurchgekrochen und über den Kirchhof geirrt, wo er tot zusammenbrach. Es tut mir aufrichtig leid für Eure Freunde. Das Buch steht übrigens wieder in der Bibliothek. Bruder Nicolas hat es zurückgebracht. Niemand weiß, dass Ihr darin gelesen habt.«

»Eine weitere Lüge«, flüsterte Balthasar und senkte das Haupt.

»Nun ...« Bastian lächelte verschmitzt. »Ich habe mich gestern mit Eurem Vater unterhalten.«

»Mit meinem Vater? Aber ... aber wieso?«, stotterte Balthasar.

»Ich wollte von ihm erfahren, wie Ihr aufgewachsen seid.«

Balthasar sah ihn verständnislos an.

»Zum Beispiel, ob Ihr oft in der Kirche wart, um zu beten.« Bastian blieb stehen, denn sie hatten die Klosterpforte erreicht. Er betrachtete Balthasar, der mit rot leuchtendem Gesicht vor ihm stand.

»Ehrlich gesagt, nicht so oft«, gab er betroffen zu.

»Ich weiß«, erwiderte Bastian und sein Grinsen wurde breiter. »Wisst Ihr, ich kann immer gute Männer in meiner Stadtwache gebrauchen. Wir schützen die Stadt, nicht nur mit Kampfkunst, sondern auch mit wachem Verstand. Ich suche jemanden, der Pläne über alle Straßen und jedes Haus in Zons zeichnen kann. Ihr versteht Euch darauf. Wenn Ihr mögt, könnt Ihr gerne bei mir anfangen und so Euren Lebensunterhalt verdienen. Ihr hättet etliche Vergünstigungen.«

Endlich sah Balthasar wieder auf. »Ihr würdet mich in die Stadtwache aufnehmen?« Sein Gesicht strahlte plötzlich, als hätte es die letzten Wochen nicht gegeben. »Aber was ist mit dem Abt und Bruder Nicolas? Sie wären sicherlich enttäuscht.«

»Das Leben bietet viele Wege und Eure Brüder wissen das. Denkt darüber nach«, erwiderte Bastian und verabschiedete sich. Er blickte in den blauen Sommerhimmel und hing seinen eigenen Worten nach. Sein Herz schlug kräftig und es rief Annas Namen.

XVIII

GEGENWART

Albert Hohenstein betrachtete Oliver durch seine randlose Brille. Auf der Stirn des Antiquitätenhändlers hatten sich Schweißperlen gebildet, die er fahrig mit dem Hemdärmel abwischte. Er senkte den Blick und blätterte in seinen Unterlagen. Oliver hatte sich sofort auf den Weg nach Köln gemacht und war in den winzigen Laden hineingestürmt, dessen Schaufenster so mit Raritäten vollgepackt waren, dass man von außen unmöglich ins Innere des Geschäftes sehen konnte. Im Laden selbst roch es nach einer Mischung aus Altherrenparfüm und Staub, der Oliver in der Nase kitzelte.

»Ich erinnere mich leider nicht an den Kunden«, erklärte Albert Hohenstein und fuhr aufgebracht mit dem Finger über die Zeilen in seinem Kassenbuch. Die moderne Technik hatte es offensichtlich nicht bis hierher geschafft. Die Kasse war eine Antiquität, genau wie das Telefon, das nach Olivers Einschätzung bereits Ewigkeiten gedient haben musste.

»Ach. Hier ist es.« Hohenstein tippte auf die Mitte der aufgeschlagenen Seite. Er bewegte die Lippen, ohne dass ein Ton herauskam, und schaute anschließend auf.

»Mein Neffe hat das Buch online verkauft. Warten Sie einen Augenblick.« Er griff zum Telefon und wählte. Die Wählscheibe knarrte bedenklich. Oliver wunderte sich, dass das alte Ding überhaupt noch funktionierte. Wahrscheinlich war es nachgerüstet und wirkte nur äußerlich so alt, denn am anderen Ende vernahm er kristallklar eine männliche Stimme.

»Grüß dich, Karsten. Wem hast du die Nummer fünf-sechs-drei verkauft? Das war fast auf den Tag genau vor einem Jahr.«

Aus dem Hörer drang das Klappern einer Computertastatur. Oliver verstand die Antwort nicht, weil Albert Hohenstein die Muschel auf einmal ganz fest gegen das Ohr presste.

»Verstehe«, sagte der Antiquitätenhändler und kritzelte mit großen Schwüngen einen Namen und eine Adresse auf einen Zettel. »Aha. Ja. Danke. Auf Wiederhören.« Hohenstein knallte die Gabel auf den Hörer.

»Ein Kunde mit schlechten Manieren. Jetzt erinnere ich mich wieder an die Sache«, verkündete er mit abfälligem Tonfall und kratzte sich nachdenklich am Kopf.

»Können Sie mir die Adresse geben?«, fragte Oliver und holte seinen Notizblock hervor.

Albert Hohenstein nickte. »Natürlich.« Er schob Oliver den Zettel herüber. »Ich entsinne mich an den Titel *Über die menschliche Natur*. Eine echte Rarität, in Lateinisch verfasst und im Mittelalter niedergeschrieben. Ein sehr schönes Buch, das mit erstaunlicher Präzision die Abläufe der Mutterschaft darstellt, genauso wie sexuelle Praktiken. Dazu enthält es detaillierte Illustrationen.«

»Sexuelle Praktiken?« Oliver hatte eine andere Vorstellung vom Mittelalter. Er ging davon aus, dass die Menschen zu dieser Zeit eher prüde waren.

»Ich zeige es Ihnen«, erklärte Hohenstein. »Ich besitze von einigen Ausgaben eine handgefertigte Kopie.« Der Antiquitätenhändler verschwand hinter einem Vorhang. Oliver wartete und trommelte ungeduldig mit den Fingerkuppen auf die Oberschenkel. Noch immer drehten sich seine Gedanken im Kreis, und er war sich keinesfalls sicher, nun endlich auf der richtigen Spur zu sein. Er fotografierte den Zettel mit dem Namen und der Adresse des Kunden ab und schickte eine Nachricht an Klaus, der im Revier geblieben war, um die Ermittlungsarbeiten von dort aus weiterzuführen. Klaus sollte Thomas Schauer, so hieß der Kunde, umgehend überprüfen. Der Mann wohnte in Zons, das kam Oliver schon einmal verdächtig vor. Emily hatte sich inzwischen die Mühe gemacht und etliche Bibliotheken abgefragt, die ebenfalls eine Reproduktion dieses Buches besaßen. Doch anscheinend wurde der Titel innerhalb der letzten drei Jahre nicht ein einziges Mal ausgeliehen. Laut Emily gab es nur ein Original und mindestens dreißig Kopien. Niemand konnte wissen, ob der Täter eine weitere Kopie besaß oder das Buch sogar nur in einer Bibliothek eingesehen hatte. In diesen Fällen hätten sie kaum eine Chance, den Täter zu ermitteln. Es blieb jedoch die Hoffnung, dass der Täter das Original hier gekauft hatte. Dieser Spur musste er nachgehen. Aus seiner Erfahrung sprach einiges dafür, dass das Buch, aus dem der Täter ständig zitierte, sich auch in seinem Besitz befand. Es war wichtig für ihn und eine Kopie deshalb vermutlich nicht ausreichend.

»So, wenn Sie einmal schauen möchten.« Albert Hohenstein kam endlich wieder hinter dem Vorhang hervor und legte eine dicke Schwarte auf den Kassentisch.

»Das sieht ja aus wie ein Original«, bemerkte Oliver und musterte Hohenstein kritisch. War dieser Mann fähig zu einem Mord? Er konnte es sich nicht vorstellen, Hohenstein ging bereits auf die siebzig zu. Doch was war mit seinem Neffen? Oliver beschloss, ihn überprüfen zu lassen.

»Ja. Ich habe diese Kopie selbst angefertigt. Wissen Sie, es macht mir Spaß, und wie Ihnen vielleicht aufgefallen ist, besuchen nicht mehr allzu viele Kunden meinen bescheidenen Laden.« Hohenstein lächelte selbstgefällig und drehte das Buch zu sich herum. Er schlug das Inhaltsverzeichnis auf und erklärte: »Das Buch ist in drei Kapitel unterteilt. Es beginnt mit dem Verlauf einer Schwangerschaft und der Geburt. Der zweite Teil beschäftigt sich mit verschiedenen Sexualpraktiken, insbesondere mit denen, die damals als sündhaft galten, und im dritten Teil werden die Bestrafungen aufgeführt. Zu dieser Art der Sünde zählte im Mittelalter alles, was nicht unmittelbar der Fortpflanzung diente.« Er blätterte bis fast ans Ende und tippte auf die Darstellung eines Mannes, der hinter einer Ziege stand. »Diese Praxis beispielsweise wurde mit der Todesstrafe geahndet. Aber auch gleichgeschlechtliche Liebe, Masturbation oder sexuelle Praktiken mit Gegenständen gehörten zu der sogenannten *stummen* oder *unaussprechlichen Sünde*. So nannte man das damals.«

»Gegenstände?«, murmelte Oliver. Der blaue Dildo, den der Täter ihm geschickt hatte, und auch die DVD dienten nicht der Fortpflanzung. Plötzlich prickelte es in seinen Fingerspitzen. Ein untrügliches Zeichen dafür, dass er auf etwas Wichtiges gestoßen war.

»Ja. Wissen Sie, hinter verschlossenen Türen spielte sich auch in früheren Zeiten so einiges ab. Die menschliche Natur war damals nicht anders als heute.« Hohenstein grinste anzüglich und schlug die nächste Seite auf. »Der Scheiterhaufen war eine der häufigsten Bestrafungen für die stumme Sünde.«

Oliver erkannte augenblicklich die Nachricht des Killers wieder. Er hatte keine eigenen Worte hinzugefügt, sondern stumpf den Text aus dem Buch übernommen.

»Dürfte ich dieses Buch ausleihen?«, fragte er.

»Natürlich. So lange, wie Sie wollen.«

»Noch etwas, warum sagten Sie ganz am Anfang, dass Thomas Schauer eine schlechte Moral hatte?«

Der Antiquitätenhändler öffnete den Mund, doch genau im gleichen Moment schrillte Olivers Handy los.

»Klaus hier. Ich habe Thomas Schauer überprüft. Es handelt sich um einen polizeibekannten Fälscher, und die Krönung ist, dass er unter anderem einen silbernen Ford Kombi fährt.«

Oliver legte auf und blickte Albert Hohenstein an. »Es tut mir leid. Ich muss sofort los. Ich melde mich bei Ihnen. Vielen Dank für das Buch.« Er rannte aus dem Laden, zu seinem Auto, das zwei Straßen weiter parkte. Endlich hatten sie eine heiße Spur.

* * *

Der silberne Kombi stand an der Straße vor dem Haus in Zons. Oliver warf einen langen Blick durch die Scheiben. Er suchte nach Auffälligkeiten. Hellen kurzen Ziegenhaaren, vielleicht sogar einem Gewand daraus, Zweigen oder wenigstens einem Benzinkanister. Doch der Wagen sah aus wie neu. Außen auf Hochglanz poliert, an den Felgen klebte nicht ein Staubkorn, von Erdresten ganz zu schweigen. Innen wirkte es nicht anders. Es gab zwei Möglichkeiten. Entweder sah der Wagen immer so aus, dann war dieser Besuch umsonst, oder er war erst vor Kurzem gereinigt worden. Unwillkürlich sah sich Oliver nach den umliegenden Häusern um. Der Blick auf Thomas Schauers Haus war unverbaut. Möglicherweise würde er von den Nachbarn erfahren, wie oft Schauer seinen Wagen wusch. Oliver richtete sich auf und ging weiter. Es war zu schade, dass sie nicht zumindest Teile des Kennzeichens von dem Wagen kannten, den die Zeugen in der Nähe des zweiten Scheiterhaufens beobachtet hatten. Aber so lief das leider häufig mit Zeugen. Sie konnten schon froh sein, dass ein silberner Kombi gesehen wurde.

Klaus wartete am Gartenzaun. Schauers Haus hatte eine beachtliche Größe, besonders für einen vorbestraften Mann. Olivers Gehalt würde das bei Weitem nicht hergeben. Die Automarke passte eigentlich nicht ins Bild. Er musterte die leere Einfahrt zur Garage. Vermutlich verbarg sich hinter dem sauberen weißen Tor noch ein klassischer Mercedes oder ein BMW.

»Steuermark will uns in zwei Stunden sprechen«, bemerkte Klaus und zog die Augenbrauen hoch. »Morgen soll es eine Pressekonferenz geben. Seine

Laune ist auf dem Tiefpunkt. Ich hoffe, wir finden hier etwas.«

Oliver klingelte und trat ungeduldig von einem Fuß auf den anderen.

Ein sportlicher Mann mit dunkelblondem Haar und blauen Augen öffnete die Tür.

»Was kann ich für Sie tun?« Er machte überrascht einen Schritt zurück ins Haus, als Oliver ihm seinen Dienstausweis zeigte.

»Kommen Sie doch herein«, sagte Schauer unruhig und richtete seinen Blick prüfend auf die Straße. »Gehen Sie durch ins Wohnzimmer.« Er knallte die Tür zu und folgte ihnen.

»Sie sind von der Kriminalpolizei?«, fragte er unsicher.

Oliver nickte und sah sich gründlich um. Der Marmorboden im Flur glänzte wie geleckt. Eine Jacke und ein dünner Sommermantel hingen an der Garderobe, die Schuhe waren ordentlich darunter aufgereiht und wie der Wagen vor dem Haus auf Hochglanz poliert. Die Wände quollen über von Gemälden in massiven goldenen Rahmen. Oliver schritt weiter ins Wohnzimmer. Klaus setzte sich sofort auf die Couch, während er noch einen Moment stehen blieb und den Raum betrachtete, der aussah wie ein Museum.

»Ich handele mit Kunst«, erklärte Thomas Schauer und bot Oliver einen Platz an. »Es ist nicht gerade gut fürs Geschäft, wenn die Polizei vor der Tür steht.« Er blickte gequält. »Kann ich Ihnen etwas zu trinken anbieten?«

Oliver schüttelte den Kopf. »Nein, danke. Wir haben ein paar dringende Fragen. Sie haben vor einem Jahr das Buch *Über die menschliche Natur* bei einem Antiquitätenhändler in Köln gekauft, und wir hätten gerne gewusst, warum.«

Schauer sah sie überrascht an. »Hat er das gesagt?« Sein Gesicht nahm eine kräftige rote Farbe an. »Ich habe dieses Buch nie erhalten. Es ist ein sehr leidiges Thema. Es gibt nur ein Original und ich wollte es unbedingt haben. In einigen Jahren wird sich der Wert dieses Buches verdoppeln.«

Oliver stutzte. »Sie haben das Buch also nicht?«

»Das sage ich doch. Ich besitze es nicht. Und wenn Herr Hohenstein etwas anderes sagt, lügt er. Er hat mich abgezockt. Bis heute warte ich auf mein Geld.«

»Moment mal«, sagte Oliver. »Mein Partner übernimmt kurz. Ich bin gleich wieder da.« Er ging hinaus und wählte die Nummer des Antiquitätenhändlers.

»Bergmann hier. Ich war vorhin bei Ihnen im Geschäft. Herr Schauer erzählt uns gerade, dass er das Buch gar nicht hat. Haben Sie eine Erklärung dafür?«

Albert Hohenstein stöhnte. »Ja, er hat behauptet, er hätte das Buch nicht bekommen. Aber ich habe den Beleg der Post, dass es an ihn ausgeliefert wurde. Ich sagte ja, er ist ein Kunde mit schlechter Moral.«

»Können wir diesen Beleg einsehen?«

»Natürlich. Der Fall ging beinahe vor Gericht. Wir haben uns dann aber geeinigt. Er hat nur die Hälfte bezahlt, dieser Schweinehund. Seien Sie bloß vorsichtig und fallen Sie ja nicht auf ihn herein.« Die Verärgerung über Thomas Schauer schwang deutlich in der Stimme des Antiquitätenhändlers mit. Oliver verstand ihn nur zu gut. Thomas Schauer war mit der Fälschung eines bekannten Ölgemäldes nur knapp einer Gefängnisstrafe entkommen.

»Wir passen auf. Danke für die Informationen. Es kommt gleich ein Kollege bei Ihnen vorbei, um diesen Postbeleg abzuholen.« Oliver legte auf und ging wieder ins Wohnzimmer.

»Ich habe gerade mit Albert Hohenstein telefoniert. Er sagt, es gibt einen Beleg der Post, der die Zustellung des Buches bestätigt.« Oliver blickte Schauer scharf an. »In Anbetracht Ihrer Vorstrafe fällt es mir offen gestanden schwer, Ihnen diese Geschichte abzukaufen.«

Thomas Schauer stöhnte. »Das dachte ich mir bereits in jenem Augenblick, als Sie beide vor meiner Tür auftauchten. Einmal Betrüger, immer Betrüger. Aber so ist es nicht. Das Buch kam nicht an. Basta.«

Oliver zog sein Notizbuch hervor und blätterte eine Seite auf. »Freitagabend, letzte Woche, wo waren Sie da?«, fragte er und bemerkte, wie Schauers Gesichtszüge entgleisten.

»Da wurde doch diese Frau verbrannt. Sie unterstellen mir jetzt nicht ernsthaft, ich könnte etwas damit zu tun haben. Ich war zu Hause. Vielleicht kann es ein Nachbar bezeugen.«

Oliver schlug eine andere Seite auf und zitierte: »Wenn dich dein Auge zur Sünde verführt, dann reiß es aus und wirf es weg. Es ist besser für dich, mit nur einem Auge ewig bei Gott zu leben, als mit beiden Augen in das Feuer der Hölle geworfen zu werden. Sagen Ihnen diese Sätze etwas?«

Schauer nickte zögerlich. »Natürlich. Es ist ein Bibelzitat. Warum?«

»Wann haben Sie Ihren Wagen zuletzt benutzt?«,

wollte Klaus wissen. Er beugte sich vor und ließ Schauer nicht aus den Augen.

»Welchen? Von welchem Wagen sprechen Sie? Mir gehören drei Stück.«

»Von dem silbernen Kombi, draußen vor Ihrem Haus.«

Thomas Schauer entspannte sich ein wenig. »Der steht da seit Monaten. Ich hatte ihn für meine Lebensgefährtin gekauft. Sie ist Tagesmutter und brauchte viel Platz. Aber wir machen zurzeit eine Beziehungspause. Sie wollte den Wagen nicht mehr.«

»Wann wurde er das letzte Mal gewaschen?«, hakte Oliver sofort nach.

Schauer rutschte auf seinem Sessel hin und her. »Keine Ahnung. Vielleicht letzte Woche?«

»Letzte Woche? Und das wissen Sie nicht mehr? Sie haben nicht zufällig einen Beleg von der Waschanlage?«

»Was? Nein. Oder, womöglich doch. Ich müsste in meinem Portemonnaie nachschauen. Du liebe Güte. Was haben Sie vor?«

»Erklären *Sie* es mir«, erwiderte Oliver ruhig. »Sie scheinen die aktuellen Mordfälle ja genau mitzuverfolgen. Wo waren Sie denn, als die anderen beiden Frauen verbrannt wurden?«

Thomas Schauer verstummte. Leichenblass saß er in seinem Sessel. Das Einzige, was sich an ihm bewegte, waren seine Augen, die panisch zwischen ihm und Klaus hin und her wanderten.

»Zu Hause«, flüsterte er irgendwann. »Ich war in den letzten Tagen abends immer hier und habe ferngesehen.« Er griff in seine Hosentasche und zog ein Handy heraus. »Ich rufe jetzt meinen Anwalt an.«

* * *

Hans Steuermark drückte sich beinahe die Nase an der Scheibe platt. »Ich will, dass Sie ihn festnageln. Bisher hat keiner seiner Nachbarn bestätigt, dass er zu Hause war. Er hat falsche Angaben gemacht, was das Fernsehprogramm angeht. Er ist vorbestraft.« Steuermark drehte sich zu Oliver um und hob den Zeigefinger. »Er muss doch Dreck am Stecken haben, oder glauben Sie, dass dieser Kerl unschuldig ist?«

Oliver zuckte mit den Achseln. »Ich weiß nur, dass es momentan keine belastbaren Indizien gibt. Es würde noch nicht einmal für einen Durchsuchungsbeschluss reichen. Wenn er etwas zu verbergen hat, wird Klaus es hoffentlich gleich herausfinden.«

Steuermark verzog die Miene. »Falls uns sein Anwalt keinen Strich durch die Rechnung macht.« Er blickte Oliver durchdringend an und schüttelte den Kopf. »Kommen Sie schon, Bergmann. Sie zweifeln. Das sehe ich Ihnen an. Sie wissen doch, dass für morgen eine große Pressekonferenz anberaumt ist. Wir brauchen endlich Klarheit.«

Oliver nickte. »Ich weiß«, murmelte er und sah zur Tür, denn es klopfte.

»Ich dachte mir, Sie wollen sofort Bescheid wissen.« Der Mann von der Poststelle im Türrahmen hielt ein Paket hoch. Olivers Pulsschlag beschleunigte sich auf der Stelle.

»Danke.« Er nahm ihm die Sendung ab. »Bestimmt vom Täter«, sagte er zu Steuermark. »Ich untersuche das schnell mit Ingrid Scholten. Vielleicht hat er dieses Mal einen Fehler gemacht.«

Gut zehn Minuten später hatten sie das Paket bereits sorgfältig von außen geprüft und öffneten vorsichtig das Klebeband.

»Liebeskugeln«, stieß Oliver aus, als er das Seidenpapier auseinandergefaltet hatte.

Ingrid Scholten angelte mit ihrer Pinzette eine neue Nachricht heraus. Nachdem sie den Text überflogen hatte, presste sie enttäuscht die Lippen zusammen.

»Das hatten wir doch schon mal. Wenn deine Hand oder dein Fuß dich zur Sünde verführen, dann hau sie ab und wirf sie weg. Es ist besser für dich, mit nur einer Hand oder einem Fuß ewig bei Gott zu leben, als mit beiden Händen und Füßen ins ewige Feuer geworfen zu werden.« Sie tütete das Papier ein und schob es Oliver über den Tisch zu.

Er rieb sich nachdenklich das Kinn. »Er wiederholt sich. Aber warum?«

Scholten hielt ein Paar glänzende Liebeskugeln hoch. »Ist für ihn wohl dasselbe wie ein Dildo«, erwiderte sie und winkte mit der freien Hand. »Die Hand, die dich zur Sünde verführt ...«, erklärte sie mit gedehnter Stimme und steckte das Beweisstück in eine zweite Tüte. »Vermutlich sind wieder nur DNS-Spuren des Opfers daran. Auf den ersten Blick scheint in dem Karton nichts drin zu sein, was uns weiterbringen könnte.« Plötzlich sah sie Oliver durchdringend an. »Das Paket wurde bestimmt wieder im Kölner Hauptbahnhof aufgegeben. Die Post soll das sofort prüfen. Hatten Sie da nicht Leute abgestellt?«

»Ja. Uns wurden jedoch keine Auffälligkeiten gemeldet. Aber Sie haben recht. Die Postmitarbeiter wollten uns eigentlich informieren, sobald ein Paket für uns abgegeben wurde.« Er stöhnte: »Na toll. Da ist wohl was schiefgegangen.«

Flugs tippte er die Nummer der Postfiliale ins Telefon.

»Oliver Bergmann von der Kripo Neuss hier. Kann ich bitte mit Frau Ludwig sprechen?« Er wartete und kurz darauf meldete sich eine Frauenstimme.

»Ich habe heute wieder ein Paket zugestellt bekommen. Wurde es in Ihrer Filiale aufgegeben?«

»Das kann nicht sein. Ich habe alle Mitarbeiter angewiesen, mir sofort Bescheid zu geben. Warten Sie mal.«

Oliver hörte, wie Frau Ludwig mit jemandem sprach.

»Nein. Es ging kein Paket nach Neuss. Geben Sie mir doch bitte mal die Sendungsnummer durch. Ich muss diese allerdings an die Zentrale weitergeben. Mit meinem System kann ich das Postamt nicht herausfinden. Das dauert eine Weile.«

Oliver las die lange Reihe an Ziffern vor und legte auf. Nach einer halben Stunde meldete sich Frau Ludwig zurück.

»Das Paket wurde tatsächlich in unserer Filiale entgegengenommen. Ich habe noch einmal alle Kollegen befragt, die gestern in der Filiale waren. Es kann sich leider niemand erinnern. Es tut mir leid. Da ist ein Fehler passiert.«

Oliver verdrehte die Augen. Warum musste eigentlich alles schiefgehen?

»Schon gut«, erwiderte Oliver. »Ich danke Ihnen.« Er legte auf.

Ingrid Scholten sah ihn mit großen Augen an. »Habe ich das richtig verstanden? Das Paket wurde in der Filiale angenommen, aber die Mitarbeiter erinnern sich nicht?«

Oliver nickte frustriert. »So sieht es aus.«

Ingrid Scholten runzelte die Stirn. »Es ist wohl auf niemanden mehr Verlass. Es hätte so einfach sein können, den Kerl zu schnappen. Andererseits wundert es mich nicht bei dem Chaos, was dort häufig herrscht. Wissen Sie, als ich am letzten Samstag bei unserer Postfiliale war, kam gerade der Paketbote an, über und über mit Sendungen beladen. Die Hälfte fiel von seinem Wagen, als er über die Schwelle fuhr. Kunden, Mitarbeiter, Pakete. Alles wuselte durcheinander. Kein Wunder, dass keiner mehr durchblickt.«

Oliver dachte nach. »Wir könnten uns die Kameraaufnahmen ansehen und prüfen, wie viele Boten gestern Pakete abgegeben oder abgeholt haben. Vielleicht sind ein paar Pakete durcheinandergekommen und deshalb kann sich auch keiner der Mitarbeiter erinnern. Aber wir könnten die Boten befragen. Ich erkundige mich mal bei dem Kollegen vor Ort, der kann uns die Zeiten aus seinem Protokoll nennen.« Er machte einen kurzen Anruf und klickte dann auf seinen Bildschirm.

»Zum Glück haben wir einen Online-Zugriff«, murmelte Oliver und spulte die Überwachungsaufnahmen bis zehn Uhr morgens vor.

»Der erste Bote kam um zehn nach zehn.« Oliver wartete, bis ein Mann in gelb-rotem T-Shirt und mit einem Handwagen erschien.

»Sehen Sie, der hat auch eine ganze Wagenladung

dabei«, bemerkte Scholten, die hinter Oliver stand und ihm über die Schulter blickte.

Oliver vergrößerte die Aufnahme. Plötzlich blitzte eine Erinnerung in ihm auf. »Warten Sie mal«, sagte er aufgeregt und griff zu den Akten. Er blätterte und fand schließlich die Seite, die er suchte.

»Hier sind die Aussagen von Melanie Schubert und Wolfgang Kleinhausen. Das Liebespärchen, das den Killer beim zweiten Mord auf dem Feld gesehen hat. Wolfgang Kleinhausen hat ausgesagt, dass unter dem dunklen Mantel des Täters etwas Gelbes aufblitzte. Ein T-Shirt oder etwas Ähnliches.« Oliver tippte sich gegen die Stirn. »Die Paketboten tragen doch fast alle diese gelb-roten Shirts oder Jacken und die können möglicherweise auch einen Code für ein Paket generieren.«

Scholten wanderte um den Schreibtisch und sah Oliver direkt an. »Sie glauben, unser Täter ist Paketbote, wie dieser Kerl auf der Überwachungskamera?«

»Der vielleicht nicht. Gestern waren noch zwei andere Boten in der Filiale.« In Olivers Kopf ratterte es. Die drei Opfer standen in keinerlei Beziehung zueinander, von der Bekanntschaft mit Patrick Grunert einmal abgesehen. Die dritte Tote, Lena Wallau, war inzwischen identifiziert. Zwischen ihr und Grunert oder den ersten beiden Opfern wurden keine Verbindungen festgestellt. Sie kannten sich nicht. Alle drei hatten bei unterschiedlichen Online-Anbietern Sexspielzeuge oder Pornofilme bestellt. Was sie gemeinsam hatten, war lediglich derselbe Stadtteil, in dem sie wohnten. Doch wie – oder vor allem, warum – sollte ein Paketbote, der in Köln tätig war, ausgerechnet auf sie kommen? Olivers erste Euphorie bekam gleich wieder

Dellen, denn dieser Paketbote müsste schließlich in Zons austragen, einer völlig anderen Stadt. Trotzdem sah er sich den nächsten Paketboten auf dem Überwachungsvideo an.

»Sehen Sie, dieser hier holt Pakete ab.«

Ingrid Scholten nickte. »Entweder er verteilt sie oder bringt sie in die Filiale, weil er zu Hause niemanden angetroffen hat.«

Oliver spulte das Video vor bis vierzehn Uhr. Laut Protokoll sollte danach noch ein Bote die Filiale aufgesucht haben. Eine Minute nach vierzehn Uhr erschien er auf dem Video. Er trug nur ein einziges Paket. Oliver starrte den Mann an. Sein Gehirn benötigte zwei, drei Sekunden, bis er begriff.

Sofort sprang er auf und rannte aus seinem Büro.

* * *

Schon wieder so ein Paket, auf dem der Absender nicht sofort erkennbar war. Neutral gehalten, ohne einen Hauch von Werbung. Und wieder ging es an eine Hure. Er wusste, dass sie eine war. Seinen Bezirk kannte er in- und auswendig. Jeder neue Name blieb ihm augenblicklich im Gedächtnis hängen, insbesondere wenn es sich um eine Frau handelte. Eine Frau, die allein wohnte. Er besaß eine lange Liste, und es war kein Problem, an alle möglichen Informationen über sie heranzukommen. Viele Nachbarn plauderten mit Vergnügen. Dabei spielte es keine Rolle, in welcher Straße oder in welchem Stadtteil sie lebten. Es gab sie überall, die Leute, die stets zu Hause waren, wenn er klingelte. Sie hatten Zeit, und wer Zeit hatte, redete gerne. Deshalb wusste er, dass sie sich erst vor Kurzem von ihrem Mann getrennt hatte. Es war so typisch. Statt um ihre Beziehung zu kämpfen, besorgte sie sich billiges Plastik. Hatte sie denn gar kein Schamgefühl?

Seine Gedanken gingen mehrere Monate zurück. Er war schon immer neugierig gewesen. Bereits zu Beginn seiner Tätigkeit hatte er sich häufig gefragt, was er da eigentlich den ganzen Tag auslieferte. Schöne Frauen stellte er sich in Dessous vor. Manchmal stand er auch Ängste aus und befürchtete, Gift oder gar eine Bombe im Gepäck zu haben. Doch an Sexspielzeug hätte er im Traum nicht gedacht. Niemals. Wenn nicht seine eigene Frau einmal solch eine Bestellung aufgegeben hätte. Nie würde er vergessen, wie arglos er das Paket entgegengenommen hatte. Natürlich hätte er zu diesem Zeitpunkt gar nicht in ihrer Wohnung sein dürfen. Schon Wochen zuvor hatte sie sich von ihm getrennt und ihn hinausgeworfen. Sie und viele andere vor ihr. Aber dieses Mal wollte er es nicht so einfach hinnehmen. Er glaubte an die große Liebe und er wollte sie zurück. Als er das Paket öffnete und daraufhin ihre Schubladen durchsuchte, wurde ihm klar, dass sie ihn gegen ein billiges Spielzeug ausgetauscht hatte. Gleich zwei Vibratoren fand er, und sie hatte beide benutzt. Er konnte es riechen. Der Schock saß tief. Er fühlte sich unbeschreiblich gekränkt. Ohnmächtig. War er ihr nicht Manns genug? Der Boden unter seinen Füßen löste sich auf und verschlang ihn. Aus diesem Loch war er nie wieder herausgekommen.

Er hatte sie für eine Heilige gehalten, doch sie war nicht mehr als eine Hure. Und plötzlich kehrte alles zu ihm zurück. Alles, was er gelernt hatte. Seine streng katholische Erziehung. Die Ausbildung in der Klosterschule, einer reinen Jungenschule, die sein Vater für ihn ausgewählt hatte. Mädchen hatten dort keinen Zutritt. Eva hatte Adam verführt, und sie war es, die die Schuld daran trug, dass die Menschheit aus dem Paradies vertrieben worden war. Sein Vater kannte diese Wahrheit schon immer. Unermüdlich hatte er versucht, das Böse aus dem Leib seiner Mutter auszutreiben. Er wollte ihre Seele retten, so nannte er es, wenn er sie verprügelte.

Mit sechzehn hatte er es nicht mehr ausgehalten. Er haute von zu Hause ab. Schlug sich erst auf der Straße durch und landete schließlich in einer Wohngemeinschaft, die vom Jugendamt betreut wurde. Er verdrängte später seine komplette Kindheit. Seine Jugend. Hatte nie wieder Kontakt zu seinen Eltern, bis heute nicht.

Er wollte es besser machen als sein Vater. Frauen als gleichberechtigt und wertvoll ansehen. Er mochte sie, ihren weichen Körper, ihren Duft. Doch sie tanzten ihm auf dem Kopf herum. Warfen ihm vor, zu lieb, zu weich, zu wenig markant zu sein. Er ließ es sich gefallen, bis zu jenem Tag. Er war aus der Wohnung seiner Exfrau gerannt und hatte nie wieder mit ihr gesprochen. Aber die Bilder gingen ihm nicht mehr aus dem Kopf. Seine Erektionsprobleme verschlimmerten sich zunehmend. Immer wenn er eines dieser Pakete sah, drehte es ihm den Magen um. Er besuchte wieder regelmäßig die Kirche, baute ein neues, festeres Band zu Gott auf. Und Gott erhörte ihn. Er schickte ihm ein Buch. Das aufgerissene Paket eines Antiquitätenhändlers landete in seinem Lieferwagen, und er wusste sofort, dass es ihm gehörte. Der dunkle, glänzende Ledereinband beeindruckte ihn von der ersten Sekunde an. Und der Inhalt erst. Er fälschte die Empfangsbescheinigung und nahm es an sich. Darin stand es schwarz auf weiß: Er musste die Welt von der Sünde säubern. Lange hatte er sich vorbereitet. Kein Mann sollte mehr auf diese Huren hereinfallen. Sie hatten den Tod verdient, und er würde nicht aufhören, bis er die Letzte von ihnen ins Feuer geworfen hatte.

Er fuhr zu der aufgedruckten Adresse und wartete vor dem Haus, in dem vier Parteien lebten. Hinter dem Fenster links unten hingen altmodische Gardinen, dort wohnte die Nachbarin, die ihm von ihr erzählt hatte. Deshalb wusste er auch, dass sie heute zu Hause war. Als sich im gesamten Haus nichts rührte, stieg er aus und klingelte.

Der Türsummer ging. Er öffnete die Haustür und begab sich die Treppe hinauf.

»Ein Paket für Sie«, sagte er und lächelte.

* * *

»Die Fahrer planen ihre Touren selbstständig. Ich kann Ihnen deshalb leider nicht sagen, welche Adressen er in welcher Reihenfolge anfährt«, erklärte die Frau aus der Zentrale des Paketdienstleisters.

»Aber Sie können mir vielleicht mitteilen, ob eines der Pakete, die er heute ausliefert, von einem Sexshop versandt wurde.« Oliver wischte sich einen Schweißtropfen von der Stirn. Es war zum Verrücktwerden. Was, wenn der Täter bereits sein nächstes Opfer im Visier hatte und sie zu spät kamen? Ein Streifenwagen war zu seiner Wohnung gefahren. Natürlich war er nicht zu

Hause. Es war mitten am Tag. Er arbeitete. Er fuhr Pakete aus.

Verdammt! Warum war er nicht sofort darauf gekommen? »Das kann ich leider auch nicht sagen. Ich kann Ihnen höchstens die Adressen geben, die heute auf seiner Liste stehen. Es sind allerdings weit über hundert.«

»Okay. Schicken Sie die Liste bitte an meine E-Mail-Adresse.« Oliver legte auf. »Mehr als hundert Adressen«, brummte er. »Damit sind wir zwei Tage beschäftigt.«

»Wir könnten uns ja zunächst auf Frauen konzentrieren«, schlug Klaus vor. »Außerdem wissen wir nicht, ob er heute überhaupt zuschlägt. Sobald er nach Hause kommt, haben wir ihn.«

»Darauf können wir nicht bauen. Ich will nicht riskieren, dass noch eine Frau stirbt.«

»Und wenn wir die größten Online-Sex-Shops abtelefonieren? Die könnten uns ihre Kundinnen nennen, die gerade in Zons und Umgebung etwas bestellt haben.«

Oliver schüttelte den Kopf. »Die rücken ohne richterlichen Beschluss keine Adressen raus, und bis wir den haben, ist der Tag um. Wir müssen anders an die Sache herangehen. Verdammt noch mal! Hätten wir doch bloß alle Zeugen auf ihre Wagen überprüft, dann wäre er uns schon viel eher ins Netz gegangen.« Oliver rieb sich die Schläfen. Der Name hing wie eine dunkle Wolke in seinen Gedanken: Tobias Färber, der Mann, den Oliver auf dem Überwachungsvideo der Postfiliale erkannt hatte. Du liebe Güte, er hatte ihn wirklich nicht auf dem Schirm gehabt. Dabei hatte Tobias Färber ihn unendlich mit seinen Schilderungen über den silbernen

Kombi genervt, den er mitten in der Nacht beobachtet haben wollte. Mehrfach hatte er seine Aussage revidiert oder sich an immer neue Details erinnert, wie zum Beispiel an die Automarke. Einen Ford Focus wollte er plötzlich gesehen haben. Der Kerl hatte ihm so viel Zeit geklaut mit seiner vorgetäuschten Zeugenaussage. Oliver ärgerte sich. Hätte er nicht misstrauisch werden müssen? Gerade als der Typ überdies eine Hypnosebehandlung von einem Polizeipsychologen gefordert hatte? Oliver durfte gar nicht weiter darüber nachdenken. Inzwischen wussten sie, dass Tobias Färber selbst einen Ford Focus fuhr. Wahrscheinlich war er mit dem auch noch zum Polizeirevier gefahren, und sie hatten es nicht gerafft. Was musste Tobias Färber nur von ihnen denken? Vermutlich lachte er sich tot! Dabei kam es doch tatsächlich vor, dass sich Täter als Zeugen meldeten, um etwas über die Ermittlungen zu erfahren oder um einfach nur den Nervenkitzel zu spüren. Tobias Färber. Fünfunddreißig Jahre alt. Geschieden. Schulabschluss in einer Jungenschule, betrieben von einem Kloster. Angestellt beim größten Paketdienst Deutschlands. Im Nachhinein passte alles ins Bild. Es war leicht für ihn, sich Zutritt zu den Wohnungen der Opfer zu verschaffen. Er musste bloß klingeln, und schon öffneten sich die Türen. Und natürlich war der Mann nicht so dumm, die Pakete an die Polizei in Zons aufzugeben.

Oliver stand auf und blickte auf den Stadtplan an der Wand. »Wir riegeln Zons und die umliegenden Ortsteile ab«, schlug er vor und tippte auf drei Straßenkreuzungen. »An diesen Stellen sollen die Kollegen von der Streifenpolizei nach dem Paketwagen

Ausschau halten. Dasselbe machen wir mit den angrenzenden Gebieten.« Wieder am Schreibtisch öffnete er sofort die soeben eingegangene E-Mail mit den Empfängeradressen. Er warf alle männlichen Personen aus der Liste. Siebzig Namen blieben übrig. Er ging erneut zum Stadtplan und zeichnete alle möglichen Lieferrouten ein. Ein Wirrwarr aus roten Linien entstand.

So würden sie nicht weiterkommen. Er ging mit Klaus noch einmal die Namen durch und strich alle heraus, die aus ihrer Sicht auf ein Alter jenseits der Sechzig hindeuteten. Das war riskant, aber sie sahen keine andere Möglichkeit. Sie mussten priorisieren, auch wenn sich diese Vorgehensweise im Nachhinein als falsch herausstellte. Eine andere Chance hatten sie nicht. Sie eliminierten weitere dreißig Adressen von der Liste.

»Wir fahren am besten von der Landstraße aus hier entlang«, sagte er und setzte ein dickes Kreuz an einem Kreisverkehr, von dem eine Straße nach Zons führte. »Hier muss er entlangfahren. Vielleicht erwischen wir ihn.«

Sie instruierten einige Einsatzwagen und machten sich auf den Weg.

Oliver verfolgte gespannt den Funkverkehr, als sie losgefahren waren. Bereits nach ein paar Minuten wurde es hektisch.

»Paketwagen auf der Deichstraße. Nehme Verfolgung auf.«

»Kommen von der anderen Seite. Sperren ihm den Weg ab.«

Stille.

Es war nicht zum Aushalten. Oliver brauste mit Höchstgeschwindigkeit über die Autobahn nach Zons.

»Fehlalarm«, meldete jemand nach einigen Minuten. »Es handelte sich um einen anderen Fahrer. Er hat für Tobias Färber zehn Pakete übernommen. Das machen sie wohl öfter.«

»Verdammt«, zischte Oliver. »Warum gibt er Pakete ab?«

Die Antwort lag auf der Hand. Der Mann verschaffte sich Zeit.

»Suchen Sie weiter. Er muss irgendwo unterwegs sein«, gab Oliver an alle Einsatzwagen gleichzeitig durch. Sie fuhren von der Autobahn ab und an einem Bauernhof vorbei. Die Strecke nach Zons war idyllisch. Wald und Felder wechselten sich ab. Er suchte die Straßen nach einem Paketwagen ab, aber sie hatten kein Glück.

Wieder sprang das Funkgerät an. Der Ruf kam von der Zentrale.

»Eine Frau Althoff aus der Grünwaldstraße meldet einen Überfall bei ihrer Nachbarin. Sie hat durch den Türspion beobachtet, wie ein Mann gewaltsam in die Wohnung eingedrungen ist.«

»Sollen wir die Fahndung unterbrechen?«, fragte eine Fahrerin über Funk. »Wir sind vier Straßen entfernt.«

»Ja. Sehen Sie nach«, befahl Oliver und vergewisserte sich bei Klaus, der ebenfalls nickte. »Wir übernehmen Ihre Position. Sind in drei Minuten da.« Oliver überholte drei, vier Wagen auf einmal und schaffte es in letzter Sekunde über die Ampel. Mit quietschenden Reifen nahm er eine Kurve und hielt an.

»Ein Paketwagen hält in der Parallelstraße, Mühlenstraße fünf. Sollen wir den überprüfen oder zum Überfall fahren?« Das Funkgerät knackte.

Noch bevor Oliver antworten konnte, tönte es erneut aus dem Funkgerät.

»Der Wagen fährt los. Achtung. An alle Einheiten. Der Wagen fährt los.«

Oliver trat das Gaspedal bis zum Anschlag durch. Innerhalb weniger Sekunden bog er in die Mühlenstraße. Der Paketwagen kam ihnen entgegen. Oliver stellte den Wagen quer und blockierte die Straßenausfahrt.

Der Paketwagen bremste nicht. Im Gegenteil, er schien zu beschleunigen und krachte mit voller Wucht in ihren Dienstwagen. Das Letzte, was Oliver sah, war Färbers überraschtes Gesicht. Dann wurde es schwarz um ihn herum.

EPILOG

Drei Tage später

Es roch nach Desinfektionsmittel. Oliver hasste den Geruch von Krankenhäusern. Ein Gerät piepste unaufhörlich und zeigte den Herzschlag an. An einem Infusionsständer hing ein durchsichtiger Beutel mit blauer Aufschrift. Ein stetiger Tropfen und floss durch einen dünnen Schlauch in den Zugang, der in ihrer Armbeuge steckte. Eine Halskrause stabilisierte ihren Kopf, der unter einem dicken Verband fast komplett verschwand. Nur das Gesicht schaute hinaus.

»Wie geht es Ihnen?«, fragte er leise und betrachtete die Frau sorgenvoll.

»Ich lebe«, hauchte sie und brachte ein schiefes Lächeln zustande.

Oliver stellte eine Vase mit einem Blumenstrauß neben ihrem Bett ab. »Der ist für Sie«, sagte er und lächelte ebenfalls. Ein schlechtes Gewissen machte sich in ihm breit. Er hatte Tobias Färber unbedingt stoppen wollen und nicht bedacht, dass sein Opfer, Sophie Balei, nicht angeschnallt im Wagen lag. Sie war durch die Luft geflogen, gegen die Wand geprallt und dabei schwer verletzt worden. Es würde Wochen dauern, bis sie wieder vollständig genesen wäre. Aber immerhin trug sie keine bleibenden Schäden davon. Zumindest nicht körperlich. Dass sie in der Gewalt eines Serienkillers gewesen war, würde sie so schnell sicherlich nicht vergessen können. Doch sie war am Leben, das war alles, was zählte.

Tobias Färber war nur leicht verletzt worden, genau wie er und Klaus. Färber hatte gestanden und saß bereits hinter Gittern. In seinem Keller hatten sie Unmengen von Benzinkanistern sichergestellt, dazu einen ganzen Sack voller Büßerhemden aus Ziegenhaar, die er über das Internet bezogen hatte. Reisig- und Brennholz lagerte er in seinem Garten. Es hätte locker für vier oder fünf weitere Scheiterhaufen gereicht. Das Buch *Über die menschliche Natur* steckte in seinem Rucksack in der Fahrerkabine des Lieferwagens. Er hätte immer weitergemordet, wenn sie ihn nicht geschnappt hätten. Sein Hass auf Frauen war übergroß. Seine Taten rechtfertigte er mit der Bekämpfung der stummen Sünde. Er bestrafte die Sünderinnen und schickte ihre Laster an Oliver, damit auch die Polizei sah, dass sie schuldig waren. Dass er es dabei ausschließlich auf Frauen abgesehen hatte, die Spielzeug oder Pornos in Sexshops bestellten, hing offenbar mit seiner Exfrau zusammen. Sie hatte ihn wegen seiner Impotenz verlassen. Die Pakete an Oliver hatte er in die Postfiliale eingeschleust. Etliche Paketboten steuerten die Filiale jeden Tag an. Niemand hatte auf ihn geachtet.

Auch Natalie Hissinger saß wegen Mordes im Gefängnis, wenngleich ihr Anwalt es nach Notwehr aussehen lassen wollte. Mitleid empfand Oliver nicht mit ihr. Sie hatte Anna bedroht, nur um Grunert einen Gefallen zu tun und ihn von weiteren Ermittlungen abzuhalten. Damit war Hissinger eindeutig zu weit gegangen.

»Ich komme morgen wieder vorbei«, sagte Oliver und gab Sophie Balei zum Abschied die Hand. Auf dem Weg nach unten hing er weiter seinen Gedanken nach. Natalie Hissinger war von Patrick Grunert grün und blau geschlagen worden. Nicht zum ersten Mal, aber dafür dieses eine Mal zu viel. Sie hatte bereits seit Längerem Angst gehabt, dass er sie eines Tages umbringen würde. Deshalb hatte sie eine tödliche Dosis Gift vorbereitet und sie in jener Nacht, als es wieder besonders schlimm war, in sein Bier gekippt. Die schwarze Tollkirsche konnte nicht nur einen Rausch erzeugen, sondern auch tödlich wirken. Zehn bis zwanzig Beeren genügten für einen Erwachsenen. Die Pflanze war leicht zu beschaffen. Sie wuchs in vielen Gärten. Pikanterweise hatte Patrick Grunert sich häufig mit dieser Droge berauscht. Natalie Hissinger musste einfach nur die Dosis erhöhen. Im Mittelalter erfuhr die Tollkirsche aufgrund ihrer halluzinogenen Wirkungen besondere Beliebtheit. Natalie Hissinger war eine fleißige Schülerin gewesen. Sie würde wegen Mordes lebenslang weggesperrt werden, denn aus Olivers Sicht sprach schon die Vorbereitung des Giftes gegen Notwehr. Warum Natalie Hissinger ihm nicht mehr

Vertrauen entgegengebracht hatte, vermochte er nicht zu beantworten. Sie war eine zwiegespaltene Persönlichkeit, die sich auch in der Vernehmung ständig widersprochen hatte. Ein psychologischer Gutachter würde ihren Zustand näher einschätzen müssen.

Unten angekommen überquerte Oliver die Straße. Ein nettes kleines Café zog ihn an, Emily wartete dort mit Anna und Maximilian auf ihn. Schon von Weitem winkte Emily ihm zu. Sein Herzschlag beschleunigte sich bei ihrem Anblick.

»Emily«, flüsterte er, als er an ihrem Tisch eintraf, und hauchte ihr einen Kuss auf die Wange. Dann nahm er Anna kurz in den Arm und gab ihrem Freund die Hand. Die beiden waren ein schönes Paar. Annas Augen leuchteten. Sie strahlte regelrecht. Und auch in Maximilians Gesicht stand das Glück geschrieben.

»Maximilian, du hast Zeit für einen Kaffee?«, fragte Oliver und setzte sich zu Emily.

»Na klar. Ich nehme sie mir heute, es gibt ja wohl etwas zu feiern.« Maximilian lächelte anerkennend.

»Und hier ist gleich die passende Zeitung dazu.« Emily grinste ihn an und tippte auf die Titelseite.

»Die stumme Sünde und der Killer von Zons. Ein Beitrag von Emily Richter«, las Oliver und nickte stolz.

ENDE

NACHWORT DER AUTORIN

ich möchte mich bei Ihnen dafür bedanken, dass Sie meinen Roman gekauft und gelesen haben. Ich hoffe, Ihnen hat die Lektüre gefallen und Sie hatten ein spannendes Leseerlebnis. An dieser Stelle habe ich insbesondere für die historisch interessierten Leserinnen und Leser noch folgende Anmerkungen:

Die meisten Orte, die im Thriller beschrieben werden, existieren tatsächlich. Die handgezeichnete Karte, die Sie ganz vorne im Buch finden, stellt den historischen Stadtkern von Zons dar. Genauso werden Sie die Stadt vorfinden, wenn Sie ihr einen Besuch abstatten. Schauen Sie doch dann einmal in der Tourist-Information gegenüber dem Kreismuseum an der Schloßstraße vorbei. Sie werden dort einen ähnlichen Plan erhalten.

Keuschheitsproben waren im Mittelalter weit verbreitet. Einer der wohl bekanntesten Vertreter, der einem solchen Test unterzogen wurde, war Thomas von Aquin. Er trat 1244 gegen den Willen seiner Familie einem Dominikanerorden bei und wurde dafür von seinem Vater über ein Jahr lang im heimatlichen Schloss Roccasecca gefangen gehalten. Sein Vater ließ nichts unversucht, um ihn wieder zum Austritt zu bewegen. Er beauftragte sogar eine Prostituierte, die ihn auf seinem Zimmer verführen sollte. Doch obwohl Thomas von Aquin sich von der schönen Frau angezogen fühlte, widerstand er ihrem Annäherungsversuch. Er jagte sie mit einem brennenden Holzscheit aus dem Zimmer und warf sich anschließend verzweifelt zu Boden. Er flehte Gott um den Gürtel ewiger Jungfräulichkeit an. Daraufhin sollen ihm zwei Engel erschienen sein, die einen Gürtel um seine Lenden legten.

Thomas von Aquin war es auch, der die sogenannte widernatürliche Sünde in seinem Werk »Summa theologica« als Verbrechen gegen Gott selbst begreift. Jeglicher Geschlechtsverkehr, der nicht der Fortpflanzung diente, wurde von ihm als unnatürlich definiert. Viele Theologen des Mittelalters bezeichneten diese Sünde aus Scham heraus als stumm oder unaussprechlich. Dazu zählten neben Homosexualität auch der Verkehr mit Tieren, Masturbation, das Benutzen von Gegenständen und vieles mehr. Sünden dieser Art wurden mit dem Feuertod bestraft.

Der Blaue Eisenhut gilt als giftigste Pflanze in Europa und ist als Zierpflanze in vielen Gärten zu finden. Sie enthält Aconitin, das stärkste biogene Gift, das wir kennen. Schon wenige Gramm wirken tödlich. Die bloße Berührung oder das Pflücken der Pflanze birgt bereits eine Gefahr, denn das Gift kann sogar durch die unverletzte Haut aufgenommen werden. Die Wurzelknollen des Blauen Eisenhuts enthalten besonders viel Gift. Es wurde nicht nur im Mittelalter, sondern auch schon in der Antike verwendet. Der römische Kaiser Claudius fiel dem Blauen Eisenhut zum Opfer. Es wurde als Pfeilgift eingesetzt, in Speisen gemischt oder auch als Pulver auf das Kopfkissen gestreut. Ungefähr zwanzig Minuten nach dem Kontakt treten die ersten Vergiftungserscheinungen wie Schwindel und Erbrechen auf. Im weiteren Verlauf kommt es zu Gefühllosigkeit und Lähmungserscheinungen. Je nach Giftmenge tritt der Tod innerhalb von ein bis drei Stunden durch Atemlähmung oder Herzversagen ein. Der Vergiftete bleibt bis zum Schluss bei vollem Bewusstsein und erleidet unsägliche Schmerzen. Ein wahrhaft grausamer Tod!

Das Franziskanerkloster in Zons wurde Mitte des siebzehnten Jahrhunderts auf dem Platz neben dem Juddeturm gegründet. Der Juddeturm ist der Gefängnisturm von Zons, der über ein tiefes fensterloses Verlies verfügt. Die Mehrheit der Zonser Bürger hatte sich damals jedoch gegen die Niederlassung der Brüder ausgesprochen. Die Stadt befürchtete eine Minderung ihrer Einkünfte, denn durch den Bau des Klosters fielen einige steuerpflichtige Hausplätze weg. Die Mönche sahen ihre Hauptaufgabe in der Verbreitung ihrer Religion und der Bekehrung von Andersgläubigen. Tatsächlich verweigerten sie nicht – wie im Buch beschrieben – die Behandlung von Kranken, sondern die Erteilung von Schulunterricht. Der erwähnte Streit um die

Abfolge der Messen hat sich im Übrigen wirklich zugetragen, sie fanden nach der Einigung im Abstand von zwei Stunden statt. Das Klostergelände war allerdings nicht so groß und durch zahllose Innenhöfe untergliedert wie im Roman dargestellt. 1967 wurde das Kloster leider abgerissen. Nur das Kreuz der ehemaligen Franziskanerkirche ist noch erhalten und befindet sich noch heute auf dem Kirchplatz.

Die Franziskanerinnen kamen erst im neunzehnten Jahrhundert in die Stadt und lebten im Kloster *Zur heiligen Dreifaltigkeit*, das den Rheinturm, das Zollhaus und die angrenzenden Gebäude umfasste und sich nicht neben dem Mönchskloster befand. Die Nonnen betrieben dort eine *Töchterschule für das bürgerliche Leben*.

Auch der Kirchhof oder Friedhof existiert nicht mehr innerhalb der Stadtmauern von Zons. Er wurde nach außerhalb verlegt. Es gibt allerdings noch ein paar erhaltenen Grabsteine und Kreuze, die an der Pfarrkirche zu sehen sind. Auf einem der Grabsteine befindet sich das kreisrunde Sonnenrad, das im Buch den Eingang der Gruft ziert. Der Familienname *Flam* ist erfunden, ebenso die Gruft.

Die Figuren im Buch sind ebenfalls frei erfunden. Ich möchte dennoch nicht ausschließen, dass der eine oder andere Charakter Ähnlichkeiten mit heute lebenden Personen aufweist. Dies ist jedoch keinesfalls beabsichtigt.

Wenn Sie an Neuigkeiten über anstehende Buchprojekte, Veranstaltungen und Gewinnspielen interessiert sind, dann tragen Sie sich in meinen klassischen E-Mail-Newsletter oder auf meiner WhatsApp-Liste ein:

- **Newsletter: www.catherine-shepherd.com**
- **WhatsApp: 0152 0580 0860** (bitte das Wort *Start* an diese Nummer senden)

Sie können mir auch gerne bei Facebook, Instagram und Twitter folgen:

- **www.facebook.com/Puzzlemoerder**
- **www.twitter.com/shepherd_tweets**
- **Instagram: autorin_catherine_shepherd**

Natürlich freue ich mich ebenso über Ihr Feedback zum Buch an meine E-Mail-Adresse:

kontakt@catherine-shepherd.com

Zum Abschluss habe ich noch eine persönliche Bitte. Wenn Ihnen dieses Buch gefallen hat, würde ich mich über eine kurze Rezension bei Amazon freuen. Keine Sorge, Sie brauchen keine ›Romane‹ zu schreiben. Einige wenige Sätze reichen völlig aus. Falls außerdem andere Rezensionen zu meinen Büchern Ihren Zuspruch finden, dann dürfen Sie den Rezensenten gerne loben, indem Sie unter der Bewertung auf *Nützlich* klicken.

Sollten Sie bei *Leserkanone*, *LovelyBooks* oder *Goodreads* aktiv sein, ist natürlich auch dort ein kleines Feedback sehr willkommen. Ich bedanke mich recht herzlich und hoffe, dass Sie auch meine anderen Romane lesen werden.

Ihre Catherine Shepherd

STADT ZONS AM RHEIN

Die kleine Stadt Zons – ehemals Zollfeste Zons genannt – liegt am Niederrhein direkt bei Dormagen im Rhein-Kreis Neuss, fast genau in der Mitte zwischen Düsseldorf und Köln. Auf der anderen Seite des Rheins liegt Düsseldorf-Urdenbach. Beide Orte sind durch eine Fährverbindung über den Rhein miteinander verbunden. Zons ist eine der am besten bewahrten mittelalterlichen Städte mit einer im ganzen Rheinland einzigartigen, gut erhaltenen Befestigungsanlage aus dem 14. Jahrhundert, sozusagen das Rothenburg des Rheinlands.

Die kleine Stadt Zons blickt auf eine lange und bewegte Geschichte zurück:

Ebenso wie in das heutige Gebiet der Stadt Köln und der benachbarten Stadt Neuss kamen die Römer auch in die Nähe von Zons. Dies hat man jedenfalls bei Ausgrabungen festgestellt, nach denen es bei Zons einen römischen Friedhof und ein Militärlager der Römer gegeben hat.

Gesichert ist ebenfalls die Erkenntnis, dass Zons im Jahr 1373 das Stadtrecht erhalten hat. Der Kölner Erzbischof Friedrich von Saarwerden hatte zuvor im Jahr 1372 den Rheinzoll vom Gebiet des heutigen Neuss nach Zons verlagert. Zons wurde daraufhin durch Mauern und Gräben befestigt. Im Zentrum der befestigten Ortschaft befanden sich wohl etwa einhundertzwanzig Häuser. Im 15. Jahrhundert war der seinerzeitige Ausbau von Zons abgeschlossen. Die Bevölkerung war im Wesentlichen im Ackerbau, der Viehzucht und in den Bereichen Bier-, Wein- und Getreidehandel tätig. Daneben existierten Handwerksbetriebe, Ziegeleien sowie Woll- und Leinenwebereien. Zwischen dem 15. und dem 17. Jahrhundert gab es offenbar einen moderaten Wohlstand in der Stadt.

Das 17. Jahrhundert war keine gute Zeit für Zons. 1620 gab es erneut einen schweren Brand in der Stadt, von dem der Überlieferung nach nur wenige Häuser verschont blieben. Auch der Dreißigjährige Krieg hat durch entsprechenden Beschuss in Zons schwere Spuren der Zerstörung hinterlassen. Die Pest schwächte das Städtchen in mehreren Wellen, z. B. 1623 und 1666. Im Jahr 1794 eroberten die Franzosen Zons. Es gehörte nunmehr zu Frankreich und war bis 1814 im Kanton Dormagen des Arrondissements Köln beheimatet.

1815 ging Zons an die Preußen über und wurde dem Kreis Neuss sowie 1822 dem Regierungsbezirk Düsseldorf zugeordnet. Bereits seit 1900 ist Zons ein beliebtes Ausflugsziel. 1975 wurde Zons Teil von Dormagen. Zons nannte sich daher ab diesem Zeitpunkt Feste Zons. Seit 1992 darf Zons sich wieder Stadt nennen, allerdings handelt es sich hierbei nicht um eine eigenständige

Gemeinde im Rechtssinn, sondern um einen Titel, den man Zons aufgrund der hohen historischen Bedeutung gewährt hat. Heute hat Zons über 5.000 Einwohner und gehört als Stadtteil von Dormagen zum Rhein-Kreis Neuss.

Weitere Informationen über Zons finden Sie auf: www.zons-am-rhein.info oder auf der Facebook-Seite www.facebook.com/zonsamrhein. Vielleicht schauen Sie sich das schöne Zons einmal persönlich an. Einige der Plätze, die in diesem Buch eine Rolle spielen, sind auch heute noch gut erhalten.

WEITERE TITEL VON CATHERINE SHEPHERD

Zons-Thriller Band 1 bis 4

Zons-Thriller Band 5 bis 8

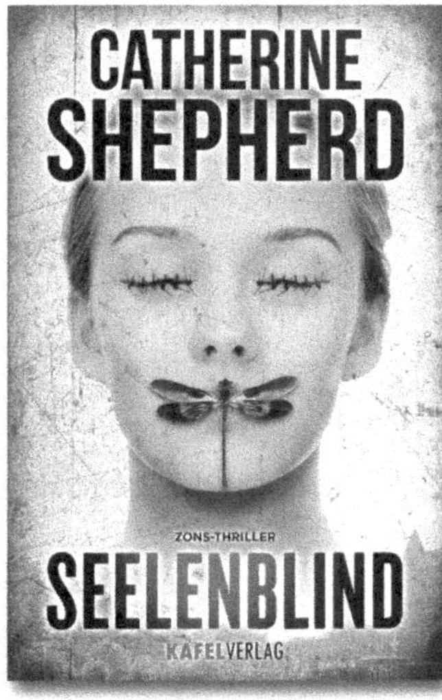

Laura Kern-Thriller

Julia Schwarz-Thriller

ÜBER DIE AUTORIN

Die Autorin Catherine Shepherd (Künstlername) lebt mit ihrer Familie in Zons und wurde 1972 geboren. Nach Abschluss des Abiturs begann sie ein wirtschaftswissenschaftliches Studium und im Anschluss hieran arbeitete sie jahrelang bei einer großen deutschen Bank. Bereits in der Grundschule fing sie an, eigene Texte zu verfassen, und hat sich nun wieder auf ihre Leidenschaft besonnen.

Ihren ersten Bestseller-Thriller veröffentlichte sie im April 2012. Als E-Book erreichte »Der Puzzlemörder von Zons« schon nach kurzer Zeit die Nr. 1 der deutschen Amazon-Bestsellerliste. Es folgten weitere Kriminalromane, die alle Top-Platzierungen erzielten. Ihr drittes Buch mit dem Titel »Kalter Zwilling« gewann sogar Platz Nr. 2 des Indie-Autoren-Preises 2014 auf der Leipziger Buchmesse. Seitdem hat Catherine Shepherd die Zons-Thriller-Reihe fortgesetzt und zudem zwei weitere Reihen veröffentlicht.

Im November 2015 begann sie mit dem Titel »Krähenmutter« eine neue Reihe um die Berliner Spezialermittlerin Laura Kern (mittlerweile Piper Verlag) und ein Jahr später veröffentlichte sie »Mooresschwärze«, der Auftakt zur dritten Thriller-Reihe mit der Rechtsmedizinerin Julia Schwarz.

Mehr Informationen über Catherine Shepherd und ihre Romane finden sich auf ihrer Website:

www.catherine-shepherd.com